아버지 나라

아버지 나라

조영선 지음

개미

여러번 환생을 거듭한 사람처럼 내 삶은 넉넉했습니다. 그래서 많은 새롭고 신기한 것을 보게 됐습니다.

그리고 지금은 아주 놀라운 세상에 와 있습니다.

그것은 어려운 세월을 살아 온 우리의 부모님들이 가난을 대물림 하지 않겠다며 자녀들에게 최고의 교육을 제공하여 얻어진 것입니다.

지금 우리는 이렇게 살고 있습니다.

지구의 반대편까지 가는데 48시간이 채 안 걸립니다. 달나라에도 갔었고 해저 깊은 물 속도 헤엄칩니다.

로봇이라는 것이 생겨서 집안 청소를 도와줍니다.

제 남편은 로봇에게 암 수술을 받고 회복 중에 있습니다. 불과 2, 30년, 전 만 해도 상상 하지도 못했던 것입니다.

하루가 다르게 좋은 것이 나오니 사라지는 것도 많습니다. 전화도 없어지고 시계도 없어졌습니다. 내가 아끼는 카메라와 필름도 자취를 감췄습니다.

에어컨 덕분에 부채도 보이지 않습니다.

큰 맘 먹고 사서 사랑 때음도 못한 카셋이 다기능, 기기에 밀려 속절없이 살아졌습니다.

나는 그만 신상품이라는 것에 실증을 느끼게 됐습니다.

부모님 시절에는 무엇 하나 소중하지 않은 것이 없었어요.

절기마다 가정에서, 또는 이웃끼리 나누는 풍속도 있습니다. 설에, 추석에, 단오에. 이사를 오갈 때, 또 이웃집 경조사에 지금처럼 모르세 하지 않았습니다. 좋은 미풍양속이었습니다

부모님을 생각할 때 함께 기억나는 것들이 있습니다. 아버지의 중절모, 늘 손에서 놓지 않으시던 전지 가위, 어머니의 반짇고리, 세발백통화로와 인두, 할머니의 장죽, 할아버지의 토시, 이런 것들을 늘 그리워하며 안타까워 하다가 써 본 글입니다. 부모님 이야기도 있어요. 우리 모두에게서 잊혀져가는 것들 입니다.

2020년 여름
조영선

차례

1부

아버지 나라

아버지 나라 낮꿈

두 분이 대문을 밀며 들어오신다.

아버지는 깔끔한 정장 차림이시고 어머니는 옥색 치마에 흰 모시 적삼을 입으셨다. 나는 마루에 앉아있었다. "아버지 어서 오세요. 어머니 이리로 앉으세요." 나는 허둥지둥 뛰어 내려가 두 분의 손을 잡아 안으로 모셨다. 어머니가 숨을 고르시며 허리를 피신다. 아버지는 더우신지 양복저고리를 벗으신다. "이리로 올라오세요." 그러나 두 분은 마루에 걸터앉으신다.

하늘은 무겁게 내려앉았다. 곧 비가 쏟아질 것 같다. 어머니는 마루와 부엌을 살펴보시고 아버지는 울안을 둘러보신다. 그리고 아버지는 아무 걱정 없다는 듯이 양복저고리를 집어드신다. 가시려 한다. "아버지 좀 더 계시다 가세요. 왜 그리 서두르세요……" 그러나 아버지는 어머니를 앞세우고 나가신다. 나는 순간 '아버지를 따라가야지' 하는 생각으로 급히 신발을 찾아 신고 밖으로 나왔다.

두 분의 걸음은 빠른 편도 아닌데 벌써 멀어져 모습이 작게 보인다. 나는 소리 높여 아버지를 불렀다. "아버지 같이 가요……" 어머니— 아버지—나는 아버지를 부르는 내 소리에 놀라 잠에서 깼다. 아 꿈이었나? 이마에 송송 땀이 배어나 있다. 두 분이 앉았던 자리를 쓸어보고 더듬어본다. 금방 이곳에 이렇게 앉아 계셨는데…… 어머니를 잡았던 손의 감촉도 남아있다.

나는 음반을 걸어놓고 잠깐 잠이 들었었나 보다. 음반에서는 아직도 슈베르트의 〈송어〉가 돌아가고 있다. 4분이 채 안 되는 짧은 낮잠이다. 나는 다시 자리에 누워 아까처럼 베개를 끌어 안고 잠을 청해 본다. 깨어진 유리그릇처럼 꿈은 다시 이어지지 않는다. 야속하고 억울해서 눈물이 왈칵 쏟아졌다. 가슴이 찢어지는 듯 아파서 진정할 수가 없다. 엉엉 어린아이처럼 소리를 내어 울었다.

잠이 들기 전까지도 맑던 하늘이 먹구름에 쌓이고 바람이 거세게 불고 있다. 빨랫줄에서 빨래가 몸부림친다. 분합문이 덜컹거린다. 아버지는 내게 비설거지를 시키려고 오셨나 보다. 어머니가 돌아가신 것은 50여 년 전이다. 그리고 아버지가 가신 지도 30년이 넘었다. 딸이 무심하니 당신들이 찾아오신 것이다.

아버지와 딸

이것은 나의 어린 시절을 더듬어 쓴 것이다.
사람이란 나이가 들수록 지난날을 그리워하는 것일까?

아버지는 일제 강점기 때 유학을 마치고 신여성인 어머니와 결혼을 하셨다. 서울 동대문 밖 창신동에 자리를 잡으셨다. 아버지는 알맞은 키에 단정한 외모를 가진 귀공자 타입이다. 지금부터 팔십여 년 전 그분의 모습은 지금 이 시대에서 오히려 멋스럽게 느껴진다.

스마트하다. 사업수단도 만만치 않으시다. 8·15 해방 전까지는 운송업을 하셨다. 우리가 다루는 물건들은 건어물류다. 다시마, 북어, 마른 새우, 홍합, 김, 버섯 그리고 참기름, 산삼도 있었다. 전시라고 하지만 부식품을 화차로 운송하는 정도의 규모다. 그래서 살림은 늘 넉넉했다. 먼 일가친척들도 많이 드나들었다.

운송업과 더불어 아버지는 광산에도 투자를 하셨다. 사랑채 한 채는 늘 사람들로 넘쳤다. 광산에 대한 이권을 가지고 왔다는 사람들이다. "철원 나마리(鉛) 광맥은 아주 굵직합니다요. 제천의 석탄광도 새로 나왔는데 꽤 덩어리가 큽니다. 그래서인지 입질이 뜸합니다요. 중석 값은 요즘 많이 뛰었습니다요."

광산 브로커들은 시도 때도 없이 사랑채를 드나든다. 이미 개발하고 있는 광산의 덕대들도 마찬가지다. 남포를 놓아야 하니 남포값을 주십사 하고…… 또 어떤 덕대는 산제를 지내야 탈이 없다며 제수용을 마련해 달라고 온다. 덕대들은 앞을 다투어 돈을 타간다. "엊그제 다녀갔는데 어째 또 왔는가?" 아버지가 물으시면 "나리 이번이 마지막입니다요." 하며 무릎걸음으로 기어와 엎드려 절을 한다. 그리고 돈을 받아 간다.

사랑채에는 그밖에 단골손님도 몇 명 있다. 장기 투숙객인 셈이다. 김필수 아저씨는 일 년에 한 번 정도 본가에 다녀오신다. 하지만 십 년 가까이 사랑채에 계셨다. 이분은 아주 개성이 강하고 특별한 분이다. 나중에 내가 그분에 대해서 써보려고 한다.

우리집에는 아버지 일을 돕는다며 숙식과 푼돈을 받아쓰는 사람이 있다. 오빠가 친구들하고 천렵(낚시)을 갈 때나 내가 수학여행을 갈 때 먹을 것과 덧옷을 가지고 따라온다. 사랑채 식객들은 마님이 시키는 일을 하지 않을 때는 사랑방 신세를 지지 않겠다고 결심을 해야 한다.

정부에 중석을 납품할 때다. 샘플로 제출하는 중석 가루에서 철분을 제거한다. 중석의 순도를 높이는 작업이다. 사랑채에서 인부들이 지남철로 쇳가루를 추려낸다. 나도 온몸에 검덩을 뒤집어쓰고 그 작업에 낀다.

인부들은 손을 휘휘 저으며 "아기씨는 들어가세요. 검덩 묻어요. 마님이 아시면 우리들 혼나요." 하며 한사코 내몬다. 하지만 나는 기어이 그것을 해보고 만다.

춘섭 아저씨는 내가 다루기에는 지남철 덩어리가 무겁다고 한다. 아저씨는 지남철을 노끈으로 묶어 높이 매달아 주었다. 이것을 이리저리 흔들어 주기만 하면 된다.

그것에 쇳가루가 까맣게 달라붙는다. 시커멓고 빳빳하게 붙어 올라온다. 지남철에 붙은 쇳가루를 구두솔로 털어내기만 하면 된다. 나는 인부들 틈에 앉아 지남철로 가루를 뒤적인다. 이것을 어머니에게 들키면 큰일 난다. 당장 들어오지 못하니? 하며 혼이 난다. 그러나 아버지 눈에 띄면 아이고 우리 공주님 노임 드려야겠네 하시며 웃으신다.

입춘맞이

춘섭 아저씨는 집사다. 집안의 대소사를 모두 건사한다. 봄에 얼었던 땅이 녹았다. 춘섭 아저씨는 이곳저곳 집 안팎을 둘러보고 손질을 한다. 그리고 대청소를 한다. 대청소는 아버지가 총지휘를 하신다. 아저씨는 다락방부터 대청마루 밑까지 말끔하게 쓸어낸다.

여닫이 문짝들은 모두 때어서 물로 씻고 묵은 문종이는 불려서 걷어낸다. 문살 틈에 낀 먼지도 닦아낸다. 풀을 아주 묽게 쑨다. 풀을 다른 그릇에 덜어 옮긴다. 남은 풀은 풀기가 남아있을 만큼 물을 붓고 늘려 놓는다. 춘섭 아저씨가 하는 것은 여기까지다.

아버지는 귀얄에 풀을 묻혀 창호지에 고루 바른다. 조심조심 문살에 붙이신다. 풀물을 먹은 창호지는 무겁고 미끄럽기 때문에 오래 들고 있지 못한다. 아버지는 귀얄을 입에 문 채 민첩하고 정확하게 문살에 붙이신다. 그리고 재빨리 방비로 위에서부터 아래로 내려 쓰신다. 그리고 잘 붙도록 마른 걸레로 눌러준다.

입에 물 한 모금을 물었다가 종이 위에 뿜는다. 푸우― 고운 안개비처럼 물방울이 문종이에 떨어진다. 그리고 그늘에 세워둔다.

시원한 바람으로 종이가 마른다. 북처럼 팽팽하게 당겨진다.

손이 자주 가는 문고리 부분에는 한 장씩 더 바른다. 국화잎이나 사철나무 잎을 넣고 안과 밖으로 더 바른다. 큰 문짝만 해도 스무 짝이 넘는다. 모두 담에 기대 세워 그늘에서 말린다.

나는 이리 뛰고 저리 뛰며 풀 묻은 귀얄도 집어드리고 국화잎도 따다 드린다. 그러나 번번이 어딘가를 건드려서 새로 바른 문종이를 뚫어놓는다. 그래서 결국 아버지가 땜질을 하시도록 한다. 아버지는 도배의 달인이다.

방을 도배할 때도 그렇다. 얼마나 정확하게 문양을 맞추는지 도통 이음자리를 찾을 수가 없다. 내 방을 도배할 때 도배지가 조금 모자랐다. 나는 다른 도배지를 붙이면 보기 싫다고 투정을 했다. 그러나 도배가 끝난 내 방은 어디에고 다른 것을 바른 흔적이 없다. 전혀 이음자리를 발견할 수가 없다. 아버지는 버리는 자투리에서 같은 문양을 오려 붙이신 것이다. 정말 감쪽같다.

입춘대길(立春大吉) 건양다경(建陽多慶)이라고 쓴 종이를 대문에 붙이는 것으로 입춘맞이 청소는 끝난다.

헛간은 나의 놀이터

부엌 뒷문을 열고 밖으로 나가면 사랑채와 이어지는 너른 마당이 있다. 금순 언니가 파, 고추, 호박, 가지 그리고 토마토와 딸기 등을 심었다. 겨울에는 김장 항아리를 묻는 곳이다. 부엌에 이어 큰 헛간이 있다.

이 헛간은 나의 놀이터다. 헛간 안에 다시 곡간이 있는데 그곳에는 찹쌀, 메밀, 보리, 밀, 콩, 팥 그리고 녹두와 깨 등의 잡곡을 보관한다. 잡곡들은 무명 자루에 넣어 자루째 뒤주 안에 보관한다. 엿기름도 그렇게 한다.

누룩과 메주는 복국에 매달았다. 쌀은 나락인 채로 포대에 넣어 보관한다.

호박 꼬지, 마른 버섯, 취나물, 피마자 잎 말린 것, 말린 도라지, 마른 청각, 미역, 다시마 등은 누런 종이봉지에 넣어서 대광주리에 담아 선반 위에 얹었다.

꿀, 조청, 식초는 둥근 백자 항아리에 담아 뒤주 위에 놓았다.

어머니는 뚜껑을 닫기 전에 한지로 여러 겹 봉하신다. 식초 항아리는 더욱 단단히 봉한다. 개미나 벌레들이 들어가지 못하게 하는 것이다. 아예 풀칠을 해서 봉해버리는 것도 있다.

이십 년 된 산도라지 술은 중국 고량주 병에 들어가 있다. 조기나 간고등어는 새끼로 엮어 항아리에 보관한다. 접마늘, 마른 새우도 새끼에 엮어 걸어둔다.

계란도 있다. 계란은 열 개가 한 꾸러미다. 계란 꾸러미는 짚으로 만들었다.

엉성해 보이지만 운반하는데도 지장이 없다. 꽤 큰 나무상자에 켜켜로 넣어서 자전거로 실어 왔다. 별로 깨진 것이 없었다.

이곳에는 언제나 먹을 것이 넉넉하게 채워져 있다.

겨울이면 큰아버지가 보내는 꿩 십여 마리가 들보에 매달린다. 장끼는 깃털이 아름답고 까투리는 고기가 맛있다고 한다. 공주에서 밤이 올라오고 장죽이 짝으로 들어오면 광은 꽉 찬다. 어머님이 가장 좋아하는 곳이다.

광에는 사방 네 곳에 통풍창이 있다. 발이 고운 방충망을 쳐놓았다. 쥐나 새들이 날아들지 못하도록 한 것이다. 그러나 혹시 모른다고 해서 선반 깊숙한 곳에 쥐덫을 놓는다. 그러나 그것은 쥐를 잡으려는 것보다 나를 겁주려는 것이다. 한번은 어머니가 한눈을 파는 사이에 몰래 숨어 들어갔었다. 그런데 어머니가 자물통을 잠그고 가시는 바람에 그만 갇히고 말았다.

어둡기도 하고 오줌도 마려워서 악을 쓰며 울었다. 금순이가 귓결에 듣고 어머니와 함께 허둥지둥 뛰어왔다. 나는 매를 맞을까봐 더 크게 울고 기어이 오줌도 쌌다.

이런 일이 있었으니 큰 소리로 쥐덫 놓게…… 하는 것은 어쩌면 나 들으라고 한 소리는 아니었을까. 곡간에는 잘 건조된 것들만을 보관한다. 곡간은 놋쇠 자물통으로 채워둔다. 그리고 어머니가 관리하신다.

헛간에는 정말 여러 가지 재미나는 물건들이 많다. 방과 마루를 쓸어내는 방비, 부엌이나 봉당에서 쓰는 수수비 그리고 앞마당과 큰 길, 뒤뜰의 낙엽 등을 쓰는 싸리비가 있다. 빗자루들은 다발로 묶여있다. 눈을 치는 눈삽이 있고 삼태기가 있다. 시루도 있다. 작은 시루는 장독 위에 얹어 둔다. 그러나 지밥(술밥)을 찌는 큰 시루는 광 선반에 얹는다. 크고 작은 바가지도 걸려있다. 둘둘 말은 고무호스도 있다. 아주 길다. 꽃밭에 물 줄 때 쓰는 것이다. 풍구도 있고 자전거도 있다.

키, 소쿠리, 떡메, 놋그릇, 함지박, 절구와 절굿공이, 또 맷돌 같은 것이 있다. 나무를 자르는 전기톱도 한구석에 있다. 말아서 헛간 구석에 세워놓은 것은 멍석이다. 정월에 동네 사람들이 윷놀이 할 때 빌려간다. 지게도 있다. 지게는 내 손이 닿지 않는 높은 곳에 얹혀있다. 법에 걸린다는 밀주 항아리도 거기에 있다. 헌 포대기로 덮어놓았다.

아버지가 사랑하는 화분들과 퇴비도 녹슨 벽난로 뒤에 있다. 모란 그림 웅 보자기에 싸서 빈 화분 안에 숨겨 둔 것은 전지가위다. 일본에서 주문해 사오셨다.

아버지가 나를 예뻐하시지만 이 전지가위로 아무거나 잘라 못 쓰게 만들면 아마 매를 맞을는지도 모른다. 나는 이곳에 숨어들어 와 혼자 논다.

하지만 그런 것을 만지지는 않는다. 쌓아놓은 가마니 위에 올라앉아 고구마를 깎아 먹는 것도 재미있다.

지게와 빨래

내 손이 닿지 못하도록 높게 매단 지게는 춘섭 아저씨가 만든 것이다. 초여름부터 가을까지 한철을 다 보내면서 만들었다.

김장을 나를 때나 장작을 부엌에 져 나를 때 사용한다. 아저씨의 지게는 소나무로 만들었다. 가장 귀가 사슴의 뿔처럼 옆으로 뻗은 실한 나무다.

그것을 둘로 켜서 만든다. 그것은 짐받이와 지겟다리가 된다. 지겟작대기는 손아귀에 편하게 잡히는 굵기면 좋다. 하지만 곁가지가 생긴 단단한 나무를 고른다. 우선 낫으로 잔가지를 치고 박피를 한다. 나무 두 짝의 굵기와 크기가 얼추 같아질 때까지 다듬는다. 아저씨의 지게 받침목은 아주 튼튼하다. 여느 지게와 다르다.

그것은 받침목이 제 몸에서 뻗은 생가지이기 때문이란다. 아저씨가 지게를 만들겠다고 나무를 가져왔다. 어머니가 보시고 "어느 세월에 그것을 만들겠나? 여기 돈 있으니 하나 사오시게." 하셨다. 그러나 춘섭 아저씨는 지게는 제 몸에 맞아야 힘을 쓴다며 "틈나는 대로 하면 됩니다." 라고 말했다.

그의 말대로 아저씨는 틈이 나는 대로 지게를 다듬었다. 처음에는 낫으로 치고 깎기로 찍어냈다. 그리고 등산용 칼 두 자루를 번갈아 썼다.

칼이 무뎌지면 숫돌에 갈아가면서 다듬었다. 나는 쪼그리고 앉아 그것을 보는 것이 재미있다. 오금이 저려서 일어나 들어가려 하다가도 다시 돌아와 보곤 했다.

어떻게 변해가는지가 괜히 궁금해서다. 그러나 한 달여를 같은 작업만 하기 때문에 그만 싫증이 났다.

나는 아저씨가 응달에 앉아 지게를 만들고 있어도 이제는 그냥 지나간다. 얼마 전에는 "아기씨 이것 좀 보세요." 하고 나를 불렀어도 못 들은 체하고 갔다.

그러면서 지게에 대한 것은 잊었다. 어느 날 아저씨가 새끼를 꼬고 있다.

내가 줄넘기를 하며 헛간으로 가는데 헛간 처마 밑에서 새끼를 꼬고 있는 것이다. 응? 지게는 어쩌고 새끼를 꼬는 걸까. "아저씨, 그것 뭐 하는 거야. 지게는 다 만들었어?" 내가 물었지만 아저씨는 잠자코 있다. "그것 뭐 하는 거냐니까?" 내가 조금 토라져서 짜증을 냈다. 그제야 아저씨가 시무룩하게 대답한다. "새끼 꼬는 거잖아요." 한다. 오늘 아저씨는 기분이 그저 그런가 보다.

나는 아저씨가 왠지 짠해 보여서 아저씨 옆에 바싹 다가앉으며 물었다. "아저씨 지게는 어쨌어? 다 만든 거야?" 아저씨는 말없이 꼬던 새끼에서 검불을 뜯어낸다. 그리고 투덜대듯이 중얼거린다. "아기씨가 안 봐줘서 그만 집어쳤어요." 한다. 나는 공연히 미안한 생각이 들었다. "그러게 어머니가 하나 사라고 하셨잖아." 하며 새끼 꼬는 것을 잠시 들여다보다 일어났다. 이제 나는 지게에 대해서는 아무 관심도 없다.

장마가 끝나고 하늘이 높아졌다. 아침저녁으로 시원한 일기가 계속됐다. "아이고 날씨 좀 봐라. 내일은 광목 좀 내다 빨아야 겠구나." 어머니는 빨래를 하시려 한다. 외할머니도 오시고 이모까지 오셨으니 물놀이 겸 빨래를 하시려는 것이다. 어머니는 아저씨를 불러 말씀하신다. "내일 빨래를 가야 하니 수복이네 집에 연락해서 달구지를 쓰겠다고 이르게…… 그리고 지게도 빌려오고…… 무쇠솥도 걸어야 하네……"

희뿌옇게 봉창이 밝아오는 이른 새벽이다. 어른들도 아직 일어나지 않았다. 금순 언니가 솥에 불을 지피는 것 같다. 장작이 타며 작은 불똥이 튀는 소리가 들린다. 탁, 탁, 탁. 나는 빨래하러 갈 생각에 잠을 설쳤다. 나는 부엌으로 내려와서 아궁이 앞에 쪼그리고 앉았다. 활활 타는 열기에 정강이와 무릎이 뜨겁다. 조금 뒤로 물러나 앉아 치마를 끌어내려 무릎을 덮었다. 그래도 뜨겁다. 불을 쬐면서도 눈으로는 대야와 빨랫방망이를 찾는다.

부엌 창 방 마루 밑에 두었었는데 보이지 않는다. 언니는 내가 잠이 덜 깨서 두리번거리는 줄로 아나보다. "영선아, 들어가 더 자거라. 언니가 누룽지 긁어 놓을게." 한다. "응 더 잘게…… 근데 언니 내 빨랫방망이 못봤어? 빨랫방망이 찾아줘야 해…… 알았지?" "알았다. 영선이가 빨래 생각 때문에 일찍 일어났구나……" 나는 다시 들어가서 잠을 잤다. 언니가 흔들어 깨울 때까지 잤다.

나는 신이 나서 빨랫감을 챙긴다. 꽃 그림이 그려진 주걱만 한 빨랫방망이도 넣었다. 금순 언니가 찾아줬다. 그리고 책가방 안에서 노래책을 꺼냈다. '개울에 가서 불러야지…… 그곳에 가서는 치마는 벗어놓고 속바지만 입을 거다.'

그래서 아예 속바지를 껴입었다. 춘섭 아저씨가 지게를 지고 들어왔다. 어? 새 지게다. 춘섭 아저씨가 만든 것이다. 접때 새끼를 꼬더니 그것으로 지게의 밀삐(지게 멜빵)를 만든 것이 분명하다. 지게는 한눈에 봐도 예사롭지 않다. 크지도 작지도 않다. 지겟작대기에 의지해 서 있는 것이 안정감이 있다. 다부져 보인다. 여느 지게처럼 거칠지 않다. 짚으로 된 등태와 밀삐의 짜임새가 매끄럽게 떨어졌다. 몸에 착 붙는다. 나는 놀라서 아저씨를 쳐다보았다.

아저씨는 웃고 있다. 아저씨는 지게 위에 바소쿠리를 올려놓는다. 그리고 두 손을 모아 합장한 자세로 잠시 지게에 묵념을 했다. 그리고 내게 가까이 와서 귀에다 대고 속삭인다. "아기씨. 태워드릴게요." 하며 나를 번쩍 들어 지게에 올려 앉혔다.

울 안을 한 바퀴 돌고 나왔다. 지게 위에 올라앉으니 닭장 안에 암탉이 둥지에 들어가 있는 것도 보인다. 팔을 뻗으니 제법 굵어진 풋감도 만져진다. 어머니가 보시고 영선이가 지게 개시를 하는구나 하신다. 어머니는 내가 지게를 만들 때 그곳에 쪼그리고 앉아 구경하는 것을 보신 적이 있으시다. 어머니는 지게를 이리저리 살펴보신다. "한여름 고생했네. 하나 사지 않고…… 그나저나 아까워서 어디 쓰겠나?" 하시며 춘섭 아저씨를 대견해 하셨다.

빨래터

오늘은 마치 소풍 가는 날 같다. 부엌에서는 새참거리를 준비한다. 팥을 섞어 찰밥을 쪄서 큰 합에 담았다. 찬합에는 밑반찬을 담는다. 마늘장아찌도 있고 오이지도 있다. 내가 먹을 장조림도 쌌다. 수박도 한 통 가지고 간다. 수복이네 소달구지가 우리를 태워다 준다. 달구지가 왔다. 수복이네 아저씨는 오십 줄에 들어선 중

노인이다.

아저씨는 담배를 매우 좋아하신다. 틈만 있으면 조끼 주머니에서 담배쌈지와 종이 쪼가리를 꺼내 담배를 만다. 담뱃잎은 작두로 썬 것이다. 종이 위에 담배 가루를 놓고 비스듬히 만다. 종이의 이음 자리를 혀끝의 침으로 바른다. 그저 벌어지지만 않으면 된다. 늘 손톱 밑이 까맣다. 엄지와 검지는 댓진에 쩔어서 누렇다.

어머니가 내 오신 빨랫감은 무명 한 필에 광목이 세 필이다. 수복이네 아버지가 지게로 필목들을 져 나른다. 솥도 날랐다. 그리고 점심이 담긴 함지박도 지게로 옮겼다. 누군가가 재빨리 모주단지도 올려놓았다. 어머니와 할머니, 이모, 금순 언니, 나까지 올라탔다. 마지막으로 장작단을 실으니 달구지가 꽉 찼다.

아저씨가 두 다리를 늘어트리고 달구지 끝에 걸터앉았다. 출발 준비가 다 된 것이다. 수복이 아버지가 채찍을 들어 가볍게 소잔등을 친다. 이랴! 하니 소가 어슬렁거리며 나간다. 나는 빨랫감을 두툼하게 깔고 금순 언니의 무릎을 베고 누었다.

높고 푸른 하늘에 흰 구름이 흘러간다. 구름은 모아졌다 흐트러지면서 여러 가지 모양을 만든다. 온천 표시가 그려진 목욕탕 높은 굴뚝에서 검은 연기가 나온다.

나는 노래책을 꺼내서 노래를 부른다. 소가 느릿느릿 어슬렁거릴 때마다 장단처럼 울리는 워낭 소리가 무척이나 한가롭게 느껴진다.

빨래터는 청수장 별장 뒤 계곡이다. 계곡이 가까워지자 물소리가 시원하게 들린다. 계곡의 초입까지 왔다. 달구지를 세우고 짐들을 내린다.

여기서부터는 지게로 짐을 나른다. 춘섭이 아저씨와 수복이 아버지가 두 번씩 져 날랐다. 어머니가 수고비와 막걸리 값을 주니 수복이 아버지는 허리를 깊이 숙여 절을 한다. 수복이 아버지는 세 시경에 다시 오겠다며 달구지를 몰고 돌아갔다. 나는 금순 언니에게 매달려 걷는다. 골이 지고 험한 곳은 업혀 가며 오른다. 넓은 웅덩이가 있는 빨래터까지 왔다. 산꼭대기에서 흘러내리는 빠른 물살은 웅덩이에서 한번 크게 맴을 돈다. 그리고 다시 흘러 아랫동네에 이른다.

물은 평지에서는 큰 수로를 따라 소리를 내며 흘러간다. 사람들은 이 수로에서 빨래를 한다. 조금 높은 곳으로 오르면서는 발을 담그고 등물도 한다. 그러나 옷을 벗고 목욕을 하기에는 마땅치 않다. 가려줄 숲 같은 곳이 없어서다.

우리가 빨래하는 곳은 바위가 마당처럼 펑퍼짐한 곳이다. 이곳에 가마솥을 걸고 빨래를 삶는다. 삶은 빨래를 꺼내 흐르는 물에 빨아 바위에 펴 넌다. 보통 빨래들은 아래쪽에서 빤다. 그러나 광목이나 무명들을 필로 바램질할 때는 더 올라가야 한다. 삶고 빨고 널고 하는 것이 제대로 갖춰져 있는 곳이라야 한다.

춘섭 아저씨는 벌써 가마솥을 다 걸었다. 굵직한 돌들을 주워다가 아궁이를 만들고 솥을 걸었다. 솥이 편하게 앉혀졌다. 초벌 빨래가 끝나면 불을 지펴 빨래를 삶는다. 삶을 때는 잿물을 넣는다. 솥에 물을 붓고 잿물을 잘 푼 다음에 무명이나 광목을 넣어야 한다. 잿물은 반짝반짝 빛나는 흰 덩어린데 아주 위험한 것이다. 아이들은 가까이 가지 못하도록 주의를 시킨다.

어른들도 직접 손에 닿거나 잿물이 튈까봐 조심한다. 이것을 넣고 빨래를 삶으면 빨래에 있던 누런색이 빠져나온다. 그것을 몇 번 물에 적셨다가 햇볕에 널어 말리면 아주 하얗게 표백이 된다.

어머니, 할머니, 이모, 금순 언니가 자리를 잡고 앉았다. 광목 필을 물에 적셔 방망이로 두드린다. 방망이 소리가 계곡에 차고 산을 울린다.

물을 먹고 방망이로 매를 맞은 광목이 풀이 죽고 부드러워졌다.

금순 언니가 먼저 김이 오른 가마솥에 빨래를 넣는다. 광목을 필째 넣을 때는 광목을 휘휘 둘러 감아서 넣는다. 솥가 쪽으로 붙여서 넣어야 한다.

둥글게 똬리를 틀듯이 해서 넣는다. 둘둘 말은 빨래의 한가운데가 뚫려있어야 한다.

어머니가 긴 꼬챙이로 빨래가 뜨지 않도록 꾹꾹 눌러준다. 할머니가 두드렸던 광목이 들어갔다. 그것도 역시 돌려가며 넣었다.

우리집 무쇠솥은 광목이 두 필 들어간다. 소 여물을 쒔던 것이라고 한다. 엄청 크다. 춘천 큰아버지 댁에서 가져온 것이다. 춘섭 아저씨가 나무를 더 지핀다.

바람이 분다. 연기가 사방으로 퍼진다. 매워서 눈물이 났다.

가마솥의 빨래가 끓는다. 가운데 벌려놓은 곳으로 누런 잿물이 펄떡펄떡 튀며 끓어오른다. 다 삶아진 빨래를 끌어내고 새 것을 넣는다. 끌어낼 때는 아주 조심해야 한다. 솥이 기울지 않도록 조심한다. 잿물이 묻은 뜨겁고 무거운 필목이다.

아저씨와 금순 언니가 지겟작대기를 이용해서 끌어냈다. 끌어낸 빨래를 개울물에 담가 발로 밟는다. 이때는 노래를 부르면서 밟는다. "산 위에서 부는 바람 시원한 바람~ 그 바람은 좋은 바람 고마운 바람~ 여름에 나무꾼이 나무를 할 때 이마에 흐른 땀을 씻어준대요~"

나는 책에서 배우지 않은 것도 모두 부를 수 있다. 금순 언니가 가르쳐주었다. 밟을 때에 뜨거운 물이 발가락 사이로 넘쳐 나온다. 말할 수 없이 신기하다.

잿물이 어지간히 빠진 빨래를 다시 방망이로 두들겨서 바위에 넌다. 햇볕에 말린 빨래를 다시 물에 넣어 밟고 두들기고 해서 또 넌다. 누렇던 광목이 하얗게 됐다. 바람에 펄럭이는 빨래는 굵직한 돌로 지질러 놓는다.

외할머니와 이모는 달포 전에 일본에서 오셨다. 외삼촌과 이모가 일본에서 유학하고 있기 때문에 할머니도 그곳에 가 계셨다. 공부를 마치면 아주 귀국하신다고 한다.

우리는 점심을 먹고 물에 담갔던 수박도 쪼겠다.

모주는 작은 공기 하나씩을 드시고 수복이 아버지 몫을 남겼다. 어머니가 "하루 종일 마차 끌고 다니기도 힘들 거다." 하시며 챙기신 것이다.

나는 아버지가 꽃밭에서 일할 때 목에 두르시는 수건과 양말을 빨았다.

수건은 잘 빨아서 바위에 널었다. 그러나 양말 두 짝을 함께 빨다가 한 짝이 물에 떠내려갔다. "언니 양말!" 내가 소리치며 언니를 불렀다.

양말이 바위틈에 걸려있다. 언니가 급히 쫓아 내려갔다. 그러나 바위틈에 걸렸던 양말이 다시 떠내려갔다. 그곳부터는 물살이 빠른 곳이다. 그래서 아버지 양말 한 짝을 잃어버리고 말았다.

춘섭 아저씨는 점심 먹은 뒷설거지를 한다. 그리고 불을 지폈던 아궁이 자리에 물을 뿌려 화기를 말끔히 껐다. 어머니와 할머니는 흐르는 물에 머리를 감으신다.

금순 언니는 어른들의 고무신을 닦는다. 수박을 동여왔던 새끼를 풀어 비누를 칠해서 뽀얗게 닦았다. 나란히 바위에 엎어놓았다.

이모는 종아리를 풀, 가시에 찔려가며 산 오디를 따왔다. 한 바가지나 된다.

깨끗한 물로 씻어왔다고 한다. "영선아, 아~ 해라. 이모가 넣어 줄게…… 손에 오디 물든다." 내가 한 것이라고는 수건 하나 빨아 너른 것뿐인데 피곤했던지 잠이 쏟아졌다. 춘섭 아저씨가 잡아다 준 매미를 꼭 쥔 채 그대로 잠이 들었다.

시원한 산바람이 깊은 잠에 떨어지게 한 것이다. 아저씨 등에 업혀 내려왔다.

나는 돌아오는 길에도 소달구지에 흔들리며 하늘의 구름을 보려 했다.

그런데 집에 다 와서야 언니가 흔들어서 일어났다. 나는 지금도 가끔 소달구지의 흔들림이 그립다.

그 후로 내가 금순 언니를 따라 빨래를 하러 가려고 하면 아버지는 한 짝 남은 양말을 주신다. "영선아, 이것은 떠내려 보내도 괜찮다." 하시며 나를 놀리신다.

나는 그것이 싫어서 토라지고 울고 그랬다. 아버지는 나를 사랑하시지만 짓궂으셔서 나를 울려놓고는 달래시는데 진땀을 흘리셨다. 오 나의 아버지!

나는 헛간에 가서 춘섭 아저씨가 만든 지게를 만져봤다. 새끼를 꼬아 만든 밀삐도 매끄럽고 튼튼했다. 지게를 받쳐주는 작대기의 머리 부분은 V자 모양으로 곁가지가 있다. 지게를 고정시킬 때 지게가 V자로 파인 곳에 물려야 한다.

나는 헛간에서 지게를 지고 놀다가 크게 다쳤다. 지게를 내려놓으려고 주저앉다가 앞으로 고꾸라져 입술이 터진 것이다. 코도 깨지고 앞니도 흔들렸다. 피도 많이 흘렸다. 지겟다리가 쌓아 놓은 가마니에 걸렸던 거였다.

그날 아무 잘못도 없는 춘섭 아저씨는 죄송합니다. 소리를 계속했다. 아버지는 헛간 높은 곳에 지게를 올려놓으셨다. 그 후로 지게는 만져보지 못했다.

지게는 무거운 물건을 져 나르는데 쓰는 운반용구다. 산길이나 논두렁 같은 좁은 곳으로도 갈 수 있다. 사람들이 통과할 수 있는 곳이면 어디든지 간다. 지게에는 바소쿠리라는 것을 얹는다. 큰 물건들은 바소쿠리 없이 올려놓는다. 그러나 옹기종기 작은 것들은 바소쿠리에 담아서 옮긴다. 바소쿠리는 싸리나무로 만든다. 둥글고 넙적하게 조가비 모양으로 엮는다. 폈다 접었다 할 수 있도록 만든 개폐식 소쿠리다.

지겟작대기는 옆으로 들면 중심을 잡아주는 추 역할을 한다. 그리고 땅을 짚으면 지팡이다. 산길을 가다가 가시덤불을 쳐내기도 하고 낯선 개가 짖어대면 쫓기도 한다.

다듬이 소리

어머니가 다듬잇돌과 방망이를 내오신다. 다듬잇방망이를 여유 있게 꺼내셨다.

다듬잇돌과 방망이를 물행주로 닦으신다. 다듬잇감은 아침나절에 풀을 먹어 밟아놓았다. 어머니가 다듬잇돌을 댓돌 앞까지 끌어오신다.

다듬이질을 마루 한가운데서 하면 아주 시끄러워진다. 놋재떨이, 요강, 뒤주 위의 항아리 같은 것이 울리기 때문이다. 다듬잇방망이를 여러 개 내오시는 것은 손에 땀이 나면 바꿔 쓰시려는 것이다. 다듬잇돌은 돌로 된 것과 나무로 된 것 두 종류가 있다. 제기(祭器)가 대물림을 하듯이 다듬잇돌도 물려받는다. 우리집 것은 박달나무로 된 것이다. 외갓집 것을 물린 것이다.

다듬잇돌은 나무로 만든 것이라도 다듬잇돌라고 부른다. 분명 나무인데 돌이라고 우겨도 통하는 것은 다듬잇돌뿐이다. 다듬이나무라는 소리는 들어보지 못했다.

다듬이질할 필 광목을 개는 것에도 순서가 있다.

언니가 적당한 거리를 두고 앉았다. 3미터쯤의 거리다. 잘 풀새한 광목 폭을 반으로 접는다. 접은 광목의 양끝 귀퉁이를 잡을 때는 단단히 잡아야 한다.

어머니가 멀찌감치 떨어져서 같은 모양으로 잡으신다. 첫 번째로 하는 것은 광목의 한쪽 귀퉁이를 잡고 대각선으로 당기는 것이다. 두 분 모두 오른손으로 당긴다. 탱탱하게 당긴다.

그리고 이번에는 왼손으로 당긴다. 왼쪽도 그렇게 당긴다.

한쪽씩 번갈아 몇 번 반복한다. 다음은 양손으로 주름을 잡듯 바깥쪽에서 안쪽으로 모아 쥐고 당긴다. 한 번, 두 번, 세 번…… 이것도 반복해서 당긴다. 힘껏 당긴다.

세 번째는 모아 쥔 광목을 다시 펼쳐서 힘껏 흔들어 턴다. 그리고 다시 당긴다.

여기까지가 한 코스다. 어머니가 잡았던 곳을 언니가 잡는다. 어머니는 너댓 걸음 물린 곳에서 잡으신다. 먼저처럼 대각선으로 잡아당긴다. 그리고 주름을 잡듯이 모아 다시 당긴다. 또 필목을 벌려 세게 털어서 당긴다.

이렇게 해서 한 필을 모두 당겨 펴시는 것이다. 이것을 두 분이 대청마루에서 연출할 때 나는 넋을 놓고 쳐다본다. 나도 해보고 싶다. 그러나 이것은 무엇보다 힘겨루기가 같아야 한다. 나는 아직 어려서 안 된다고 하신다.

필목을 잡을 때다. 어머니가 언니를 데리고 장난을 하신다. 언니가 한 번, 두 번, 세 번 힘껏 당기고 있을 때 어머니가 슬그머니 당기던 것을 놓으신다. 언니가 뒤로 벌러덩 자빠진다. 어머니가 웃으신다. "다치지 않았니?" 언니도 웃는다. "괜찮아요." 나도 깔깔대며 웃는다.

마지막으로 손질한 긴 광목을 갠다. 언니가 필목을 잡아드린다. 어머니는 두 손으로 광목을 적당한 넓이로 잡으셨다. 그리고 언니가 잡아드리는 광목을 왼손에서 한 번 오른손에서 한 번 번갈아 지그재그로 갠다. 끝자락이 남지도 모자라지도 않게 개지면 아주 즐거워하신다. 잡은 사람, 갠 사람의 마음이 딱 맞는다고 여기신다.

아버지는 외출하시고 오빠는 건넌방에서 책을 본다. 어머니는 푸새한 빨래를 펴보신다. 영선이가 많이 밟았구나. 풀이 골고루 퍼졌다고 하신다. 어머니는 다듬잇돌보다 조금 짧게 개서 다듬잇돌 위에 올려놓으셨다.

어머니는 하얀 속치마와 속적삼 차림으로 앉으셨다. 양반다리로 편히 앉아 허리를 곧게 세우신다. 방망이 하나로 통 통 통, 때려 보시고 바로 양손으로 두드리신다. 광목이나 옥양목 무명 같은 천은 소리가 둔하다.

빨래가 두터울수록 때리는 소리도 투박하다. 언니가 아버지 방에 자리를 깔고 자리끼까지 떠다 놓고 나왔다. 냉수 한 대접을 쟁반에 받쳐 어머니 곁에 놓는다.

엄마와 마주 보고 앉는다. 금순 언니는 행주치마만 벗어 옆에 놓았다. 언니는 한 손 방망이질로 자근자근 두어 번 두드리는가 했는데 어느새 끼어들어 어머니와 함께 두드린다. 다듬이 소리가 장단을 맞추며 어우러졌다.

언니는 어떻게 어머니가 다듬이질을 하시고 계시는데 끼어들었을까? 그러나 나는 알고 있다. 내가 줄넘기를 할 때다. 언니는 "영선아, 나 들어간다." 하면서 돌아가는 줄 안으로 재빨리 들어왔다. 다듬이질도 그렇게 한 것일 게다.

다듬이 소리가 한결 빨라졌다. 한참을 두드렸다. 왼팔이 높으면 오른팔은 낮게 올린다. 오른팔이 높으면 왼팔은 낮다. 어머니의 다듬이 소리는 똑딱똑딱 언니는 따각따각이다. 클라이맥스에는 방망이 넷을 일제히 높이 올려서 때린다.

이번에는 홍두깨에 천을 감으신다. 홍두깨는 비단이나 명주 또는 모시처럼 얇고 고은 천을 다듬이질할 때 쓴다. 홍두깨는 둥글고 매끈한 박달나무 몽둥인데 다듬잇돌보다 두 뼘 정도가 길다. 어머니는 홍두깨에 옷감을 감으신다.

필 명주를 감을 때는 필목이 어긋나지 않게 감아야 한다. 언니가 붙들고 어머니가 감으셨다. 명주 필의 양끝을 끈으로 묶어 고정시킨다. 다듬이질이 다시 시작됐다.

"영선아, 홍두깨 좀 잡아다오." 나는 뛰어가서 홍두깨를 잡아 드린다. 나도 엄마와 언니와 함께 다듬이질을 하는 것이다.

"엄마, 홍두깨는 뭐 하는 거야?" 어머니는 옷감의 구김을 펴고 매끄럽고 윤이 나게 하는 것이라고 하신다. 홍두깨 소리는 먼저의 다듬이 소리와는 아주 다르다. 스님의 목탁소리처럼 청명하면서 경쾌하다. 천이 얇고 발이 고와서다. 다듬이질은 소리만 좋은 것이 아니다. 마주 앉은 여인들의 모습도 예쁘다. 반듯한 앞가르마를 하고 허리를 세운 곧은 자세, 팔을 올릴 때마다 드러나는 저고리와 치맛귀 사이에 수줍은 겨드랑이, 격자문 창호에 어린 그림자, 냉냉한 밤기운 등등이다.

듣기에 즐거운 세 가지 소리라고 해서 삼희성(三喜聲)이란 말이 있다.

책 읽는 소리, 아기 우는 소리 그리고 다듬이 소리다. 낮은 담 너머에서 들리는 선비의 책 읽는 소리, 선잠을 깬 아기의 어미 찾는 울음소리 그리고 부지런하고 알뜰한 여인들이 만들어 내는 늦은 시간의 다듬이 소리다.

어머니가 다듬잇돌을 조금 돌려 앉히신다. 내가 편한 자세로 대문을 볼 수 있도록 하시는 것이다. 어머니는 내가 아버지를 기다리는 것을 알고 계시다. 그래서 내가 무료하지 않도록 홍두깨를 잡게 하신다.

나는 홍두깨를 조금씩 돌려본다. 그래야 골고루 다듬어질 것 같아서다. 어머니가 잘한다고 눈으로 칭찬하신다. 다듬이 소리는 멜로디는 없지만 장단과 고저와 강약이 있다. 그래서 어떠한 장르의 멜로디라도 함께할 수 있다.

즐겁고 기쁠 때보다 외롭고 슬플 때 다듬이 소리는 나를 위로하며 깊은 사색의 세계로 이끌곤 했다. 출타하셨던 아버지가 들어오셨다. 언니가 방망이를 내려놓고 일어나 절을 한다. 어머니도 늦으셨습니다 하신다.

아버지는 "우리집에서 나는 거구나. 저 솔뫼까지 들려서 어느 집인가 했더니…… 계속하세요. 오래간만에 들으니 좋구나……" 하신다.

다듬이 소리가 다시 이어진다.

또드락, 또드락, 또드락 끊어질 듯 다시 이어지고 잦아졌다가 다시 일어난다. 네 개의 방망이가 번갈아 떨어지는 소리다. 골짜기에서 흘러내리는 물소리처럼 들린다. 아버지가 양복저고리를 들고 일어나신다. "영선아, 너는 그만 들어가 자야지……" 그때 일제히 마당에서 벌레들이 울기 시작했다.

아홉 시다. 벌레들은 하루에 다섯 번 내지 여섯 번 운다. 매일 같은 시간에 운다. 아침에는 여섯 시에 한낮에는 열두 시, 저녁에는 다섯 시, 일곱 시, 아홉 시 그리고 밤 열두 시에 한 번 더 운다.

지금 아버지와 내가 듣고 있는 것은 다듬이와 풀벌레의 합주다. 벌레들이 다듬이 소리에 맞춰 노래를 하는 것일까? 아니면 어머니가 벌레들의 노래에 장단을 치시는 것일까? 그것은 베토벤의 전원 교향악의 버금가는 오묘한 자연의 합주다.

한복을 빨 때는 바지나 저고리 또는 치마, 두루마기까지 솔기 하나하나를 다 뜯는다. 여섯 폭 치마는 여섯 폭을, 열두 폭 치마는 열두 폭 모두를 뜯어서 분리한다.

옷고름까지도 솔기를 뜯는다. 그렇게 해서 실밥을 털어내고 깨끗이 빠는 것이다.

그리고 풀을 먹여 바람에 말린다. 여러 번 손질을 해 가며 밟는다. 풀 먹인 빨래를 밟는 것을 푸새라 한다. 푸새한 것을 다듬이질로 판판해지도록 두드린다.

무명이나 광목은 다듬이질로 끝난다. 하지만 명주나 모시, 생모시 같은 것은 다듬이질과 홍두깨를 모두 거친다. 고름, 깃고대, 소매, 진동, 앞섶 같은 작은 쪼가리 하나라도 없어지거나 구김이 가서는 안 된다. 꼼꼼하게 손질해서 홍두깨에 감아 윤기를 낸다. 굳이 둥근 홍두깨를 쓰는 것은 비단이 꺾이거나 겹쳐지지 않게 하기 위해서다.

진솔옷이라는 말이 있다. 그것은 새 천으로 지어서 첫물빨래를 하지 않은 옷을 이르는 말이다. 진솔일 때 더 입으라는 말도 있다. 다소 때가 탄 것이라도 빨아서 다시 만든 것보다는 좋다는 뜻이다.

설을 앞두고 어머니는 바쁘시다. 나와 동생의 설빔을 지으신다. 어머니는 손이 예쁘셨다. 화롯불에 인두를 묻고 인두판을 무릎에 놓으신다.

오른손 검지에 골무를 끼셨다. 나는 어머니의 손을 쳐다보는 것이 참 좋았다.

바늘귀에 실을 꿰어 홈질하는 모습도 예쁘다. 인두가 달았나? 하며 입술 가까이 대고 열기를 느껴 보신다. 어머니는 옷고름을 만드신다.

반으로 접은 천 두 자락을 같이 홈질하신다. 가는 바늘에 실을 꿰어 빠른 손놀림으로 혼다. 바늘이 뜬 간격이 쪽 고르다. 바늘을 뺄 때는 바늘귀를 골무 낀 검지로 밀어넣으신다. 바늘이 빠져나오며 그 자리에 실이 물려있다. 홈질된 자리를 꺾으며 인두로 눌러준다. 아 신기다. 어쩌면 저렇게 빨리 할 수가 있을까?

어머니는 나를 보고 웃으신다. 어머니가 자를 넣어 고름을 뒤집으신다. "영선아, 이것마저 뒤집어라" 하시며 내게 주신다. 시작은 어머니가 하셨지만 마무리는 나에게 시키신다. 시작하는 것이 쉽지 않기 때문이다.

달궈진 인두 모서리로 인두판 위의 저고리 도련을 그리신다. 단숨에 만들어 내는 곡선이다. 이것 역시 신기하다. 예술이다.

내 저고리는 연두색이다. 동생은 색동저고리다. 금순 언니는 치마의 말기를 단다.

어머니가 언니에게 이르신다. "금순아. 주름이 너무 뜨다. 조금 잘잘하게 잡아라"(치마의 주름과 주름 사이의 간격이 넓으니 조금 촘촘하게 잡으라는 말씀이시다.)

어머니가 바느질하실 때 내가 하는 것 세 가지가 있다. 실패에 실을 감으실 때 실타래를 잡아드리는 것이다. 두 손을 쫙 펴들고 실타래를 손등에 건다. 그리고 팔을 벌리고 있으면 된다. 가끔 실을 쫓아 두 팔을 이리저리 옮기기도 한다.

또 하나는 바늘에 실을 끼우는 것이다. 실끝에 침을 칠해서 엄지와 검지로 꼰다. 가늘고 **빳빳하게** 된 실을 바늘귀에 넣는 것이다. 잘 되지 않는다. 몇 번이고 한다. 실끝이 손때와 땀으로 까맣게 될 때까지 해 본다.

어머니와 언니는 단숨에 실을 바늘귀에 끼신다. 그러나 내가 있을 때는 내게 시키신다. 내가 땀을 뻘뻘 흘리고 바늘귀에 실을 낄 때 두 분이 실뜨기를 하신 적도 있다. 내가 꼭 넣을 수 있다고 장담을 했기 때문이다.

그리고 옷고름을 뒤집는 것이다. 고름은 긴 천을 접어 길이와 가로의 한쪽을 꿰맨 것이다. 막힌 쪽으로 자(바느질할 때 치수를 재는 눈금자)를 들이밀어가며 뒤집는다. 옷고름은 두 짝이다.

창경원 박람회

춘천서는 서울 나들이를 일 년에 두 차례 오신다.

봄에 창경원 벚꽃놀이와 거기서 열리는 박람회가 1순위다. 그리고 가을에 덕수궁에서 열리는 국화 전시전이 두 번째 볼거리다. 해마다 오시지만 같은 사람이 계속 오는 것은 아니다. 봄에는 큰아버지 내외분과 할머님이 다녀가셨다면 가을에는 고모와 고모부가 오신다.

농한기를 이용해서 일손이 한가한 사람들이 서울 바람을 쐬러 오신다.

노할머니는 작은 몸집에 얼굴은 주름투성이다. 긴 장죽에 쌈지담배를 채워놓고 화롯불에 댕겨 피우신다. 가끔은 내게도 담뱃불 심부름을 시키신다.

"영선아, 담뱃불 좀 붙여오너라" "네" 나는 부엌으로 뛰어간다. 아궁이 앞에 엎던 잿더미를 헤치고 불씨를 찾는다. 겨우 찾아 담배에 붙여보지만 잘 안 된다.

천신만고 끝에 불은 붙였다. 꺼지지 않도록 뻐금거리고 가다 보면 담배 한 대를 다 태우게 된다. 할머니가 받아서 두어 모금 빠시다가 놋재떨이에 털어버리신다.

"영선이가 다 피었구나" 하시며 이도 없는 합죽한 입을 모아 웃으신다.

할머니는 기역 자로 꼬부라진 장죽으로 멀리 있는 재떨이도 끌어당기고 가끔은 효자손으로도 쓰셨다. 하회탈을 보면 지금도 할머니가 떠오른다. 꼭 그렇게 생기셨다.

우리는 할머니를 모시고 창경원에 벚꽃놀이를 간다. 그곳에서는 마침 박람회도 열리고 있다.

우리 식구는 여섯 명이다. 엄마, 아빠, 오빠, 동생(난이), 나 그리고 금순 언니. 그리고 춘천 식구 세 분, 할머니와 큰아버지, 큰어머니 이렇게 창경원에 갈 사람은 모두 아홉 명이다.

어제저녁을 먹을 때 오빠는 "저는 내일 창경원에 가지 않을 거예요." 하고 아버지께 말했었다. 아버지는 그렇게 하렴…… 하고 선선히 허락하셨다.

그런데 떠날 시간이 되니까 오빠가 외출 차림을 하고 나오는 것이다. 아버지가 "어디 가니? 창경원에는 안 간다면서……" 하고 물으셨다. "갈 겁니다. 아버지 혼자서는 통솔하시기가 어려우실 것 같아서요." 한다.

금순 언니가 큰길에 나가 자동차 세 대를 불러왔다. 오빠가 배차를 한다. "어머니와 금순이 누나가 할머니를 모시고 같이 타세요. 그리고 아버지는 영선이와 영난이를 데리고 뒤따라오시는 거예요. 저는 큰아버지 큰어머니를 모시고 먼저 가 있을 게요."

어머니가 "할머니는 아버지하고 가시는 걸 좋아하시는데……" 하신다. "아녜요. 할머니는 어머니와 금순이 누나가 모시고 오셔야 돼요. 그리고 아버지는 영난이를 안으셔야 하지 않아요? 난이가 잘 걸으려고 하지를 않으니까요."

난이는 많이 걸으면 주저앉아서 움직이지 않는다. 업어달라고 떼를 쓴다.

오빠는 이것까지 다 염두에 두고 조를 짜서 통솔하는 것이다.

그때는 몰랐지만 오빠가 초등학교 3학년이었다는 것을 생각하면 탐복하지 않을 수 없다. 오빠는 차에 오르면서 다시 이른다. "매표소 앞에서 만나려고 애쓰지 마세요. 표를 끊어서 들어와 만나는 벤치 1호에서 모이는 겁니다. 잘 아셨죠?" 한다. 작년에 창경원에서 동생과 나는 솜사탕을 사 먹으로 갔다가 그만 길을 잃었다. 그래서 미아보호소까지 간 일이 있었다. 그때 혼이 나셨던 아버지는 세 곳에 만나는 장소를 정해놓으셨다. 창경원 정문을 들어서서 작은 돌다리 건너에 있는 벤치가 1호 장소이다.

오빠가 일러준 대로 우리는 표를 사서 창경원 안으로 들어왔다. 모두 와 계셨다. 오빠가 일일이 다시 점검한다. 박람회가 열린 때문일까? 여느 해보다 유난히 사람들이 많다. 만국기가 길게 이어져 있다.

이 나무에서 저 나무로 저 나무에서 더 멀고 높은 가지에 걸려 나부낀다. 대회장 앞에는 솜사탕 장수가 늘어서 있다.

박하 엿장수가 큰 가위를 쩔렁이며 손님을 부른다. 사람들이 제일 많이 모인 곳은 빙고하는 곳이다. 아버지는 동생에게 백조의 그림이 있는 커다란 풍선을 사주셨다. 그리고 내게는 대나무 쪽을 이어서 만든 뱀 장난감을 사주셨다. 그것을 바닥에 놓고 꼬리 부분을 흔든다. 진짜 뱀처럼 방울 소리를 내며 몸을 이리저리 틀고 나간다. 붉고 긴 혀를 날름거리면서……

어머니는 전주 한지(全州漢紙) 한 축을 사시고 받은 경품권이 삼등으로 당첨됐다. 상품으로 큰 양은솥을 탔다. 어머니는 이제까지 공짜라고는 골무 하나도 받은 것이 없는데 이게 왠 횡재냐 하시며 좋아하신다.

그러나 솥이 너무 크고 한지 역시 무겁다. 꽃구경 다니기가 어렵게 됐다. 점심을 예약한 수정궁까지 가는데도 힘이 든다. 의논 끝에 어른들이 먼저 드시고 오시면 아이들이 금순 언니와 함께 먹기로 했다.

동물원에서 규장각을 지나 벚나무가 우거진 오솔길을 지난다. 고목이 된 나무는 검은색을 띠고 제멋대로 뒤틀렸다. 만개한 꽃에 취해 꽃만 보고 걸으면 안 된다.

여기저기 땅 위로 고목의 뿌리가 불거져 나와 있다. 이런 곳에서는 걸음을 조심해야 한다. 탐스러운 꽃송이가 늘어진 가지에 매달려 하늘거린다.

바람에 날리는 꽃잎이 어지러이 떨어진다. 연인끼리 온 사람들은 사진 찍기에 바쁘다.

아버지는 어른들을 모시고 수정궁으로 가셨다. 하지만 거기서 드시지 않으셨다. 돌아와 우리하고 같이 가서 점심을 드셨다. 아버지는 언제든지 가장 바르고 확실한 방법을 찾아 실행하신다.

점심 후 연못 옆 나무 그늘 아래에 돗자리를 폈다. 할머니와 큰어머니, 어머니까지 누워서 한잠 주무신다. 금순 언니는 옆에 앉아 부채로 날벌레들을 쫓는다. 큰아버지와 아버지, 오빠는 식물원엘 다녀오시겠다고 가셨다.

나는 동생하고 벚나무의 송진을 따서 가지고 논다. 언니는 경품으로 받은 양은솥 때문에 동물들도 보지 못하고 식물원에도 못 갔다.

한지를 솥 안에 넣고 다시 상자에 담아서 이고 다녔다. 벤치에 앉을 자리가 없을 때다. 어머니는 언니에게 솥을 내려놓고 깔고 앉으라고 하셨다. 그래도 언니는 그렇게 하지 않는다. 집에 돌아와서 꺼내보니 경품으로 받은 솥은 은색으로 번쩍이는 양은솥이다. 일본 사람들이 사용하는 솥이다. 솥은 화분 받침대 위에 올려 대청마루 구석에 놓았다.

우리집 부뚜막에는 길이 잘들은 세 개의 무쇠솥이 걸려있다. 그리고 어머니는 밑이 얇은 양은솥은 좋아하지 않으신다.

맥없이 크고 번쩍번쩍하는 양은솥은 장식용으로도 마땅치 않다.

어머니는 부엌이나 헛간으로 내가실 것이다. 그러나 보는 사람마다 어디서 저렇게 큰 솥을 구했냐고 묻기 때문에 한동안 그 자리에 두기로 하신 것 같다.

그런데 그날부터 내게 이상한 일이 생겼다. 아침나절은 발이 시리고 손이 곱은 쌀쌀한 봄이다. 우리집은 아직 방장을 걷지 않았다.

나는 밤에 오줌이 마려워서 일어난다. 그리고 방문을 열고 나와 마루에 있는 요강에 앉아 오줌을 눈다. 마루에는 세 개의 요강이 있다.

하나는 건넌방 툇마루에 있다. 오빠가 사용한다. 또 하나는 안방 마루 한옆에 두었다. 부모님과 동생들이 쓴다. 내 것은 뒤지 옆에 있다. 뚜껑에 연꽃 문양을 새기고 작고 뾰족한 꼭지가 달린 백통 요강이다. 거기에서는 새로 들여온 솥이 마주 보인다. 그 옛날에는 집집마다 요강을 사용했다.

놋쇠로 만든 놋요강이 있고 사기로 만든 사기 요강 그리고 백통으로 만든 백통 요강이 있다. 지금은 화장실인 뒷간이 안방 안까지 들어와 있다. 하지만 예전의 뒷간은 마당 구석 후미진 곳이나 대문 밖에 있었다. 뒷간(화장실)이 아예 없는 집도 많았다. 그래서 마을마다 공동변소가 있었다. 지금의 공중화장실이다.

그날도 나는 오줌이 마려워서 잠에서 깼다. 방장을 들치고 나와 요강을 찾아 요강 위에 앉았다. 고개를 들어 시계를 보려는데 웬 수염이 허연 할아버지가 솥 위에 앉아 계시는 것이다. 그 솥은 박람회에서 경품으로 받은 바로 그 양은솥이다.

나는 놀라서 일어나려 했다. 그러나 이미 소변을 보는 중이라 다시 주저앉았다.

급히 볼일을 끝내고 요강 뚜껑도 제대로 닫지 못한 채 방으로 들어왔다.

이상한 일이다. 내가 꿈을 꾼 것인가? 암만 생각해도 꿈같지는 않다. 나는 아무에게도 말하지 않았다. 설명할 수 없는 일이기에 잠자코 있었다. 그 다음날도 할아버지는 솥 위에 앉아 계셨다. 아침에 일어나니 다시 밤에 보았던 할아버지 생각이 났다. 혹시 꿈이었는지 모르겠다 하는 생각이 들기도 했다.

며칠 지나서 나는 또 할아버지를 봤다. 이상했다. 처음은 무서웠는데 여러 번 보게 되니 무섭지는 않았다.

나는 어머니 몰래 요강을 방에 들여놓고 잔다. 할아버지가 무섭진 않아도 부끄러워서다. 할아버지 앞에서 소변을 보는 것이 미안했다. 어머니가 "너 왜 방에다 요강을 드려 놓았니? 자다가 걷어차면 어쩌려고." 하신다. 아버지는 "자다가 밖에 나가기 싫어 그러나 봐요. 놔둬요." 하시며 나를 변명해 주셨다.

한동안은 할아버지를 잊고 있었다. 날이 풀려서 요강을 마루에 내어놓았다. 한밤에 오줌이 마려워서 일어났다. 아직도 할아버지가 계시나? 하고 살그머니 나와 사방을 둘러보았다. 할아버지가 안 보인다. 아! 그러면 지난번 일은 꿈이었구나. 나는 안심하고 요강에 앉았다. 거기서 솥을 보니 할아버지는 여전히 솥 위에 앉아 계신다.

할아버지는 내 요강이 있는 위치에서만 보이는 걸까? 방문 앞에까지 와서 다시 돌아봤을 때 할아버지는 보이지 않았다.

다른 사람들은 할아버지를 보지 못하는 것 같다. 아마도 내 요강에 앉지 않았기 때문인지도 모른다. 지금도 생생하게 기억되는 어린 날의 추억 중에 미스터리 부분이다.

월동준비

김장을 끝내고 고사(告祀)를 지냈는지 고사를 지내고 김장을 했는지 알쏭달쏭하기만 하다. 그러나 고사를 먼저 지내고 김장을 담갔던 것 같다. 고사떡을 돌리려 뛰어 다닐 때는 추워서 손이 시리다든지 콧물을 훌쩍였던 기억은 없다. 그러나 김장철에는 제법 수돗가에 살얼음이 있었다. 무를 들어 옮기는데도 손이 시렸었다.

시월에 고사를 지내고 바로 김장을 하지 않았을까? 우리집은 일년에 두 번 손님을 치르고 두 번 음식을 나누어 먹는다.

손님을 초대하는 날은 정월 중 한 날을 잡아 가까운 친지와 동네어른을 모신다. 점심부터 저녁 늦게까지 손님을 치른다. 그리고 구월 스무아흐레, 이날은 아버지 생신이시다. 회사분들과 아버지의 친구분들이 오신다. 음식을 나누어 먹는 것으로는 삼사월에 밀전병과 총떡이 있다. 그리고 시월의 고사떡이다.

고사를 지내는 날은 여러 명의 아낙네들이 도우러 오신다. 나에게는 작은어머니뻘인 순이 어머니, 사촌 언니인 사순이, 옥순이, 고모 등이 친가 쪽이고 외할머니와 이모가 엄마 쪽이다. 일에는 제마다 한가락 한다는 친가의 사촌 언니들이다. 그러나 사돈인 외할머니가 고사를 주간하시니 체면을 차리고 점잔을 뺀다. 친사촌들은 오히려 손님 같다. 시월은 상달이라 하여 일 년 중 가장 좋은 계절이다. 오곡이 추수되고 백과를 수확한다. 농촌과 과수원에서는 풍년가를 울리며 집집마다 웃음꽃이 핀다. 시월상달은 고사의 계절이기도 하다.

집에서도 햇곡식으로 고사를 지낸다. 팥은 알이 고르고 가운데 흰줄이 선명한 윤기가 있는 상품의 것이어야 한다. 팥은 한번 우르르 끓여 텁텁한 웃물을 버리고 다시 새 물을 붓고 삶는다. 팥이 익고 팥물이 자작해지면 냉수 한 대접을 끼얹는다. 그리고 불을 줄인다. 뜸을 드리는 것이다. 떡의 두께를 구분하는 역할의 팥고물은 아주 중요하다. 떡의 성패가 팥고물에 달렸다 해도 지나친 말이 아니다. 너무 뭉그러지게 푹 퍼져도 안 되고 뜸이 덜 들어서 설컹대도 좋지 않다.

팥은 잡귀를 쫓는다는 말이 있으니 팥고물을 넉넉하게 만든다. 쌀도 대엿 말 푹 불렸다가 조리질을 해서 소쿠리에 담는다. 물이 빠진 불린 쌀 위에 굵은 소금 한 줌을 얹는다.

아저씨가 두 번으로 나뉘어 방앗간으로 날랐다.

방앗간은 엄청 시끄럽다. 그러나 작업이 없을 때의 방앗간은 세상이 정지된 것처럼 조용하다. 방앗간은 너댓 집의 일거리가 모여야만 기계를 돌린다. 먼저 온 사람은 몇 집이 더 올 때까지 기다려야 한다. 가지고 온 것들은 순서대로 줄을 지어 늘어놓았다. 주인이 스위치를 올려 전기를 연결하면 그때부터 방앗간의 소음은 대단하다. 옆 사람을 부를 때도 소리를 질러야 한다. 여러 종류의 기계들이 일제히 움직이며 소리를 내기 때문이다. 쿵쿵 끽끽, 덜커덩 철석, 덜커덩 철석 얼개미도 좌우로 흔들리며 소리를 낸다. 그러나 유심히 들으면 타악기들의 합주처럼 들린다.

금년은 유난히 농사가 잘 됐다. 논들은 황금물결이다. 과수원도 풍작이다. 금순 언니가 심은 들깨는 온 여름 밥반찬으로 잎을 따먹었었다. 그런데도 추수를 해보니 깨알이 제법 된다. 기름이 됫병으로 두 병이나 나오겠다고 한다. 대견하다. 길가 너른 마당에는 멍석을 깔고 고추를 널었다. 올 시월은 방앗간도 대목이다. 떡가루를 내고 가래떡을 뽑아준다. 고추 방아를 찧고, 콩을 쑤어 메주를 빚는다. 참기름 들기름을 짠다. 기름을 짠 삯은 깻묵으로 대신하기도 한다. 콩을 슬쩍 볶아서 절구로 두어 번 내려친다. 깨진 콩을 얼개미로 치면 콩깍지가 모두 벗겨진다. 콩깍지를 버리고 볶은 콩을 분말기로 갈아 콩가루를 만든다. 이제 콩가루 인절미를 하는 것도 어렵지 않게 됐다. 술을 담그는 고두밥도 방앗간에서 쪄 준다. 고두밥은 너무 맛있다. 방앗간에 온 아낙네들이 조금씩 맛본다. 나도 얻어먹었다.

떡쌀을 빻는 기계는 두 개의 무겁고 큰 롤이다. 불린 쌀이 돌아가는 롤 사이로 빠져들어가며 빻아진다. 롤 기계 앞에 두 개의 조절 장치가 있다. 이것을 조금씩 돌리면서 롤의 간격을 조절한다. 떡쌀이 이런 롤을 두 번 내지는 세 번 통과하면 고사떡 가루는 다 된 것이다. 그러나 가래떡을 하는 것은 조금 다르다. 알맞게 빻아진 가루를 개량 시루에 올려 증기로 쪄낸다. 그것을 다시 압축절구에 넣는다. 그곳에는 두 개의 구멍이 있는데 떡이 그곳으로 압축되어 나온다. 찬물에 슬쩍 빠졌다가 나온다. 적당한 길이로 자른다. 모든 기계는 피대와 연결되어 있다. 고추를 빻는 롤은 빗살 문양의 홈이 사선으로 파졌다. 롤 두 개는 서로 문양이 어긋나게 물려 돌아간다. 그 사이로 마른 고추가 빻아지는 것이다. 김장 고추는 두 번 또는 세 번을, 고추장 고추는 네 번 아니면 다섯 번을 반복해서 빻는다. 피대는 아주 무섭다. 어린아이를 데리고 온 사람은 아이를 잘 건사해야 한다. 방앗간 초창기에는 눈 깜작할 사이에 피대에 말려 손이 잘렸다는 사람이 적지 않았다.

방앗간에서 고운 가루로 변한 떡쌀이 왔다. 어른들은 시루 밑을 깔고 소금 간을 살짝 한 팥고물을 한 켜 올린다. 그리고 그 위에 쌀가루를 보기 좋은 두께로 올린다. 다시 팥고물을 넣고 또 쌀가루를 넣는다. 쌀가루는 솔솔 펴가며 고루 얹는다. 맨 위의 한 켜는 찹쌀이다. 이런 모양으로 한 시루를 채운다. 메떡 위에 찰떡을 한 켜만 올리는 것에서도 지혜가 엿보인다. 찹쌀떡이 두꺼우면 김이 오르지 못해서 떡이 익지 않는다고 한다. 그래서 찰떡은 두께가 얇은 것인가 보다. 무쇠솥에 물을 넉넉히 붓는다. 시루를 얹고 솥과 시루 사이의 이음새를 시룻번으로 붙인다. 시룻번은 떡쌀 가루를 반죽한 것이다. 가래떡처럼 길게 늘여 빙 돌려 붙인다. 김이 새지 않도록 한다. 두 개의 시루가 완성됐다. 시루 위에 베보자기를 덮고 솥뚜껑을 얹었다. 아궁이에 불을 지핀다. 다시 두 개의 시루에 쌀가루와 고물이 채워진다. 우리집에서는 모두 네 개의 시루를 쪄낸다. 고사에 이렇다 할 격식은 없다. 그저 한 해를 잘 보냈고 내년에도 무탈하기를 빈다는 차원이다.

떡이 다 쪄졌다. 뚜껑을 열고 긴 나무젓가락으로 찔러본다. 젓가락에 떡쌀이 묻어 나오지 않으면 잘 익은 것이다. 바싹 마른 시룻번을 떼서 한지에 받아 간수한다. (시룻번은 겨울에 김치찌개 끓일 때 같이 넣어 끓이면 좋다. 쫄깃쫄깃하고 맛있다. 나와 동생은 그것을 낚으려고 몸싸움을 하다가 찌개 냄비를 엎었었다.) 큰 시루는 대청마루에, 하나는 장독대에 또 하나는 광에 그리고 작은 시루는 부뚜막에 놓는다. 시루 위에 북어 한 마리씩을 올려놓고 새로 연 술독에 용수를 박아 첫술을 올리는 것이 전부다. 이제부터는 떡 잔치다. 마실 것으로는 식혜가 나오고 동치미도 나오고 동동주가 있다. 이웃집과 저 멀리 통장네도 갔다 드린다. 길 건너 자전거포에도 지물포에도 한 접시 돌린다. 새로 이사 온 댁에는 조금 넉넉히 보낸다.

나도 부지런히 뛰어다닌다. 옆집에도 갔다 드렸다. 고사떡은 여러 집에 나누어 먹는 것이 고사를 잘 지낸 것이라 한다. 나는 떡보다 고물을 좋아했다. 입가에 벌겋게 팥고물을 묻히고 저고리 소매로 쓱쓱 닦으며 뛰어다닌다. 어머니는 새우젓 장사 아저씨 몫도 챙겨두셨다. 수고를 한 아주머니들도 떡 꾸러미를 받아 가신다.

가을에 고사를 지내고 떡을 나누어 먹는다. 동지에 팥죽을 쑤어서 이웃과 나누어 먹는다. 보름에 오곡밥을 가까운 집에 돌린다. 유두에 밀전병을 붙여 평상에서 동네분들과 같이 먹는다. 추석에, 설에, 가족들이 모여앉아 만든 음식을 돌려 솜씨를 자랑한다. 이사 온 댁에서 떡을 쪄 돌리며 인사를 다닌다. 아기들 백일에, 돌에, 수수경단을 만들어 이웃에 돌린다. 여느 떡과는 달리 백일떡이나 돌떡을 받았을 때는 반듯이 답례를 한다. 보통은 실타래를 보낸다. 실타래는 수명장수를 의미한다. 그리고 돈 아니면 쌀이다. 떡을 담아온 그릇에 넣어 보낸다. 이런 풍습은 아름다운 것인데 이제는 볼수 없다. 시월에 고사를 지내고 나면 이어서 김장을 한다.

장작

월동준비로 장작을 쌓는 것도 재미있다. 한해 겨울을 나는데는 적어도 장작 여섯 마차와 참숯 다섯 섬이 있어야 한다고 어머니는 말씀하신다.

겨울에 불을 때는 방은 안방과 건넌방(오빠), 금순이방, 사랑채의 아버지방, 사랑채의 손님방 이렇게 다섯이다. 장작을 실은 우마차들은 포천, 여주, 이천, 장호원 쪽에서 올라온다.

춘섭 아저씨는 망우리 길목에 서 있다가 단이 실한 장작 마차를 세워 흥정을 한다. 값이 맞으면 대여섯 마차를 사기로 한다. 아저씨는 주소와 약도를 그려주고 자전거로 먼저 돌아온다. 장작 쌓을 자리를 삽으로 고른다. 마차가 도착했다. 말 마차는 한 대뿐이고 소달구지가 다섯이다. 전에는 통나무를 사다가 도끼로 패서 썼는데 요즘은 아예 잘 마르고 반듯하게 잘라서 적당한 크기로 팬 단 장작을 산다.

먼저 부엌의 찬방마루 밑을 채우는 것이 순서다. 그리고 광의 빈 자리를 채우고 남은 장작은 추녀 밑에 쌓는다. 장작 마차에는 마부와 조수 격인 한 사람이 따라오는 게 보통이다. 마부인 아버지를 따라 어린 아들이 오기도 한다.

한 사람이 나뭇단 위에 올라가서 두 다발씩 집어주며 둘이요, 넷이요, 여섯이구나, 여덟이요. 하며 노랫가락하듯 나뭇단 수를 세서 내려준다. 아래에 있는 사람이 나뭇단을 받아서 편편하고 고르게 쌓아 올린다.

나무장수가 "아흔여섯하고 아흔여덟에, 요것이 백 단이로구나" 하며 굽혔던 허리를 편다. 금순이가 냉수 그릇에 팥알 하나를 넣는다. 다시 나뭇단이 쌓이며 요것이 백이로구나! 하면 금순이가 팥알 하나를 또 냉수 그릇에 넣는다.

이렇게 해서 마차 몇 대 분의 나무가 추녀 아래를 빙 두르고 건넌방 봉창까지 높이 올라왔다.

물그릇에 들어있는 팥알은 나뭇단 수다. 어머니가 팥알 수를 세어 보시고 나무값을 치르신다. 수고하셨으니 막걸리라도 사 드시라고 웃돈을 얹어주신다. 마차에 남은 숯 두 섬까지 마저 사 주니 관솔 두 다발은 공짜로 준다.

장작은 두 단씩 가로 세로 엇갈려 쌓기 때문에 보기에도 예쁘고 단 수를 세기에도 좋다. 풍로와 다리미에는 꼭 참숯불이 있어야 한다. 장작을 태운 불은 열기도 약하고 곧 사그라지기 때문이다. 그러나 참숯불을 가까이에서 오래 쬐면 머리가 아프다 하여 안방 화로에는 깜부기불(장작을 태우고 남은 불)을 쓴다.

김장

김장은 입동을 전후해서 한다.

춘섭 아저씨는 매해 왕십리 기동찻길 너머에서 김장거리를 사 온다. 밭떼기로 사서 트럭으로 실어 온다. 배추, 무, 파, 갓, 미나리, 청각 등이다. 차 한 대분의 무 배추가 앞마당에 쌓이면 갑자기 추위가 느껴진다.

옛날의 추위는 왜 그리 극성스러웠는지 늘 배추 겉잎이 얼었었다. 젓갈은 새우젓과 황석어젓 그리고 조기젓이다. 조기는 여름내 밥반찬으로 올린 굴비의 머리를 떼서 간수에 던져둔다. 그것을 끓이고 바쳐서 사용한다.

고사 지낼 때 함께했던 친척 아주머니들이 오셨다. 왁자지껄하다. 나들이옷을 입고 온 사람은 일복으로 갈아입으신다. 일복 차림으로 온 사람은 벌써 마당으로 내려섰다. 신고 왔던 하얀 고무신을 털어 종이에 싸서 마루 밑에 간수한다. 김장을 하는 집이나 잔칫집에서는 댓돌 위에 신발이 채이고 밟힌다. 뿐만이 아니다. 일을 끝내고 집에 갈 때 뒤섞인 신짝들을 찾아 맞추는 것도 적은 일이 아니다. 애초에 신발을 잘 간수하는 것이 상책이다.

배추를 다듬는 사람, 소금으로 저리는 할머니, 파를 써는 사람, 생강 마늘을 찧는 사람 또 부엌에도 여러 명이 있다. 밥을 짓고 국을 끓인다.

제육을 썰고 나물을 무친다. 우리네 살림살이 가운데 가장 규모가 크고 손이 많이 가는 것이 김장이다. 초겨울부터 월동을 해서 늦은 봄까지 온 식구들의 찬거리다.

그러니 그 양도 만만치 않다. 나와 춘섭 아저씨는 배추를 수도간으로 가져간다.

춘섭 아저씨는 삼태기로 옮긴다. 나는 치마폭에 담아 나른다. 무는 무거워서 하나씩밖에 들지 못한다. 순임이네 할머니가 "너는 방에 들어가 있어라. 가루걸리기만 하니…… 아주 퍼렇게 얼었구나." 하신다.

나는 쉬지 않고 열심히 하는데 할머니는 가루걸린단다. 나는 무안하기도 하고 화도 나서 입이 튀어나왔다. 춘섭 아저씨가 찡긋 눈을 감아 보이며 상관하지 말라고 한다. 그러나 나는 삐져 손을 씻고 방으로 들어왔다.

춘섭 아저씨가 따라 들어온다. "아기씨, 할머니가 아기씨 감기 드실까봐 그러신 거예요." 하며 나를 달랜다. "그래도 가루걸린다 하셨지 않아?" "에이, 그건 그래야만 아기씨가 들어갈 것 같아서 그러신 거죠. 아기씨가 안 나가시면 나도 일 안 할 거예요. 아기씨네 김장인데…… 아기씨가 안 나오시면 안 되죠……" 이렇게 해서 나는 다시 마당으로 나갔다. 이번에는 순임이 할머니 계신 곳은 쳐다보지도 않았다.

나는 무와 배추 뿌리 다듬는 데로 갔다. 옛날 배추는 뿌리 부분이 아주 실했다. 어느 것은 제법 무만한 것이 달리기도 했다. 무와는 섬유질이 다르고 달달한 것이 맛있다. 가마니에 담아 움에 묻어둔다. 한겨울 밤에 깎아 먹는 맛은 일품이다.

조금 시들시들 한 것은 더 달다. 아저씨가 주머니칼로 배추 뿌리와 청무를 깎아서 쥐어 준다. 흔들리는 젖니를 요리조리 비켜가며 볼이 얼얼하도록 언 무를 먹는다. 연방 무 트림을 해가며……

그래도 부지런히 아저씨를 따라다닌다. 파 써는 것을 보다가 매워서 울기도 하고 언 배춧잎을 밟아 미끄러지기도 하며…… 김장 하는 사람 중 아저씨 말고 나보다 더 바쁜 사람은 없다. 나는 무를 치마폭에 담아서 안고 가다가 아버지와 마주쳤다.

아버지는 나를 번쩍 안아 올리시며 "아주 몸이 꽁꽁 얼었구나. 어서 들어가자. 오늘 우리 영선이 오줌 싸겠다." 하신다. 아랫목에 묻어둔 놋주발들을 밀어내고 나를 눕힌다. "앗 뜨거" 아랫목은 언제나 이렇게 따끈하다.

오늘은 온종일 아궁이에 불을 지폈으니 더 뜨겁다. 아버지는 방석을 집어 등 밑으로 밀어 넣으며 "아기씨, 내일도 일이 많을 텐뎁쇼?" 아랫사람 흉내를 내며 나를 웃기신다. 아버지가 아저씨에게 눈짓으로 이르신다.

아저씨는 화로에 불씨를 담아 재 속에 묻어가지고 온다. 아버지는 내게 밤을 구워주시려는 것이다. 아버지는 알밤에 칼집을 내어 잿불 속에 묻는다. 밤이 익어 펑 소리를 내며 튀어나온다. 그러나 나는 이미 곯아 떨어졌다.

구수한 군밤 냄새가 유혹하지만 어쩔 수가 없다.

늦잠을 잔 것 같았다. 내가 눈을 뜨며 두리번거리는 것은 아저씨를 찾는 것이다.

어머니가 웃으며 아저씨가 뒤뜰에 있다고 일러주신다.

식구들과 손님들 모두가 아침을 물린 것 같다. 지저분하던 앞마당이 말끔히 정돈이 됐다. 춘섭 아저씨는 벌써 화단에 무 구덩이를 만들었다. 그리고 뒤뜰에 김장독을 묻는다.

나는 아저씨에게로 다가가자 아저씨가 먼저 보고 인사를 한다. "아기씨. 일어나셨어요? 오줌 안 싸고 잘 주무셨는지요?" 하며 어제 아버지가 영선이 오줌 싸겠다고 하신 말을 되한다. 아저씨는 내 친구니까 오줌 싸지 않았냐고 물어도 나는 화내지 않는다.

"오늘은요 배추 속 넣어서 여기 항아리에 담을 거예요. 벌써 할머니들이 무채 썰어 놓은 것 보셨죠? 일찍들 주무시고 새벽에 일어나 다 썰어 놓으셨던 걸요." 하며 한지에 싼 누룽지 뭉치를 건네준다. 나는 늦잠을 자서 아침을 못 먹었었다.

김치의 간을 잘 맞춘다는 순임이 할머니가 무채를 버무린다. 서울 김치는 북쪽 것보다는 간간하고 남쪽의 김치보다는 조금 슴슴한 편이다.

젓갈로는 새우젓과 조기젓, 또는 황석어젓을 사용한다. 양념도 평양이나 함경도처럼 약하지 않다. 그리고 호남 경남처럼 진하지도 않다.

요즘은 배추가 너무 실해서 반으로 쪼개거나 네 등분으로 쪼개서 김치를 담는다. 하지만 그때는 배추를 통으로 담갔다.

통으로 담근 김치의 밑동을 살짝 도려낸다. 손가락 두 마디 정도로 자른다. 탕기에 담으면 마치 활짝 핀 꽃송이처럼 된다. 가운데 고갱이는 노랑 꽃술이다. 꽃잎 사이사이로 빨간 속들이 박혀있다. 분홍빛 김칫국물을 자작하게 붓는다. 통무도 썰어서 한옆에 놓고 푸른 잎을 잘 펴서 살짝 덮는다.

한 사람이 세 몫을 한다는 일 잘하기로 소문이 난 사람들이다. 포기김치, 백김치, 고들빼기, 깍두기, 달랑무 그리고 채나물도 작은 항아리 하나 가득 담근다.

포기김치 담글 때에는 작은 통무를 사이사이에 끼워 넣는다.

김장은 지방에 따라 조금씩 다르다. 추은 지방의 김치는 양념이 진하지 않다. 밭농사가 빈약하니 자연 양념거리가 귀해서인 것 같다. 큼직하게 썬 무를 함께 넣는다. 그리고 맑은 육수를 만들어 붓는 것이 특이하다.

동치미도 담근다. 바로 먹을 수 있는 것으로 굴깍두기를 담근다.

김장김치가 끝날 때쯤 먹을 짠지무는 굵은 소금에 굴려 차곡차곡 쌓아 넣는다.

큰 독에 수북하도록 얹어둔다. 이틀이 지나면 무가 저려져서 제풀에 푹 내려앉는다. 누군가가 퍼낸 것처럼 꺼졌다. 항아리 위에까지 올라왔던 무가 내려간 것이다. 소금으로 버무린 무청을 두껍게 얹고 돌로 눌러놓는다. 딱 맞게 채워진 짠지 항아리다. 놀라울 정도로 정확한 여인네들의 눈대중이다.

모든 것이 지혜롭다. 제일 끝으로 담는 것은 호박김치다. 언니의 고향 강화에서 담아 먹는 것이라 한다. 호박김치는 속 넣기에는 어중간한 것, 그래서 한옆으로 비켜 놓았던 허술한 배추들로 담는다. 그리고 배추를 막 썰기로 썬 다음 채 썰고 남은 못난 자투리 무를 썰어서 같이 섞는다.

늙은 호박은 껍질을 벗기고 반으로 잘라 씨를 바른다. 굵직굵직하게 썬다. 생물인 오징어, 동태, 문어 다리, 상에서 물린 제육과 굴도 같이 넣어 버무린다.

남은 양념을 모두 털어 넣고 김칫국물을 넉넉히 붓는다. 김장김치 중에서 제일 맛있다. 이것은 찌개 전용이다. 그리고 일식구들의 몫이다.

점심때가 되면 풍로 위에 번철을 올려놓고 들기름을 넉넉히 친다. 그리고 보리밥을 넣고 그 위에 잘 익은 호박김치를 한 사발 올려놓는다. 김칫국물도 넉넉히 붓는다. 지글지글 김치가 익는 냄새가 입안에 군침을 돌게 한다. 끝으로 참기름을 아주 조금 눈물만큼 친다. 참기름은 아주 귀한 것이라 좀처럼 넣지 않지만 주인 딸인 내가 먹을 때는 언니가 조금 친다.

잠시 후 일하는 식구 모두가 달려와 풍로 주위로 깔개 하나씩을 깔고 앉는다.

금순 언니가 밥을 퍼서 돌린다. 나도 물동이 똬리를 깔고 앉아 차례를 기다린다.

똬리는 물동이를 일 때 머리와 동이 사이에 놓는 받침이다. 짚을 우겨 모양을 대충 만들고 왕골이나 헝겊으로 붕대를 감듯 촘촘히 감았다. 머리에 닿는 부분을 조금 오붓하고 가운데는 종지만한 구멍이 있다. 똬리는 나의 전용 깔개다.

나는 솥 밑에 누른 것을 받으려고 끝까지 앉아있다.

나는 김장할 때 막김치를 많이 하기 위해 성한 배추도 막김치 배추에 섞어 놓는다.

김장 항아리마다 굵은 소금으로 버무린 우거지를 두툼하게 얹는다. 그리고 무거운 차돌로 지질러 놓는다. 김치와 함께 익은 통무는 아이들에게 인기가 있다.

깍두기처럼 맵지도 않고 슴슴하고 시원하다. 젓가락에 꽂아 밥 한 술 넘기고 무 한 입 베어 먹고, 밥 한 술 넘기고 무 한 입 베어 먹는 것이 내 식성이다.

김장에 사용됐던 소쿠리, 광주리, 다라이, 절구까지 시원하게 씻어 엎어놨다.

김장을 하는 날은 하루에 두 번 상을 차린다. 아침상과 점심을 겸한 이른 저녁상이다. 그 사이에는 쑥개떡 찐 것, 호박엿, 곶감, 말린 문어 같은 주전부리 감을 내놓는다. 세 끼를 다 차리려면 일손이 모자라기도 하지만 저녁이 늦어서 모두 집에 돌아가기가 어렵기 때문이다.

이른 저녁으로 상이 들어오는데 배추와 배추 꼬리를 넣어서 된장국을 끓였다. 배추 꼬리 때문인지 국이 들척지근하다. 굴을 넣고 버무린 겉절이와 무채도 올려있다.

아저씨는 김장을 채운 항아리에 짚 멍석을 덮어 마무리를 했다.

지금은 배춧잎과 무청을 엮는다. 성한 잎을 추려 서너 잎씩 엮는 것이다.

무청도 실하고 연한 것을 가려 엮는다. 장작더미가 있는 추녀 밑에 발처럼 매달았다.

엮은 솜씨가 쪽 고르고 반듯하다. 예술 공작을 걸어놓은 것 같다. 아버지가 보시고 가을의 운치가 한층 더하다고 하신다. 수님이네 할머니도 춘섭 아저씨를 대견해 하신다. "춘섭이 저 사람은 어쩌면 그리도 배추를 잘 고르나 몰라…… 작년에도 배추가 참 좋았지…… 속이 꽉 차고 달고 연하고…… 장가가면 아낙이 좋아할 끼야. 못하는 게 없으니까. 어디 색시 감춰둔 거 없어? 없으면 중신 들려니까……" 하신다. "그러게 말예요. 인물도 잘생기고……" 모두 한마디씩 한다.

어머니도 한 말씀하신다. "마음이 더없이 고운 사람이에요. 어른

어려운 줄도 알고…… 금년 몇 살 이래? 스물다섯, 여섯……" 아저씨의 얼굴은 술 취한 것처럼 귀밑까지 벌게졌다. 손님들이 가실 때 김치 몇 포기씩을 담아드리고 떡이나 엿도 같이 넣는다. 김장 일손을 빌린 집에서는 반듯이 차려야 할 인사였던 것 같다.

문풍지와 화로

화로

마지막 감이 떨어졌다.

김장을 하고 김장을 묻고 화단 자리에 무 구덩이를 만들었다. 이제부터 우리집은 깊은 절간처럼 조용하다. 은행잎도 떨어지고 오동잎도 떨어졌다. 꽃밭은 쓸쓸하다. 한여름 뽐내던 자태는 어디에도 없다. 꽃을 매단 채 시들고 말라 쓰러졌다.

물레에 손이 찔린 잠자는 공주의 궁전이 이랬을까. 구근화초와 분재들이 분합 안으로 자리를 옮겼다.

마루 한가운데에 화로를 놓는다. 어머니가 바느질하실 때 쓰시는 화로는 발이 달린 백통 화로다. 그러나 겨울에 난방용으로 놓는 것은 커다란 도자기 화로다.

삿갓을 쓰고 소를 단 신선이 심산유곡으로 들어가는 그림이 그려져 있다.

화로는 엄청 크다. 장정 다섯이 둘러앉아도 넉넉하다. 화로 안에 밑 재를 충분히 깔고 잘 핀 숯불을 넣는다. 그리고 다시 숯불 위에 재를 살짝 얹어 열기를 줄인다.

화로에는 부젓가락이 있다. 부젓가락은 두 짝이 사슬로 느슨하게 연결되 있는데 불씨를 뒤척일 때 쓰는 것이다. 그리고 네모진 작은 손삽이 있다. 이것으로는 불씨가 오래가도록 자주 재를 눌러준다. 손삽이 없으면 인두로 대신한다.

화롯불에는 참숯보다 뜬숯을 쓴다. 뜬숯은 풍로나 다리미에서 쓰다 남은 참숯불을 꺼뒀던 것이다. 그것은 열기가 은근하고 불씨에 쉽게 옮겨 붙는데 숯내도 적다.

우리집 화로에는 언제나 주전자에서 물이 끓는다. 화로 안에 삼발이를 놓고 커다란 주전자를 올려놓았다. 외출에서 돌아온 가족들이 곱은 손을 녹이는 곳이기도 하고 잠시 들른 손님들의 몸도 이곳에서 녹인다.

문풍지

방마다 여닫이 문짝에 문풍지를 바른다.

문풍지는 외풍과 웃풍을 막아주는 역할을 하는 것이다.

문풍지는 창호지로 바른 문에는 모두 붙인다. 철문이나 유리문에는 바르지 않는 것 같다. 창호지를 너비 6cm 정도로 길게 자른 것이다. 봄에 입춘 청소할 때 아버지가 미리 준비해 두셨다.

2cm 너비에만 풀칠을 한다. 길게 풀칠을 한 문종이를 문설주 길이에 맞게 붙인다. 나머지 4cm 종이는 문설주에 매달려 문풍지 역할을 한다. 바람이 불 때 문풍지는 바람을 따라 흔들리며 틈새로 들어가려는 바람과 먼지를 막아준다. 문풍지의 흔들림으로 바람의 강도를 알 수 있다.

한겨울에 부는 삭풍에 문풍지도 견디기가 어려운지 비명 같은

"쉿" 소리를 낸다. 문풍지 우는 소리라고 한다. 조상들의 지혜는 정말 대단하다.

문풍지를 발랐을 뿐인데 을시년했던 대청이 봄 날씨처럼 포근하게 느껴진다. 화로 주위에 방석을 준비해둔다. 발을 쳤던 자리에 융으로 만든 방장(커튼)을 친다. 이것으로 월동 준비는 완벽하다. 월동 마무리를 끝내고 아버지는 이런 말씀을 하신 적이 있으시다.

"영선아, 아버지는 사철이 분명한 우리나라가 좋다. 봄에 물오르고 떡잎 나고 여름에 신록 우거지고 가을엔 잎에 단풍 들고, 또 겨울은 무거운 것 다 털어 내고…… 좋지 않니? 또 있지. 여름에 한 소나기할 때 잎에 떨어지는 빗소리도 좋고 응? 또 그래…… 또…… 가을엔 낙엽 밟고 쓸어 모아 태우고." "아버지, 겨울은요?" "응, 그래. 겨울에도 많이 있지…… 장독 위에 소복이 쌓이는 눈은 어떠냐? 그리고 추녀에 매달린 고드름도 예쁘잖니…… 문풍지 소리, 이른 봄 논도랑에 얼음 깨지는 소리도 있단다. 얼음을 뚫고 들리는 개울물 소리도 있고…… 장화 신고 쌓인 눈을 밟아 봤니? 그것 너 해봤어?" "응, 뽀드득 뽀드득 소리가 나." "그래…… 그런 것들을 모두 자연의 소리라고 하는 거야……" "아버지도 눈사람 만들어 봤어?" "그럼. 썰매도 타고 팽이도 치고 연도 날렸지…… 눈이 좋아서 첫눈 내릴 때 쫓아가며 받아서 입에 넣었단다."

아버지는 빙그레 웃으시는데 왠지 쓸쓸함이 묻어있다.

아버지는 나하고 같이 있을 때는 항상 나 또래였다는 생각이 든다. 아! 아버지! 아버지는 제사와 성묘 때문에 고향 춘천을 일 년에 딱 한 번 다녀오신다. 갈 때는 늘 오빠와 춘섭 아저씨를 데리고 가신다.

추석 때 보다는 설 때 가실 적이 많으시다. 그것은 방학 중인 오빠를 데리고 꿩 사냥을 할 수 있어서다. 가운데 큰아버지가 이름난 포수여서 형제분들이 만나면 늘 사냥을 나가신다. 그리고 오실 때는 꿩 십여 마리와 메밀 한 짐을 지고 오신다.

메밀은 강원도의 명물인 총떡의 주재료다. 우리집에서는 언제나 비축되어 있어야 하는 곡물이다. 아버지가 "거 총떡 좀 해라 무시루떡도 하고" 하시면 일은 벌어진다. 금순 언니 혼자서는 감당할 수 없다. 외할머니와 준기 아낙까지 와서 거들어야 한다.

총떡은 꿩고기를 다져 넣고 만든 무나물을 메밀지지미로 싸서 마는 것이다. 꿩고기가 없으면 돼지고기로도 한다. 그도 없으면 무나물만이라도 괜찮다.

나는 고기가 싫어서 손가락으로 고기를 집어내고 먹는다. 그러나 춘천의 총떡은 단연 꿩고기다. 둥글고 넓은 무쇠솥 뚜껑이 번철이다.

금순 언니는 양쪽으로 풍롯불을 놓는다. 그리고 한꺼번에 열 개씩 지져낸다. 들기름을 두르고 메밀전병을 얇게 부친다. 거기에 꿩고기 무채 소를 올려놓고 김밥처럼 만다.

오른쪽 번철에서 만든 총떡을 왼편 번철로 옮기고 잘 익을 때까지 둔다. 여민 곳이 벌어지지 않도록 날 풀물을 살짝 칠해 한 번 더 지진다. 이것은 언니만의 비결이다.

오른쪽 불은 세게 해서 떡을 지져낸다. 그리고 왼쪽 불은 불꽃을 죽여서 은근하게 익도록 한다. 금순 언니의 손은 날아다니는 벌처럼 빠르다.

아주머니들이 금순 언니의 지짐이 솜씨를 구경하느라고 풍로 가에 모인다. 총떡의 모양도 맛도 일품이다. 지금으로 말하면 총떡 달인쯤 되지 않을까? 나는 금순 언니 옆에 앉아 풍구로 풍로에 바람을 넣는다. 재가 날리지 않도록 살살 돌린다. 총떡은 벌써 한 광주리가 넘게 지져냈다.

하지만 아직도 무채와 메밀부침이 많이 남았다. 또 동네 이집 저집 뛰어다니게 생겼다. 무와 고기가 어우러져 익는 냄새가 마당에 가득하다.

나는 무하고 꿩고기가 익는 좀 쌉쌀하고 누릿한 맛이 싫다. 그래서 잘 먹지 않는다. 그러나 어른들은 지져내는 총떡을 부리나케 집어간다. 아버지는 세련된 분이시지만 고향의 입맛은 어쩔 수가 없으신가 보다.

시루에 김이 오르고 구수한 팥 익는 냄새가 나기 시작한다.

아버지는 헛기침을 하시며 안채를 들락거리신다. 약주는 많이 안 하시는 편이시다. 그러나 견과류와 곶감, 호박엿, 강정, 약과 또는 육포나 어란포 같은 주전부리는 늘 있어야 했다.

호랑이 이야기

사랑방

아버지 형제 세 분 중 맏형님이신 큰아버지는 말끔한 용모를 가지신 촌장(村長)이시다. 카이젤 수염을 기르시고 서울서도 귀한 양복감으로 두루마기를 지어 입으셨다. 깃과 동정은 수달피 가죽으로 댔다. 한의사처럼 단추가 달린 까만 가죽 구두를 신으신다. 항상 트집거리를 찾는 듯한 눈매를 하고 계시기 때문에 주위 사람들을 공연히 주눅들게 한다. 큰아버지와 가운데 큰아버지는 나이 차도 별로 없는 친형제시다. 그러나 두 형제분은 여러 면에서 많이 다르시다. 큰아버지는 관리(面長)시고 깔끔하시다. 안채의 아버지 서재에 묵으신다. 가운데 큰아버지는 맏형님인 면장 큰아버지와는 아주 대조적이시다. 사냥꾼인 포수시며 완전한 산사람이다. 가운데 큰아버지는 아예 사랑채에 짐을 푸신다. 그분은 호랑이와 노루를 잡아서 그 가죽으로 방석을 만들어 주신 적도 있다.

세월이 많이 흘렀지만 조 아무개 하면 춘천에서는 지금도 기억하는 사람들이 꽤 된다. 그분은 산사람으로 전설적인 분이다. 거인이고 우직하고 순박한 분이었다고 기억된다. 나는 가운데 큰아버지를 좋아했다. 무성한 수염이 얼굴 전체를 덮었다. 내가 쥐고 흔들어도 가만히 계신다. 무등도 태워주고 팔랑개비도 돌려주신다. 그러나 뭐니뭐니해도 산 이야기를 듣는 것이 제일 재미있다. 포수 큰아버지가 성난 멧돼지에게 쫓긴 이야긴데 오실 때마다 들려달라고 조르는 것이다. 오늘도 사랑방 손님들에게 들려주신다. 나는 재빨리 큰아버지 무릎 위에 올라앉는다. "근식아, 내가 나무 하나는 잘타지 않니?" 큰아버지가 목청을 가다듬으신다. "그날 노루 한 마리를 잡았어요. 나는 큰 것 하나를 잡으면 더 잡질 않아. 그래서 그놈을 지고 내려갈 양으로 밧줄로 묶어 놓았지…… 담배 한 대를 피우려고 부싯돌을 꺼내는데 저만치서 멧돼지 한 마리가 올라오는 거야. 모른 체하면 보통은 그냥 지나가기도 해…… 그런데 이놈은 나를 겨냥하고 무섭게 달려오는 거야. 나는 엉겁결에 옆에 있는 나무를 타고 올라갔지…… 멧돼지를 피하는 방법은 그것밖에 없어요. 몸에 비해 다리는 짧지만 빠른 짐승이야. 초식 동물인데도 사나워요. 나는 겁에 질려 나무 위로 올라간다는 것이 너무 올라갔어. 상가지에까지 올라갔어. 아래에서 놈이 나무를 들이받는데 가지가마구 흔들리는 거야. 곧 부러질 것만 같았어. 수놈이야. 꽤 늙었어. 송곳니가 주둥이 밖으로 한 뼘이나 나와 있어…… 어찌나 진땀을흘렸는지…… 오줌도 지릴 뻔했구먼. 그때 산중턱에서 사람들의웅성대는 소리가 들렸어. 너댓 명의 나무꾼들이었는데 그제야 멧돼지란 놈이 슬그머니 가는 기야." 하신다.

멧돼지는 늙으면 털색이 변하고 털의 윤기가 없어진다. 수컷의 위송곳니는 주둥이 밖으로 삐져나왔는데 그것은 날카로운 무기다. 이것으로 단단한 나무뿌리를 캐내고 질긴 뿌리도 자른다고 한다.

호랑이 이야기

이런 이야기도 있었다. 가운데 큰아버지가 명포수로 한창 날리던 때였다 한다. 산 아래 민가에까지 호랑이가 출몰해서 사람들이 상하는 일이 생겼다. 급기야 도청에서 전국의 포수들에게 호랑이 사냥을 선포했다. 두둑한 상금도 걸려 있었다고 했다. 그분의 말씀은 음성의 높낮음이 없이 담담하기 때문에 이야기책을 읽어 주는 것 같다. "전국의 내로라하는 포수들은 다 모였지…… 저마다 횡재를 하겠다고…… 물론 나도 갔지. 사냥꾼들이 개를 앞세우고 굴마다 뒤졌지만 호랑이는 그림자도 볼 수가 없었어. 나는 사정거리로 들어온 노루까지 그냥 보냈어. 총소리에 놀라 호랑이가 깊이 숨어버릴까 봐. 그러고는 호랑이 발자취나 배설물을 쫓아 헤맸지…… 이틀이 지나고 사흘째가 됐어. 이때쯤은 호랑이도 무언가를 먹어야 할 때야. 헌데 어쩐 일인지 꿈쩍을 않는 거야. 그날도 허탕을 쳤지…… 몸도 지치고 날씨도 꾸물거려서 하산을 서두르고 있었어. 가랑잎 쌓인 곳에 소피를 보고 바지를 추스려 올리고 허리띠를 조였지. 그리고 벗어놓았던 탄띠를 매려고 뒤로 돌아서는 바로 그때였어. 집채만 한 늙은 호랑이가 바로 내 면전에 떡 서 있는 게야. 아이고 부처님! 기겁을 하며 놀랐지…… 호랑이와 나는 엉겁결에 눈이 딱 마주쳤어…… 죽었구나. 최후의 발악을 해보려 해도 그러기엔 거리가 너무 가까운 것이야. 몸을 조금 움직이기만 해도 호랑이는 단번에 나를 덮칠 수 있는 거리였어. 전신에 소름이 쫙 돋고 온몸의 털이 곤두섰어. 오금이 달라붙어 꼼짝할 수가 없었어. 호랑이의 공격을 피할 방도라고는 전혀 없는 것이야. 아무리 궁리를 해봐도 살아날 가망이 없지 뭐야. 그저 있는 힘을 다해서 호랑이를 노려볼 뿐이지. 단 일 초라도 호랑이에서 눈을 뗄 수는 없어요. 잠시라도 눈을 뗀다는 것은 나를 잡아 잡수하는 거나 짐배 없는 거야. 정신을 바짝 차리고 죽을힘을 다해 경계태세를 유지할 뿐이지…… 선수를 칠 수도 없고 방어할 방법도 없는 막다른 길이니 어쩌겠어…… 사실 죽은 목숨이지…… 나는 최후를 각오하고 주먹에 힘을 실어 쥐었다 폈다 해보지만 그것은 옳은 방법이 아니야. 속절없이 죽는구나 하고 절망하고 있었어. 근대 어쩐 일인지 호랑이가 먼저 두어 걸음 뒤로 물러나는 거야. 그리고는 뒤로 돌아 어슬렁거리며 어디론가 가버리는 것이야. 나는 장전이 된 총이 있었지만 겨냥하지 않았어. 그러고 싶지 않았어. 그냥 그 자리에 주저앉았어. 어떻게 이런 일이 있을 수 있는가. 산신령이 도우신 것이 아니면 지난해에 돌아가신 아버님의 보살핌이 아닐까 생각했어. 나는 무릎이 풀렸던 겐지 늘 다니던 언덕마루에서 미끄러져 발목을 다쳤어…… 세 시간이나 걸려 산을 내려왔는데 호랑이를 만났단 말은 아무에게도 하지 않았어. 조 포수가 호랑이를 눈앞에 두고 놀라서 도망치다가 다리를 삐었다며? 하는 소리가 나 돌 것이 뻔하지 않겠어? 그리고 나를 살려 보내준 호랑이를 일러바치는 것도 도리가 아니고…… 해서……근데 근식아(아버지 이름은 건식인데 근식으로 발음하심) 호랑이가 왜 그랬을까?"

가운데 큰아버지는 종이에 말려던 잎담배를 다시 쌈지에 털어 넣으신다. 그리고 모처럼 아버지의 권연 하나를 뽑아 무신다. "아 형님, 생각해 보세요. 키는 구 척이죠, 구릿빛 수염은 사방으로 뻗쳤지요, 큰 주먹을 쥐었다 폈다 하니 호랑인들 겁이 안 났겠어요? 지게 맨손으로 호랑이를 때려잡았다는 무송(수호지에 나오는 장사)이 아닐까? 피하는 것이 상책이다 라고요. 하하하." 사랑방에 있던 사람들도 조였던 숨을 내쉰다. "암요, 암요. 어떤 놈도 조 포수와 맞붙는다면 그건 장담할 수 없지요." 하며 맞장구를 친다. "아냐 분명 산신령님의 도우심이었어. 대수롭지도 않게 삐끗한 발목이 사흘이 지나도록 낫지가 않았어. 호랑이는 철원의 배 포수가 잡았다나봐. 호랑이가 잡히고 나서 그날부터 발목도 괜찮아졌던 것 같아……. 나는 가끔 이 짓을 그만둘까 해. 산이 좋고 맹수들이 날뛰어서 사냥을 하지만 저놈들도 꼭 내 손에 죽어야 된다는 법은 없지……." 듣고 있던 방 삿갓 아저씨가 호랑이 이야기를 거든다.

"마천령 일대는 호랑이 소굴이라 할 정도로 호랑이가 많이 있었어요. 이곳은 독립투사들이 만주를 오가는 길목입니다. 그러니 투사들이 이곳에서 호랑이와 가끔 마주치기도 하지요. 이럴 때 재빨리 계곡 쪽으로 조용히 지나가면 됩니다. 그러면 무사할 수가 있어요. 하지만 높은 곳으로 달아나면 큰일 납니다. 끝까지 쫓아와서 호환을 당하게 된답니다. 호랑이는 계곡 쪽으로 가는 사람은 쫓지를 않아요. 그것은 잡풀이 묻는 것이 싫어서래요. 왜 호랑이는 죽어서 가죽을 남긴다는 말이 있잖아요? 귀한 유품인 호피를 더럽히지 않으려는 것이지요." "그럼 높은 곳으로 달아나는 사람을 끝까지 쫓는 이유는 뭡니까?" 김필수 아저씨가 묻는다. "하하 그것은 감히 네가 호공 머리 꼭대기에서 놀아? 하는 자존심 때문이랍니다." "하하하 그럴 듯합니다. 하하하……"

"호랑이는 눈을 마주보고 있는 동안에는 공격하지 않는다 합니다. 잠깐이라도 눈을 깜박거리거나 눈길을 돌리면 사라지거나 공격을 한답니다. 앞발로 후려치고 이빨로 목을 물고 이어서 뒷발로는 배를 가르는 것이 순서죠. 싸리나무로 둘러친 외양간에서 황소가 감쪽같이 없어졌는데요. 흔적도 없이요…… 호랑이가 그림자처럼 숨어들어와 한방에 황소의 목덜미를 물어 숨통을 끊었지요. 그리고 담장 안에서 휙 밖으로 던집니다. 호랑이는 훌쩍 담장을 뛰어넘어 채 땅에 떨어지기도 전에 황소를 받아 물고 유유히 살아진답니다." 조 포수가 맞장구를 친다. "아 그럴 수 있지요. 몸집은 커도 기척도 없이 다니지요. 날쌔고 민첩하지요. 다른 짐승과 달리 신령스럽기까지 합니다." 삿갓 아저씨가 다시 말을 잇는다. "호랑이는 사람의 눈을 보고 그 사람을 판단합니다. 눈은 마음의 창이니까요. 만일 유희로 짐승을 죽이거나 필요 이상으로 많이 잡으려 욕심내는 사람이라면 결코 호랑이가 물러서지 않았을 겁니다. 태백산 제일 남쪽 끝에 각화라는 산이 있어요. 그곳에 우리나라의 역사 책을 보관해 두었던 서고 굴 자리가 있습니다. 일본놈들이 굴을 무너뜨렸어요. 그리고 사람들을 동원해서 일본으로 책을 실어갔습니다. 울진에서 배로요. 놈들은 굴을 없애버린 것만으로 부족했던지 이번에는 서고의 터 자리인 바위를 정으로 쪼았어요. 일일이 잘게 쪼아서 각화산 일곱 시 방향 경사면에 버렸습니다. 그곳에는 아직도 어른 손바닥 크기로 쪼개진 화강암 조각들이 남아있어요. 멀리 능선에까지 덮혀있어요." 모두들 조용히 듣고 있다. 아저씨들이 귀를 기울이니 삿갓 아저씨가 다시 말을 잇는다. "역사 책에 간간이 나오는 태백산 서고는 바로 각화산에 있었습니다. 서고 자리에서 아래로 한참을 내려오면 각화사 동암(東庵)이 있습니다. 지세가 대단합니다. 해서 선승들 사이에서는 꼭 한 번쯤 공부를 해보고 싶은 자리로 알려져 있습니다. 제일 지세가 온화한 곳이 암 남 자리죠. 이곳에서 있었던 호랑이의 일화 하나 애기힐까요?"

"예, 들어봅시다." 사랑방 아저씨들이 삿갓 아저씨 앞으로 다가앉는다.

"모 유명 사찰의 주지 한 사람이 잘난 체 좀 해보고 싶었나 봅니다. 그래서 암 남에서 한철을 나기로 하고 짐을 풀었지요. 그날 저녁 호랑이가 툇마루에 앞발을 걸쳐놓고 방문을 긁어대더라는 거예요. 창호지에 비친 호랑이의 그림자…… 혼비백산했겠지요. 사흘을 방에서 꼼짝을 못하고 오들오들 떨었지요. 그러다가 견디지 못해서 죽음을 각오하고 방문을 열고 나왔대요. 덩치가 집채만 한 큰 호랑이래요. 호랑이가 앞발을 들어 나오려는 중을 도로 밀어넣더라는 겁니다. 다시 나오려니 밀어넣고 다시 나오려니 밀어넣고…… 세 번을 떠밀려 갔데요. 중이 마음을 고쳐먹고 봇짐을 지고 나오니 그제야 호랑이가 길을 터주더라는 겁니다. 땡중이었나 봅니다. 호공 왈 너 정도가 와서 공부할 곳이 아니다. 아마 이런 것 아니었을까요?"

조 포수가 말한다. "한국의 호랑이는 영물입니다. 활동 반경이 사방 천리에 이르지요. 은신술이 대단하지요. 일반 사람들은 바로 옆을 지나쳐도 잘 느끼지 못한답니다." 방 삿갓이 마무리한다. "호환이 덮치지 못하는 사람은 장부의 생을 살았음이 틀림없습니다. 더군다나 굶주린 호랑이가 짐승을 사냥하는 포수를 헤치지 않고 물러간다? 그것은 있을 수 없는 일이지요. 조 포수의 인품을 호랑이가 알아봤던 것 같네요." 가운데 큰아버지를 일러 호환도 비켜가는 사람이라며 보통 분이 아니라고 말들을 한다.

손님과 어머니

사랑채에서는 늘 재미있는 일만 있는 것이 아니다. 특히 안방마님인 어머니가 역정이 나셨다면 사랑채는 바로 비상사태로 들어간다. 어머니는 사랑방 식객들이 해도 너무한다는 생각이 들 때 식객모두를 싸잡아 호통을 치신다. 아저씨들은 두던 장기판도 툇마루아래에 감춘다. 그리고 머리를 양 무릎 사이에 묻고 마님의 성깔이진정되기를 기다린다. 아버지와 어머니는 다투시는 일이 거의 없으시다. 어머니는 대부분을 아버지 말씀에 순종하시는 분이다. 다소 이견이 있다 하더라도 내색 없이 따르신다.

그러나 이것은 정 아니다 싶어 벼르고 벼르던 말씀을 꺼내실 때는 이미 대화의 선은 아니다. 다툼은 더욱 아니다. 어머니는 생각이 깊고 사리가 분명하시며 총명하고 자존심이 강하신 분이다. 어머니는 사랑채 객들에게 가차 없는 매질을 한다. 막힘없는 달변으로 잘못된 것을 찍어낸다. 그리고 추상 같은 호령으로 일관한다. 아무도 대꾸할 수 없고 고개조차 들지 못한다. 백 번을 순종하고백 번을 인내하고 백 번을 생각한 후에 내리는 불같은 호통이다.

낮은 소리로 하는 것이 아니다. 당신들은 들으시오 하는 듯이 사랑채에 대고 큰 소리로 말씀하신다. "사람이 남의 신세를 저도 염치가 있는 법, 하루 이틀도 아니고 한 달 두 달도 아니고 자식을 낳아서 그것이 자라 학교에 들어갔다는데도 나 몰라라 하면 그것이 인간이요? 육신이 말장헌데 허구한 날 남의 집 사랑에서 바둑이나 두고 밥그릇이나 축내는 것이 사람이요? 밥은 아무데서나 먹어도 잠은 내 집에서 자야 한다는 말 듣도 못했소?" 모두가 맞는 말이라 아무 대꾸를 못한다. 이럴 때는 그저 가만히 있는 것이 상책이다. 누가 무슨 말로 변명한다 해도 어머니는 응수할 말이 완벽하게 준비되 있는 분이다. 아버지만 중간에서 어쩔 줄을 몰라 하신다. "내가 오라고 해서 온 사람들이에요. 며칠만 더 있으면 일이 끝나 집으로 간대요. 있다 보면 밥값은 하겠지?" 생각나는 대로 이 사람 저 사람 변명을 해준다. 하지만 변명거리가 마땅치 않은 김필수 아저씨 같은 경우에는 아버지도 아주 난감해 하신다. 겨우 하시는 말씀은 "그러나 마음은 그런데 없이 착한 사람이야. 당신도 알지 않소? 당신 은혜를 모를 사람이 아니지요." 하신다.

어머니는 "머리 검은 짐승 걷어봐야 무슨 은혜를 압니까? 발꿈치 물리지 않으면 그나마 다행이지요." 쌀쌀하기가 얼음장 같다.

오늘의 화근은 김필수 아저씨다. 아침나절에 아저씨의 동생이 다녀갔다. 그는 동성중학교 학생이다. 대구에 내려갔다가 형수의 전갈을 갖고 온 것이다. 어머니가 "그래 댁내는 다 무고하신가요?" 하고 물으시니 "모두 평안하십니다. 송이(김필수 아저씨의 딸)가 금년에 학교에 들어갔어요." 한다. "아이고…… 그 애가 벌써 그렇게 됐어?" 어머니는 대견하기도 하고 측은하기도 해서 학용품을 사주라고 돈을 주셨다. 그런 일이 있은 다음에 생긴 일이기에 그리 짐작이 된다.(김필수 아저씨는 십 년 가까이 우리집 사랑방에서 식객으로 계신다. 늦둥이로 난 딸이 두 살이라고 했었다.) 그 아기가 이번에 학교에 들어갔다는 이야기다. 아저씨는 몇 해 걸러 본가에 다녀오신다. 하지만 주로 아버지 사랑에서 묵으신다.

한편 어머니는 아버지 마음을 상하게 한 것을 후회하고 계시다. 손수 부엌까지 내려가 상차림을 둘러보신다. 점심상에 칼국수가 나왔다. 금순이가 막걸리 동이까지 들고 온다. 사랑채는 비로소 다시 활기를 되찾는다.

부창부수 하나의 절묘한 화음이다. 고분고분 사근사근 어머니의 평소 음성은 창호지 한 장 너머에서도 들리지 않는다. 낮은 목소리다. 그러나 어느 순간 벗어남이 도가 지나치다고 느껴지면 화사한 봄날의 꽃샘바람처럼 떨어지는 불호령이다. 한 치의 어긋남이 없는 추상 같은 호령이다. 선승의 사자후인가? 지옥에 가서라도 중생구제를 하려는 지장보살의 호소다. 꼭 알맞은 시간이 흐른 뒤에 사랑방에 슬며시 들이미는 주안상 소박하나 정갈하다. 사랑방 손님들은 사면령과 함께 베풀어지는 주안상에 몸둘 곳을 몰라 한다. 뭘 이런 걸 다 손수…… 하며 송구한 몸짓으로 거드는 사랑방 사람들…… 음음…… 안심 반, 기쁨 반으로 오히려 쩔쩔매는 아버지, 사랑채에는 다시 봄기운이 돌고 물러나면서 마주치는 두 분의 눈빛은 존경과 신뢰 그것이다.

어머니의 당찬 모습 하나 더 소개한다.

중기라는 사람이 있었다. 아버지의 심부름을 하고 용돈을 얻어 쓰는 사람이다. 한 번은 아버지에게 땅을 소개했다. 급하게 돈이 필요해서 싸게 나온 것이라고 했다. 어머니도 의향이 있으신지 돈을 준비하신다고 하셨다. 그리고 사람을 시켜 땅문서의 내용을 알아보셨다. 그것은 금치산자(보호자가 없는 미성년자, 혹은 장애가 있어 재산을 관리하지 못하는 사람)인 중기의 큰조카 것이었다. 이런 것은 법적으로 거래할 수 없다.

어머니는 아버지께 "성한 사람도 아닌 조카의 재산에 손을 대는 사람은 바른 사람이 아닙니다. 앞으로 중기를 받아들이지 마세요." 하셨다. 그러나 아버지는 "아, 안 사면 되지 뭐 그렇게 할 것까지야⋯⋯" 중기의 출입을 끊게 할 것까지는 없다는 말씀이다. 중기는 여전히 사랑채 출입을 하고 있었다.

어느 날 내가 안방에서 나와 사랑으로 가려는데 마당에서 중기 아저씨를 만났다. 중기 아저씨는 나를 불러 서울 구경 시켜줄게 하시며 내 볼을 두 손아귀 사이에 꽉 끼고 번쩍 치켜올린다. 그러기를 두어 번 더한다. 나는 아파서 "아야, 아야, 아파요." 하며 소리를 질렀다. 이것을 어머니가 보시고 계셨던 것 같다. 어머니는 노염을 누른 차분한 어조로 "아이를 내려놓으세요. 그리고 앞으로 이 집 출입을 말아주세요." 하셨다. 그리고 어머니는 그 자리에 한참이나 서서 중기 아저씨가 되돌아가는 것을 지켜보시고야 안으로 들어가셨다. 그 후로 중기 아저씨의 출입은 없었다. 아버지가 요즘 중기가 뜸하네⋯⋯ 하고 넌지시 어머니께 물으신 적이 있다. 어머니는 아무 말씀도 안 하셨다.

어머니는 당시의 여인으로는 아담한 체격이다. 요즘 시대에서는 자그마한 분이라고 생각된다. 그러나 그분이 가진 것 중에 작은 것은 몸집뿐이다.

통도 크고 담도 크다. 또 손도 크시고 포부도 크다. 인정도 넘치고 교육열도 대단하시다.

어머니는 학교에서 배우는 것이 있고 가정에서 배우는 것이 따로 있다고 하신다. 가정에서 배우는 것은 주로 옛 전통의 예법이다. 우리에게 예법을 엄하게 가르치시고 특히 언사를 조심하도록 일으신다.

지금은 없어진 예법 중 몇 가지를 적어본다.

집에 어른이 방문하셨을 때 공손히 인사를 한다. 쓰고 오신 모자를 두 손으로 받아 조금 높은 탁자 위에 얹는다. 즉 모자, 갓, 두루마기처럼 위에 걸치는 것은 높은 곳에 둔다. 단장, 우산, 지팡이는 낮는 곳에 넘어지지 않도록 세워둔다.

손님이 가실 때는 손님이 댓돌 앞에 이를 때까지 댓돌 위의 신발을 돌려 놓지 않는다. 미리 신발을 돌려 놓으면 빨리 가라는 뜻이 담겨있다 하신다. 우산 또는 단장을 미리 들고 서 있지 않는다. 또 손님이 가시자마자 방문을 소리나게 닫거나 대문을 닫아 걸지 않는다.

어머니는 말하는 법도 가르치셨다. 말은 잘하는 것보다 잘 듣는 것이 순서라고 하신다. 잘 듣고 갈래를 알아야 정확한 대화를 할 수 있다고 하신다. 내가 무슨 일로 울먹이며 말을 할 때 어머니는 잠자코 나의 울음이 진정되기를 기다리신다. 물을 마신 다음에도 한숨 돌리도록 여유를 두고 이야기를 하도록 하신다. 음식물을 입에 넣은 채 말하는 것, 또는 눈으로 신문이나 책을 읽으면서 이야기하는 것도 옳은 대화법이 아니라고 하셨다.

상대의 눈을 보고 얘기를 해야 한다. 말을 할 때 목소리를 갑자기 높이거나 팔을 흔드는 것, 손가락으로 사람을 가르키는 것, 발을 까불거나 눈짓을 찡긋하는 것은 모두 품위 없는 짓이다. 귓속말을 하는 것도 좋지 않다 하셨다.

말은 세 가지로 가려진다고 하신다. 오래 두고 마음에 새기며 따라야 하는 성현의 말은 말씀이다.

서로 의사를 소통하고 거래를 하는 것은 말이라고 한다. 그러나 말답지 않은 말이 있다. 그런 것은 소리라고 한다. 흰소리, 잡소리, 군소리, 헛소리, 잔소리, 쌍소리 같은 것이다. 개나 말, 소의 울음처럼 동물의 소리로 취급한다. 상대할 것이 못된다는 것이다.

말을 생각 없이 하는 사람은 행동도 그러하다고 하신다. 불의불식간에 말이 나왔다. 하지만 모든 말은 자신의 생각 없이는 안 되는 것이다. 그러기에 인격은 언행 중에 나타나게 된다.

가정 교육이 안된 사람이 돈이나 인맥으로 높은 자리에 올랐을 때 따라주지 않는 것이 언사의 품격이다.

모든 것은 다소 숨길 수가 있고 배워서 할 수도 있지만 지금 해야 하는 인사나 준비 없이 닥치는 인터뷰, 연설 같은 것에는 기존의 말투를 감출 수가 없기 때문이다.

사람을 접했을 때 앉은 자세와 몇 마디 언행으로 성장 과정을 짐작할 수 있다 하신다. 대화를 할 때 눈을 돌려 이쪽 저쪽을 살피는 사람, 눈을 자주 깜박이는 사람, 입을 헤벌리는 사람, 발을 까부는 사람, 팔과 손을 움직이며 몸으로 말하는 사람은 생각이 짧고 줏대가 없는 사람이다. 그러한 사람들하고는 어울리지 않는 것이 좋다.

어머님의 가르침이 요즘 세상에는 절대 통하지 않는다는 것을 안다. 온몸을 구겨서 비틀며 쥐어짜는 소리로 랩을 부르는 시대가 아닌가? 그러나 어머니의 그 말씀이 꼭 그 시대에만 필요한 것일까 생각해 본다.

어머님의 개성 가운데 한 가지를 말하라 한다면 아무도 따를 수 없는 정의감과 의협심, 순간의 판단과 재치, 슬기로움 같은 것이다. 그러나 이 모든 것을 이루고 빛나게 하는 것은 그분의 웅변이다. 조리 있고 간결하고 따뜻하고 사리에 맞는 대화 속에서 상대는 이미 감화되고 있다.

사랑방 아저씨

오늘 나는 학교 앞에서 김필수 아저씨를 봤다. 청진동 큰길가에서다. 아저씨가 열 살가량의 소년을 데리고 이발관으로 들어가신다. 이상하다. 그 애가 누굴까? 나는 학교에서 돌아와 아버지께 말씀드렸다. "아버지, 대구 아저씨가 웬 아이를 데리고 이발관으로 들어가셨어." "그래? 너 잘못 본 게 아니냐? 그 친구에게 그런 아이가 없는데? 이발관으로 들어갔어?" "네." "어, 그제 나하고 같이 머리는 깎았는데?"

저녁에 아저씨가 들어오셨다. "저녁은 먹었나? 안 들었으면 먹어야지……" "영선아, 금순 언니한테 아저씨 저녁 내오라고 해라." 하신다. 사랑방 손님들은 모두 같은 시간에 저녁을 드신다. 그 시간에 안 드시는 분들은 나름대로 해결하셨다고 간주하여 따로 상을 차리지 않는다. 그러나 대구 아저씨는 예외다. 언제나 아버지가 마음을 쓰신다. "오늘 영선이가 자네를 봤데. 이발관으로 들어갔다고 하던데……"

아저씨는 말없이 저녁을 드시고 상을 물리신다. "웬 아이를 데리고 이발관으로 들어가더라고 하던데…… 그런가?" "응, 이발관에 갔었네." "그 애가 누군가?" "신문 파는 아이야. 머리가 너무 자라서 아주 거지 같더라고…… 깎아 주려고." "자네 돈이 있어?" "없지." "그런데 어떻게 머리를 깎아 주었어?" "머리를 내가 깎나? 이발사에게 맡겼지?" "뭐라고?" "이발사에게 애 머리 좀 깎아주시오." 하고 빙긋 웃는다. "머리를 깎기 시작을 해서 밖으로 나왔지…… 담배 한 대를 물고…… 이발관 창으로 안을 들려다보고 있었어. 이발이 끝나고 이마에 땀띠 분을 바르고…… 이발사가 아이에게 저기 앉아 아버지 오실 때까지 기다려라 하는 거야. 아이가 우리 아버지 아니라고 하는 것 같았어. 이발사가 그럼 누구냐? 하고 묻는 거야. 웬 아저씨가 너 머리 많이 자랐구나. 깎아야겠다. 하시며 데리고 왔다고 하는 거야. 이발사가 어이없다는 듯이 아이를 보더니 그래 알았다. 가거라. 하며 고맙게도 그냥 보내 주었어." 한다. 아버지는 "이발사가 된 사람이네, 착한 사람이야. 그러나 자네, 다시는 그러지 말게…… 세상 사람이 다 자네 같지 않아요." 하신다. 그러나 아저씨는 가끔 비슷한 일을 하신다.

"오늘 두 아이에게 국밥을 먹였네." 동아일보사에서 석간으로 나오는 신문이 어린 소년들 손에 들려 거리에 쏟아진다. 신문이요, 신문을 겨드랑이에 끼고 해진 신을 신고 뛰어다닌다. 그보다 더 어려운 아이는 구두닦이 소년이다. 김필수 아저씨는 한 아이를 먼저 데리고 국밥집으로 들어간다. "여기 국밥 두 그릇이요." 하고 당신과 아이 것을 주문한다. 국밥 두 그릇이 나왔다. 아이가 밥을 먹기 시작하자 아저씨는 밖으로 나와 구두닦이 소년을 데리고 들어간다. 그리고 남은 한 그릇을 먹게 하고 아저씨는 밖으로 나와 멀찌감치 서서 아이들이 나오기를 기다린다. 국밥집에서도 이발관에서

와 같은 일이 벌어졌을 것이다. 오래지 않아 아이들이 무사히 나왔다.

이 얘기를 들은 사랑방 아저씨들의 의견은 분분하다. 적선은 자기 분수대로 해야지 남을 속여 적선을 하면 됩니까? 나쁜 것 중에 남을 속이는 것이 제일 나쁜 짓이라고도 하신다. 김필수 아저씨는 묵묵히 앉아 듣기만 한다. 도둑질을 해서 먹이는 것과 진배 없는 짓이니 그런 적선은 하지 않는 것이 낫다고 하시는 분도 있었다. 아버지는 "아니야 옳은 방도는 아니지만 나무랄 일은 더더군다나 아니야. 나는 감동을 받았어. 누가 그렇게 할 수 있다는 말인가? 그야 말로 없으면 말지…… 그렇게 할 수 있는 사람은 흔치 않아……" 하시며 아저씨의 편을 드셨다. 아저씨는 이런 말을 하신다. "도둑질을 해서라도 먹여야 할 아이가 있는데 어쩝니까? 아이는 허기가 져 곧 쓰러질 것 같았어요. 전봇대에 머리를 박고 한참을 있는 거야. 정신이 오락가락 하나 봐. 다시 정신을 가다듬고는 뛰려고 하는 거야. 눈은 퀭한데 빈 창자가 꺼진 배에 달라붙었어. 한 줌이나 될라나?" 아저씨는 말을 잇지 못하고 신문을 들어 얼굴을 가린다. 울음 섞인 말소리가 신문지 너머에서 들린다. "나는 땡전 한 푼 없지요. 그런데 국밥집은 손님이 다 가고 나면 국밥이 그대로 남지 않겠어? 나는 그것 한 그릇을 훔쳤지만 저 사람들은 선행을 했으니 좋은 업을 쌓는 것이지요. 이발사도 그래요. 자기가 가진 기술로 돈이 없어 거지꼴을 하고 있는 아이 머리를 잘라준 것이 무슨 큰 손해를 본 것입니까? 그저 좋은 일 한번 한 것이지요. 그리 생각하면 마음도 편하지요…… 그러나 제가 돈이 생기면 틀림없이 갚을 겁니다. 나는 그 사람들이 아이들에게 혹시라도 행패를 할까봐 먼발치에서 지켜보고 있었어요. 시비가 나면 내가 감당을 해야 하니까요." "무엇으로 감당을 하시려고요? 돈도 없이……" "그야 뺨을 때리면 뺨을 맞고, 옷을 달라면 옷을 벗어주고, 파출소(경찰소)엘 가자면 가야죠. 갈 겁니다. 그리고 돈이 생기면 갚고요." 한다.

이분은 대구 분이다. 종교인 집안이다. 위로 형님이 계시고 아래에도 두 분 동생이 계시다. 바로 아래 동생은 김동환(신부)님이고 막냇동생은 김수환(추기경)님이시다. 만약 김필수 아저씨가 성직자가 되셨다면 어떤 성인이 됐을까?

산타크로스의 모델인 니콜라우스 사제(4세기에 프랑스의 니콜라우스 사제)처럼 어린이를 사랑하는 성인이 되지 않았을까? 장발장은 자기의 허기진 배를 채우려고 빵 한 쪽을 훔쳤다. 하지만 아저씨는 어린아이들의 배를 채워주려고 그랬던 것이다.

사제인 두 분 동생이 형님(김필수 아저씨)을 극진하게 여기시는 것으로 미루어 보통 인물이 아니었을 것 같다. 앞서 어머니를 찾아온 동성중학교 학생은 김동환 님이셨다.

아저씨는 돈이 생기자 먼저 국밥집을 찾아갔다. 종업원에게 자초지종을 얘기하고 외상값을 갚았다. 그런데 종업원에게서 전갈을 받은 주인 내외가 쫓아 나왔다고 한다. 그리고 절을 하며 상석으로 모시더라는 것이다. 주인은 이런 말을 했다고 한다. "저희는 식당을 하면서도 배고픈 사람에게 밥 한 그릇을 준 적이 없었습니다. 손님 덕분에 세상을 다시 보게 되었습니다. 부끄럽습니다. 손님이 다녀가신 후 저희들도 어려운 사람을 돕자고 생각을 하면서도 실행을 못하고 있습니다. 손님께서 바쁜 시간을 비켜서 아이들을 보내주시면 배불리 먹게 하겠습니다." 라고 하더라는 것이다. 그 후의 이발관 얘기는 못 들었다. 아마 그곳의 이발비도 갚으셨으리라 생각된다. 세상에는 많은 종교단체가 있고 종교인이 있다. 이분들은 선행을 인도하고 가르친다. 많은 성금을 받고 어려운 이웃을 돕는다. 그러면서 그 자신도 선행을 하는 사람들의 것을 받아서 생활한다. 그러나 아저씨는 선행하는 사람과 도움을 받을 사람을 연결해 줬을 뿐이다. 100%의 선행이었다고 생각됐다.

아버지의 삶

아버지는 도락가다.

이 세상에 이렇게 많은 재주를 가지고 그것 모두를 즐기시는 분은 없을 것이다. 아버지는 미술가다. 우리에게 남겨진 아버지의 그림 몇 점은 딸애들이 다투어 차지하려 했다. 그러나 그림 뒷장에 '승희를 안고'라는 글이 남겨져 있어 승희 것으로 낙찰이 됐다. 나머지 그림도 승희를 안고의 연작이라 모두 승희가 가지게 된 것이다. 아버지가 돌아가신 후 한국일보사에서 취재해 갔다.

아버지는 미식가다. 처음 접하는 음식도 망설임 없이 드신다. 드실 만큼 덜어서 드시며 음식을 남기시지 않는다. 간이 맞지 않는 음식에는 어떤 양념을 더해야 하는지를 정확히 아신다. 우리에게 양껏 먹지 않도록 이르신다. 배를 채우지 않으면 맛을 더 즐길 수 있다 하신다. 오빠와 나는 지금도 돌주발 밥을 벗어나지 못한다.

아버지는 어부다. 이른 봄부터 늦가을까지 우리를 데리고 낚시를 다니신다. 오빠는 견지낚시를 하기 때문에 떡밥을 만들거나 지렁이를 구한다. 하지만 아버지가 동생과 나를 데리고 하는 낚시는 여울 낚시다. 긴 대나무 끝에 낚싯줄을 잡아매고 모형 미끼를 단 것이다. 동생과 내가 다룰 수 있도록 무게를 조절해서 손수 만드신다. 낚싯대가 길어서 버스에 올라타기가 수월치 않다. 동생과 나는 버스에 타면 창가의 앞좌석과 뒷좌석에 앉는다. 창밖으로 손을 내밀어 아버지가 올려주는 대낚시를 잡으면 된다. 아버지는 낚시 솜씨도 뛰어나시다. 여울 낚시와 견지낚시에서는 단연 타인의 추종을 불허한다. 씨알이 굵은 것을 많이 낚으신다. 고기들이 이갑을 챌 때의 손떨림을 정확히 느끼시고 재빨리 당기신다. 거의 실수가 없으시다. 우리들 낚싯줄에 이갑(미끼)을 꿰어주시거나 엉킨 낚싯줄을 풀어주시는 것을 즐겨 하셨다. 아버지는 준비해온 냄비와 가스불로 찌개를 끓이신다. 재료는 방금 낚은 은어 종류의 깨끗한 물고기와 부재료는 현지에서 조달하신다. 파, 마늘, 호박, 고추를 서리해 오신다. 밭에서 밭주인이 보아도 괜찮다. 호박 하나 제가 땄습니다. 하면 주인은 그렇게 하세요. 여기 고추도 있습니다 한다. 싸가지고 온 밥을 꺼내 우리에게 먹인다. 그리고 병에 담아가지고 온 약주는 밭주인과 주거니 받거니 드신다.

아버지는 포수다. 겨울에는 사냥을 하신다. 총탄은 집에서 만든다. 즉 사제다. 한번 사용한 탄피를 수거해 와서 산탄을 채워서 사용한다. 탄피의 벌어진 곳으로 탄가루를 넣어서 잘 봉하기만 하면 되는 것이다.

큰 짐승과 작은 동물을 잡을 때 쓰는 총탄을 구별해서 만든다. 탄가루가 화롯불에 떨어질 때마다 반짝반짝 작은 불똥이 인다. 별꽃이 피는 것 같다. 오빠에게는 벨기에산 브라우닝 5연발 총을 사 주셨다. 그리고 내게는 윈체스터 쌍발총을 사 주셨다. 오빠 것보다 많이 가볍다. 중학교에 입학한 그 겨울에 사 주셨다. 아버지는 우리에게 가업이나 가풍을 이어주시려 않으시고 당신의 취미생활을 전수하시려는 분이시다.

아버지는 여행가고 작가이다. 나를 데리고 여러 곳을 여행하셨다. 금강산에 가신 적도 있었고 만주 목단강에서 찍은 사진도 있다. 늘 여행기를 쓰시고 필름을 정리하고 기록하신다.

아버지는 건축가다. 그야말로 장인 수준이다. 지대를 고르고 도면을 그리는 것도 손수하신다. 아버지는 원예가다. 이 종목에서는 대가로 자처한다. 이웃 농원에서 한 수 배우러 온다. 아버지는 사진작가다. 암실도 있다. 동아일보사 주최 아마추어 사진작가전에 입상하신 적이 있으시다. 아버지는 자선가이시고 의인이다. 어려운 처지의 사람을 도와주신다. 흡족하게 해주지 못하는 것을 늘 속상해 하신다. 쫓기는 사람을 숨겨주고 다친 사람을 치료해주며 일자리가 없는 사람에게 일자리를 마련해준다. 춘섭 아저씨, 김필수 아저씨, 진구 학생도 아버지의 도움을 받은 사람들이다. 아버지의 사랑채에는 언제나 사람들이 모이며 몇 명은 장기 투숙한다. 아버지는 대단한 장서가시다. 고서화와 희귀본을 많이 소장하고 계시다. 가끔 서화나 골동에 대해서도 설명해 주신다. 동전(銅錢) 하나로 도자기를 감정하는 법도 가르쳐주셨다. 아버지가 거래하는 서점은 종로 2가의 종로서점과 안국동에 있는 이문당이다. 수표교의 고서점에도 자주 들리시는데 그곳 사장님은 희귀한 책이 나오면 연락을 주신다. 종로서점이 문을 닫을 때 우수 고객에게 보내는 석별의 편지를 받으셨다. 아버지는 동물 사육사다. 비둘기집을 지어주고 제비도 서까래 아래 집을 짓도록 했다. 어머니가 집이 더러워진다고 싫어하시기 때문에 금순이나 춘섭 아저씨에게 배설물을 자주 치우도록 이르신다. 물론 손수하실 적이 더 많다. 울이 넓은 우리집에는 개도 많이 키운다. 세퍼트는 오빠가 좋아해서 기르고 도 사견은 사냥할 때 데리고 가기 위해서다. 모두 아버지가 돌보신다. 아버지는 이발사다. 어머님이 외출하시면 그때부터 아빠는 이발사가 되신다. 오빠는 이발기로 밀어 간단히 깎는다. 하지만 나는 절대로 아빠의 이발 솜씨에 속지 않는다. 나는 이발 영업시간이 끝날 때까지 이발사 눈에 띄지 않도록 숨어있다. 그러나 내 동생 난(영난)이는 자청해서 아빠의 요구를 들어드린다. 아빠 내 머리 깎으세요. 하고 목을 길게 내민다. 아버지는 잘 깎아 줄게 하시며 어머니 행주치마를 동생 목에 두르고 머리카락이 행주치마에 떨어지도록 넓게 펴 놓는다. 머리를 깎기 시작한다. 아버지는 상고머리로 깎아 줄게 하며 이발기로 목덜미부터 쳐올린다…… 그러나 뜻대로 되지 않는다. 이발기에 머리카락이 물려버리고 동생은 아파서 비명을 지른다. 아버지는 조금만 참아라 하시며 동생을 달랜다. 옆머리를 가위로 자른다. 왼쪽이 짧은가? 하고 오른쪽을 맞추어 자른다. 그러나 높낮이가 같지 않으니 다시 번갈아 자른다. 거울에 비친 동생의 몰골은 만화 속의 못난이처럼 됐다. 면도를 할 때도 상처가 났다. 아버지는 상처난 자리에 손가락으로 당신의 침을 찍어 문지르신다. 날카롭고 뾰족한 가위로 귀뿌리를 건드릴 적도 있다. 동생이 울면서 "아빠, 그만해" 한다. 아빠는 "다 됐다. 다 됐어." 그러나 신통치 않은 자신의 솜씨에 속상해 하신다. 동생의 손에는 아프다고 할 때마다 쥐여준 지전이 열 장은 되나 보다.

그러던 중 엄마 오실 때가 됐다. 아버지는 "여보게 춘섭이. 이 아이 업고 빨리 이발소에 다녀오게." 하며 돈을 주어 이발소로 보낸다.

아저씨는 동생을 업고 이발소로 달려간다. 어떻게든 어머니가 오실 때까지는 제대로 만들어 놓아야 하기 때문이다. 그러나 이발소에서도 어쩔 수 없었던 모양이다. 이마와 목덜미에 허연 땀띠 분만을 잔뜩 묻혀서 왔다. 어머니가 오셨다. "아니, 애 머리가 왜 이래요? 내가 애들 머리는 만지지 말라고 했잖아요. 요강 뚜껑처럼 만들어 놓았으니 원……" 그러나 아버지는 머리가 자라 제자리를 잡을라치면 폐업한 듯했던 이발 영업을 다시 하신다. 먼저 말가죽 혁대에 면도 칼날을 치대어 날을 세운다. 탁탁탁 지금부터 이발소를 열겠다는 신호다. 그러나 누구 하나 선뜻 나서지 않는다. 비누 거품 컵도 요란하게 휘저으신다. 행주치마도 소리 내어 털어놓으시고 거울도 적당한 높이에 걸어놓으신다. 그러나 나와 오빠는 모르는 체한다. 착한 둥이 동생이 아빠에게 간다. 아버지의 마음을 더 이상 상하게 할 수 없다고 생각한 것이다. "아버지. 내 머리 깎으세요." "아니다. 오늘은 그냥 이발 기계 손질하는 거야." 하신다. 그래도 동생은 "아버지 괜찮아. 설까지만 기르면 되는데 뭘……" 이래서 아버지는 또 동생의 머리를 깎으신다. 그 후로도 어머니가 외출하시고 아버지가 어머니 행주치마를 만지작거리면 동생은 목을 길게 늘이고 아버지 앞에 머리를 디밀었다. 면도로 베는 상처의 회수가 줄고 좌우의 머리 높낮이가 그럴 듯하게 되기까지는 시간이 걸렸다. 아버지가 나의 머리를 깎은 것은 동생(영난)의 머리를 세 번 이상 실습하신 후였다.

아버지는 맥가이버

아버지의 도락 용구는 엽총과 카메라, 바이오링, 나침반, 골동품, 이발 용구 말고도 많이 있다. 고장난 선풍기, 살 부러진 우산대, 추가 달아난 손저울 등이 모두 아버지의 놀잇감이다. 새로 사주신 물건을 함부로 해서 고장을 냈을 때 어머니는 조심해서 사용하라고 이르신다. 하지만 아버지는 기다렸다는 듯이 "괜찮다 괜찮아. 사람이 만든 것은 다 망가지도록 돼 있는 거야. 싱거미싱만 빼고 말이다."

내가 초등학생 때다. 순모 스웨터가 뜨거운 물에 빠졌다. 아깝지만 바싹 줄어들어서 버릴 수밖에 없다. 아버지는 어머니께 버릴 것 같으면 달라고 하신다.

아버지는 노란색 순모 스웨터로 군대용 쇠 물통에 커버를 해서 씌었다. 신축성이 좋은 뜨개이기 때문에 마침처럼 딱 맞는다. 씌우고 벗기는데 용이하도록 위에서 중간까지는 지퍼를 달았다.

나는 물통에 뜨거운 보리차를 넣어 소풍을 간다. 오래도록 따뜻한 물을 먹는다. 우리나라 최초의 보온병이 아닌가 싶다.

운동화가 해졌거나, 가방끈이 늘어졌거나, 지퍼가 자유로이 작동되지 않거나, 연필깎이가 망가졌을 때 또는 라디오에서 소음이 날 때 모두 아버지가 고쳐주신다. 그분만의 독특한 방법으로……

우리집의 연중행사

우리집에서는 일 년에 두 번 손님을 치른다. 한 번은 정초에 날을 받아 동네 어른들을 대접하는 동네 잔치다. 연세 높은 분들과 동네 유지들을 모시고 대접을 한다.

파출소 소장도 오시고 연화당 장의사의 사장님도 오셨다. 성신 목욕탕 주인도 상석에 앉으셨다. 동사무소의 서기, 소방서 주임, 내가 태어날 때 나를 받았다는 산파 할머니도 앉으셨다. 오신 분들은 서로가 안면은 있으시되 합석하기에는 어정쩡한 분들이다. 안방에는 교자상 둘이 들어가고 건넌방에는 하나를 놓았다.

찬광에서는 수육을 썰고 전을 붙이고 큰 가마솥에 고깃국을 끓인다. 그리고 술독에 용수를 박고 맑은 술을 동이에 떠온다. 할머니는 창호지에 떡과 약식을 차곡차곡 함지박에 담으신다. 손님이 가실 때 드릴 것이다.

그리고 시월 스무아흐레. 이날은 아버지 생신이다. 아버지의 가까운 친구분들과 회사의 직원들 그리고 관공서의 높은 분들이 시간을 달리해서 오신다. 자가용들이 길옆으로 길게 늘어선다. 이렇게 두 번 연례행사로 잔치를 할 뿐 친척들이 오는 것 말고는 특별히 집에서 손님을 맞는 일은 없다. 동생은 올해 여섯 살이다. 나하고 세 살 터울이다. 오빠는 대문을 들어서는 손님께 "어서 오십시오" 하며 인사를 하고 방까지 안내를 한다. 나는 손님이 벗어놓은 신발을 가지런히 놓는 것이 맡겨진 일이다. 하지만 동생 영난이는 설빔을 입고 손님들에게 세배를 한다.

어렸을 때 궁중에서 자랐다는 외할머니가 가르친 예법의 절이다. 영난이는 색동저고리에 금박 다홍치마를 입고 남색 조끼를 입었다. 타래버선을 신고 태사신을 신었다. 치마끈에 비단 주머니를 찼다. 그리고 조바위를 썼다. 내가 예쁘장한 편이라면 동생은 음전하고 귀티 나는 아이다. 동생은 방문 앞 대청에 서서 저 들어갑니다 하고 먼저 통보를 하고 안에서 아버지가 들어오너라 하시면 두 손으로 방문을 옆으로 밀어 연다.

방에 들어가서는 조용히 문을 닫고 사뿐사뿐 걸어가 아랫목을 바라보고 선다. 아버지께서 절을 올려야지 하신다. 동생은 두 손을 이마에 대고 천천히 허리를 낮추며 주저앉는다. 그리고 치마 안으로 두 발을 모으고 깊이 머리를 숙여 절을 한다. 천천히 머리를 들고 또박또박한 말로 "새해 복 많이 받으세요" 라고 새해 인사를 한다. 궁중 의식의 한 장면을 연출하는 것 같다. 다시 조용히 일어나서 몸을 돌려 맞은편 손님에게 절을 한다. 이번에는 "만수무강하세요" 라고 말을 했다.

손님들은 동생의 절을 받고 놀라워하신다. 저렇게 정성을 드린 세배는 처음 받아본다는 분도 계셨다. 모두 탄복하시고 즐거워하신다. 난이의 절하는 태도와 손님들에게 안기는 모습은 정말 귀엽고 예쁘다. 처음 보는 사람에게도 스스럼없이 안긴다.

눈을 맞추며 살포시 안기는 것이 누구나 꼭 껴안고 깨물어 주고 싶어지는 그런 아이다. 어린아이답지 않게 음전한 구석도 있어 손님들도 여느 아이를 대하듯 하지 않으신다.

어린아이에게 세배를 받고 세뱃돈을 주는 것은 우리나라의 미풍양속이지만 세뱃돈으로 사탕이나 과자를 사 먹어라 하는 적은 돈이 아니다. 잘 간수했다가 책을 사든가 요긴하게 쓰거라 하는 그런 지폐를 주신다.

아버지께서 "아이에게 이렇게 큰돈을 주시면 안 됩니다. 적은 것으로 주세요." 하고 거두기를 청해보지만 달라지는 것은 없다. "어른스럽습니다. 장차 좋은 규수감입니다."

동생은 이 사람 저 사람에게 안겨서 방안의 어색한 분위기를 말끔히 쓸어간다. 방문 밖에서도 사람들이 방안의 광경을 넘겨다보고 동생이 귀염성 있고 음전하다고 칭찬한다. 동생은 다시 건넌방으로 가서 새해 신고식을 할 것이다. 금순이와 중기 엄마가 음식을 날라온다.

아버님이 말씀하신다. "차린 것이 변변치 않습니다. 그러나 많이 드십시오. 술과 안주는 넉넉합니다. 안면들은 계실 줄 압니다만 서로 수인사가 없는 분들을 합석하시게 돼서 죄송합니다. 그러나 여기에 계신 분들은 모두 돈암동에 사시는 분들이십니다. 가까이 있는 사람끼리 서로 협조한다면 좋겠다는 생각에서 집사람이 자리를 마련했습니다." 은근히 어머니를 추켜주신다.

파출소 소장님이 말을 받으셨다. "이웃끼리 돕고 사는 것이 얼마나 좋은 일입니까. 저는 돈암파출소에 있는 허 순사입니다. 어려운 일이 있으시면 찾아주세요." 했다. 모두 박수를 치고 자기 소개를 하고 다시 이 댁의 자녀들이 예쁘다고 칭찬했다. 돌아갈 때는 떡

꾸러미 하나씩을 가지고 가셨다.

아버지가 동생에게 나무로 돈괴를 짜주셨다. 세뱃돈을 넣을 저금통이다. 다섯 살부터 3년을 모았는데 지폐가 괴안으로 꽉 찼었다. 흔들어봐도 내용물이 흔들리지 않는다. 나는 동생 몰래 뜨개바늘로 꺼내보려고 했지만 잘 되지 않는다. 아버지가 돈 넣는 아구리를 아주 작게 만드셨던 것이다. 빳빳한 새 지전을 반으로 접어야 겨우 들어가도록 만드신 것이다. 아버지는 세뱃돈 가운데 헌 돈이 섞였으면 새 돈으로 바꿔서 넣어주셨다. 아버지 이발관에 오직 하나뿐인 단골손님이 아닌가? 설날 조바위를 쓴 것도 아버지의 이발 솜씨 덕분이었다. 어머니가 "안 되겠다. 머리를 가리는 것이 낳겠다." 해서 조바위를 썼던 것이었다.

동생이 설까지만 머리가 자라면 된다는 말은 설 대목을 노리는 나름대로의 계획은 아니었을까? 동생은 어렸을 때부터 엉뚱한 일을 독자적으로 저질렀다. 그리고 그런 해프닝은 팔십을 넘은 지금까지 심심찮게 일어나고 있다.

난이는 못말려

우리집은 돈암동 전차 종점이다.

내가 4학년, 오빠가 5학년 때 동생 영난이가 수송초등학교에 들어왔다. 이제는 아침에 학교 갈 때 집에서 셋이 같이 나온다. 그리고 공부가 끝나고 집으로 올 때는 동생과 나 이렇게 둘이 온다. 동생은 미끄럼틀이 있는 모래밭에서 나를 기다린다. 우리는 둘이서 전차를 타고 집에 온다.

그날도 동생이 나를 기다리고 있었다. "난이야 가자." 하고 동생을 일으켜서 옷에 묻은 모래를 털었다. 그런데 동생은 선뜻 따라 나서지 않는다. 미적대며 "언니 먼저 가. 나 조금 놀다가 갈게……" 하는 것이다. "여기서 집이 어딘데 너 혼자서 와 오길…… 전차도 한 번 갈아타야 하고 또 방공호 있는 언덕도 있는데…… 어떻게 혼자 와. 빨리 일어나 어서." 나는 큰 소리로 야단을 치고 동생을 일으켜 세웠다.

그러나 난이는 "그럼 언니. 나 조금 놀다가 오빠하고 갈게. 언니 먼저가" 한다.

아무리 일러도 듣지 않는다. "그럼 오빠 기다렸다가 같이 와야한다. 알았지? 꼭……" 나는 다짐을 받고 집으로 왔다. 어머니가 "너 왜 혼자오니? 난이는 어쩌고?" 하고 물으신다. "오빠하고 같이온데요." 라고 말씀드렸다. 시간이 돼서 오빠가 들어왔다. "영인아. 왜 난이는 안 오냐?" 어머니가 물으셨다. 오빠가 대답한다. "저는몰라요. 학교가 파해서 바로 왔는데요." 한다. 집에서 난리가 났다. 내가 다시 문초를 당했다. "아무리 동생이 그렇게 말을 해도 데리고 왔어야지……" 어머니가 역정을 내셨다.

아버지는 "난이가 오빠하고 같이 가겠다고 먼저 가라고 했다지않아요?" 하시며 내 역성을 드신다. 온 집안 식구가 걱정을 하며아이를 찾아 나섰다. 종로에서 잃은 아이를 어디에서 찾는단 말인가. 난이는 3월에 학교에 입학해서 이제 겨우 석 달 됐다.

매일 오빠와 언니하고 같이 다녔기 때문에 혼자서는 전차도 타본 적이 없다. 날은 저물고 어둠이 점점 짙어졌다. 춘섭 아저씨가자전거로 고반서(파출소)마다 미아 신고를 하고 다닌다. 언니, 엄마, 중기 어머니, 오빠 모두 거리를 헤맨다.

이때 택시(폭스바겐 소형차) 한 대가 들어오며 집 앞에서 멈춰 선다. 그리고 동생이 내린다. 동생은 택시를 타고 온 것이다. 우리는동생을 잡고 모두가 놀란 가슴을 쓸어내렸다. "어떻게 된 일이야? 왜 언니나 오빠하고 같이 오지 않고 혼자 왔어?" 동생은 놀다 보니오빠가 가고 없었다고 했다. 그러나 그것은 거짓말이었다. 동생은가끔 다꾸시(TAXI)타고 집에 가자고 나를 졸랐었다.

동생이 학교에서 딱 한 번 바지에 실례를 한 적이 있었다. 종례시간이 길어서 그렇게 됐다고 한다. 동생의 바지를 벗기고 내 속바지를 입혀서 집으로 가게 됐다. 봄이었지만 홑바지 차림이라 추웠다.

그래서 택시를 타고 갔던 적이 있었다. 그 후로 난이는 택시를 타고 싶어 했다. 그랬으니 오늘 일은 계획된 것이 틀림없다.

어머니는 운전사에게 어린아이 말을 믿고 집까지 잘 데려다 줘서 고맙다고 하시며 차비에 얹어 팁을 후하게 주셨다. 그런데 아버지가 나가는 운전사를 다시 부르신다. "나리 저를 부르셨습니까?" 운전사가 다시 들어왔다. "난이야. 이리 오너라." 난이가 왔다. "난이야. 저 아저씨 따라 가거라. 가서 아저씨하고 살아라. 자동차도 많이 타고…… 그러면 좋겠지? 기사양반 애 데리고 가세요."

난이는 두 손을 싹싹 빌며 "아부지 다신 안 그럴게요." 하고 울었다.

동생의 얘기를 들어봤다. 동생은 꼭 택시를 타고 가보고 싶었다 한다. 낮에 택시를 타고 가면 야단을 맞게 될 것 같아 늦은 시간에 가기로 했다는 것이다.

그러나 학교에서 늦게 나온 것이 아니고 택시를 잡는데 시간이 많이 걸렸다 한다. 동생은 중형 택시를 세우고 돈암동까지 가자했다. 그러나 운전사들은 한결같이 이것저것 묻기만 하고 태워주지는 않았다고 한다. 집에 가면 돈 주시냐? 아니면 너의 집 부자냐? 그렇게 먼 데까지 갔다가 돈을 안 주면 아이를 놓고 싸울 수도 없고…… 생각을 해보다가 번번이 그냥 가버렸다고 했다. 그래서 하는 수 없이 작은 차를 탔다고 한다. 한참 오다가 기사가 이야기 좀 하자며 차를 세우고 앞자리로 옮겨 타라고 하더란다. 동생은 "내가 돈을 내고 타는데 왜 앞자리에 타고 가요. 거기는 짐 놓는데 안예요?" 싫다고 했단다. 가뜩이나 차가 작아서 기분이 좋지 않은데 앞자리에 앉으라니…… 그래서 뒷자리에 버티고 앉아 왔다는 것이다.

이 운전사도 역시 여러 가지를 묻더라고 한다. 너의 집에 가면 돈 주시니? 너 혼나지 않니? 너의 집 돈 많니? 아버지는 뭘 하시니……? 거지반 집에 다 와서 이길 맞니? 저 집이 조병옥 씨 댁인데 그 옆집이라고 안 했니? 근데 여기가 아니야? 동생은 귀찮아서 대답은 안 하고 이리로 가시면 제일 큰집이 나와요. 대문이 엄청 큰 집이에요. 했다 한다.

한동안 난이의 택시 사건은 무협지의 한 편처럼 여러 사람 입에 오르내렸다. 정말 '난이는 못 말려'다. 지금으로부터 칠십오 년 전 초등학교 일학년 어린아이가 수송(종로)동에서 돈암동까지 택시로 왔다면 신문에 날 일이 아니었을까?

이런 일도 있었다. 어머니가 부엌살림을 정리하실 때였다. 도자기로 된 큰 찜 그릇을 들고 부엌 문지방을 넘다가 치마가 걸려 그만 넘어지셨다.

순간 찜 그릇이 깨지며 꼭지가 부러지고 부러진 것이 어머니 이마에 꽂혔다. 쓰러져 있는 어머니의 이마에서 피가 주체할 수 없이 쏟아져 나왔다.

어른들이 서둘러 지혈을 시키고 의사와 간호사를 모셔왔다. 어머니는 대청에 누운 채로 30바늘을 꿰매셨다고 한다.

의사 선생님 말씀이 한 마디 정도만 옆을 찔렀다면 실명을 하셨을 거라고 하신다.

온 식구가 놀라고 맥이 빠져 늘어져 있었다. 한참만에 어머니가 기운을 차리셨다. "난이야" 하고 동생을 찾으신다. 그런데 난이가 보이지 않는다. 식구들이 찾아봤지만 어디에도 없다. 어머니에게만 정신이 쏠려 아이가 없어진 것도 몰랐다. 모두 어머니를 놔두고 아이를 찾는다. 그런데 동생이 "엄마" 하고 부르며 대문을 열고 들어선다. 가까이 와서 울먹이며 "엄마 아프지?" 하며 무언가 손에 꼭 쥔 것을 내민다. 손에 쥔 것은 사탕 한 알이었다.

난이는 엄마에게 줄 사탕을 사 온 것이다. 그 길은 언덕길이고 방공호가 무서워 혼자서는 가지도 못하는 길이다. 그리고 멀기도 하다. 동생은 그곳을 혼자 걸어서 차부 옆 사탕가게에서 사탕 하나를 사왔다. 꼭 쥐고 와서인지 사탕이 녹아 끈끈하다. 얼마나 울며 눈을 비볐을까? 얼굴이 때국으로 여기저기 얼룩이 졌다.

엄마가 "이것 사러 갔었어?" 하시며 사탕을 받아 입에 넣으신다. "응" 동생의 꾹 다문 입이 씰룩거린다. 울음을 참으려고 애를 쓰는 표정이다. 땀에 젖은 가슴이 떨리고 있다. 그러나 울지는 않았다. 동생은 다섯 살이었다.

착한 것에 대한 화제가 나오면 언제나 어머니는 동생의 사탕 이야기를 하셨다.

아버지의 집

어머니께 바톤을 넘기신 후 우리집은 창신동에서 돈암동으로 이사를 했다. 퍽 멀리 외진 곳으로 이사를 온 것 같았다.

짐들은 트럭으로 옮겼지만 사람들은 인력거 세 대로 왔다. 한 대는 엄마와 오빠가 탔고 한 대는 아버지와 내가 탔다.

그리고 한 대는 동생(영난)을 데리고 금순(식모)이가 타고 왔다. 얼마나 왔을까 집에 도착하기 전에 잠이 들었었나 보다. 나는 아침에 일어나서 정말 놀랐다. 공원처럼 넓은 공터 위에는 여기저기 재목들이 아무렇게나 쌓여있고 구석구석 쓰레기 더미와 버려진 연장들로 난장판을 해 놨다.

안방과 대청과 건넌방 그리고 부엌이 있긴 한데 왠지 집 같지가 않았다. 칠이 돼 있지 않은 건물은 도자기의 초벌구이처럼 썰렁했고 게다가 뒷간도 마련돼 있지 않았다.

집터의 경계를 표시하는 함석 담장이 학교 운동장만큼이나 넓어 보였다. 그러나 신통한 것은 마당 곳곳에 수도가 연결되어 꼭지만 틀면 시원한 물이 콸콸 쏟아지는 것이었다. 당시는 공동수도들이 많았고 수도가 있는 집이라 해도 수도간에 하나 있는 게 보통이었다. 돈암동 산 11번지의 32호. 지금은 어찌 변했을까 10년이면 강산도 변한다는 그 십 년이 일곱 번째를 넘긴 지 오래다.

그곳은 돈암동 전차 종점 차부에서 작은 고개를 넘어 들어간다. 멀리 돈암산을 마주보고 있다. 우리집 길 건너 비켜 앞집은 안재홍 장관 집이고 우리집 뒷담은 조병옥(내무장관) 씨 댁 경비원 초소와 이어져 있다. 두 집은 모두 양옥으로 지었으며 정원석과 나무가 어우러진 저택이다. 그리고 얼마 떨어지지 않은 곳에 허정(국무총리) 씨가 계셨다.

우리는 당시의 권세가이며 실세며 명사들이 선견지명으로 자리 잡은 상위층 동네로 들어온 것이다. 돈암동 종점 차부에서 집으로 가는 길은 셋이 있다. 그 하나는 차부를 조금 지나서 오른쪽으로 난 골목길이다. 두붓집, 방앗간, 솜틀집 그리고 이발소가 있었다.

다른 한 길은 차부를 조금 못 미쳐 있는 십자로다. 이 길로는 소방차와 트럭 그리고 승용차가 다닌다. 다른 하나는 차부를 끼고 산마루를 넘는 지름길이다. 차부 옆 작은 뫼를 돌아서 그 등성이를 타고 내려가야 한다.

가파른 언덕길이다. 그 대신 다른 길에 비해서 많이 가깝다. 그러나 사람들은 이 길로 다니기를 꺼려한다. 멀리 돌아오는 차도를 이용한다.

지름길에는 두 개의 방공호가 있는데 걸인들이 살고 있다. 큰 굴에서는 아이들도 있는 가족 굴이다. 작을 굴은 키 큰 걸인 혼자서 살고 있다. 그래서 동네 아이들은 멀리 돌아가는 큰길로 다닌다.

그러나 오빠와 나는 지름길로 다닌다. 지름길을 넘으면 바로 전차 시발점인 차부에 닿는다. 그렇기도 하지만 오빠는 굴에 사는 사람들을 별다르게 생각하지 않는다.

내가 무서워하는 것을 보고 오빠는 나를 타이른다. "우리와 똑같은 사람들이야. 저 사람들과 우리는 다를 것이 없어. 집이 없어 이곳에서 살고 있는 거야. 공연히 사람을 무서워하면 안 된다."고 한다.

어머니는 아이들 학교 길이 멀고 무엇보다 후미져서 꺼려하셨다. 그러나 아버지는 복잡한 시내보다는 안전하다고 밀어붙이신다.

아버지는 물 만난 고기처럼 신이 나셨다. 재정 사정으로 짓다만 집을 헐값에 사신 것이라 한다. 우선 아버지는 여러 곳에 수소문하여 도편수 허 대목장을 데려왔다. 천거한 사람의 말에 의하면 그는 일이 꼼꼼하고 깔끔한 완벽주의자라 했다.

대목장으로만 십 년이 넘는다는 허 도편수를 데려오는 데는 보름이 걸렸다.

수원 홍씨네 가묘 개축공사의 마무리가 덜 됐다 하여 늦어졌다 한다.

허 대목장이라는 분은 얼굴은 살짝 얽었다. 그리고 머리는 씨름꾼처럼 짧게 깎았다. 집을 짓는 데는 도편수를 잘 만나야 하는 것이 무엇보다 중요하다 한다. 도편수는 건축에 관한 모든 공정을 지휘하는 사람이다.

재목을 고르고 재제하는 것부터 창호나 초석, 기와 작업에 이르기까지 모두를 감독한다. 오랜 경험과 숙달된 기술이 있어야 자재의 손실이 적고 일의 능률이 난다고 한다. 집은 사랑채와 행랑채부터 만들어졌다.

사랑채에서는 식구들이 기거하고 행랑채는 목수들의 합숙소다. 외진 변두리라 교통이 어려운 점도 있다. 그러나 아버지는 저녁상을 물리시면 장인들과 공사에 대한 의논을 하시려는 것이다.

아버지는 건축에 대한 책자를 보시며 늘 궁리하신다. 건축이 완공되면 정원을 만드실 것도 의논하신다.

표충사 근교 수목원에서 보았다는 소나무 얘기도 하셨다. 붉은 벽돌담에는 소나무가 꼭 있어야 한다고도 하셨다. 되도록이면 좋은 자재와 세련된 안목으로 품격 있는 집을 지으시려 하신다. 사업을 정리하신 것이 있으니 욕심을 부리시는 것 같다.

석수가 다듬은 주춧돌이 마음에 차지 않으신다.

아버지는 그것을 들어내시고 보다 단단하고 무거운 덤벙 주주를 놓으셨다. 덤벙 주주는 다듬지 않은 자연석이다. 대목장이 그만하셔도 훌륭하십니다 하는 말이 나올 때까지 최선을 고집하셨다.

살아보지도 않은 안채를 송두리째 개조하셨다. 안방을 윗목 쪽으로 더 넓히시고 마루도 건넌방을 집어넣고 넓히셨다. 용마루를 교체하고 다시 상량식을 했다.

집 공사는 얼추 10개월이 돼 가지만 겨우 뼈대만 섰을 뿐이다.

매일 아침상을 물리면 담배 한 대씩을 물고 대목, 소목, 보조목 또 미장이와 기와공, 칠장이들이 바삐 움직인다. 마당에서는 끌로 나무를 쪼는 소리, 톱질하는 소리, 대못 치는 소리, 또 대패 소리, 숫돌에 대팻날 가는 소리, 미장들이 얼레를 치며 주고받는 노랫소리가 끊이지 않는다.

횟가루 냄새, 아교 끓는 냄새, 황토 치대는 소리. 나는 이곳에서도 바쁘다. 먹줄통(승묵繩墨)을 잡아주고 쌓인 대패밥을 삼태기에 담아 부엌으로 나른다.

대팻날 갈 때 그릇에 물을 떠다 주기도 한다. 대팻날을 갈 때는 대패 머리를 장도리로 툭툭 때리면 대팻날이 빠져나온다. 신기하다.

오빠는 소음을 피해 책을 들고 뒷산으로 올라간다. 하지만 나는 하루 종일 현장에서 뛴다. 우리가 집 공사를 시작하자 키 큰 걸인이 종종 집 앞에 나타났다.

아이들이 돌팔매질을 하고 엉킨 머리를 뒤에서 잡아당기기도 하고 옷자락을 갈고리로 당겨 찢기도 한다. 춘섭 아저씨가 아이들을 혼내주고 걸인을 보호한다.

걸인은 키가 엄청 크다. 머리는 장발인데 오랫동안 감지도 빗지도 않아 솜뭉치처럼 엉겨붙었다. 누더기가 다 된 옷은 철이 바뀌어도 같은 것이다. 삼복에도 겹겹이 껴입고 있다.

늘 응달에 앉아 땅바닥에 무언가를 쓴다. 사람들은 그를 보고 미친 사람이라고 한다. 공부를 많이 해서 미쳤다고 한다. 이따금 동네에 들어오면 많은 아이들이 그를 쫓아다닌다. 그전처럼 돌을 던지거나 머리를 잡아당기는 아이들은 없다. 우리집 앞에 와서는 공사하는 현장을 물끄러미 보다가 간다.

어느 날 금순이가 엄마께 또 그 걸인이 왔다고 이른다. 어머니가 밥을 차려 행랑 마루에 갖다 주라고 하신다.

언니가 마루에 상을 올려놓고 광인의 손을 잡아 데리고 들어왔다. 광인은 안방을 향해서 절을 했다. 그리고 상을 들어 추녀 밑 땅바닥에 내려놓았다. 더러운 옷으로 마루에 앉기가 미안했던 것 같다.

그리고 물을 마시고 밥을 먹었다. 걸인이 돌아간 다음 언니가 어머니께 자세히 보고한다. 오른손 엄지와 검지가 없었다는 말도 했다. 어머니는 "많이 시장했었나 보다." 라고만 하셨다.

나는 오늘도 공사 현장에서 뛴다. 아버지가 출타하실 때 내게 이르신다. 조반 드시면 쌈지 담배 한 봉지씩을 나누어 드려라. 그리고 새참 때 양과자도 하나씩 드리라고…… 나는 아버지 말씀을 잘 이행한다. 그리고 그 밖의 일도 거든다.

숫돌통에 물을 가득 채워둔다. 삼태기로 대패밥을 담아 부엌으로 나른다. 땅바닥에 떨어진 못들을 줍는다. 굵은 못, 작은 못을 가려 못통에 넣는다.

아버지가 목수들에게 담배와 간식 배당을 내게 시키시는 것은 내가 공사장에서 놀기를 좋아하기 때문이다. 아버지는 공사장의 아저씨들이 나를 기다리도록 만드신다. 여러 가지 방법으로……

이곳에서 제일 재미있는 것은 먹줄을 튕기는 일이고 다음은 대패질이다. 대패질은 양손으로 대패를 쥐고 팔을 쭉 뻗는다. 밀었던 대패를 다시 앞으로 당길 때 나무가 깎인다. 대팻날 사이로 얇은 대패밥이 둥글둥글 말려 나온다.

잠깐 동안 한 삼태기나 나온다. 목수가 자리를 비운 틈에 대패를 당겨보았다.

대팻날이 나무에 물려서 꼼짝도 하지 않았다. 나는 혼이 날까 봐 얼른 두고 나왔다.

그날은 대패질하는 근처에 얼씬도 하지 않았다.

숯을대문

우리집은 대문에서 중문으로 들어오는 곳에 높은 문지방이 없다. 인력거 바퀴가 넘을 수 있도록 낮게 했다. 어머니가 인력거로 안채까지 들어오시도록 배려하신 것이다. 건물이 완성되어 간다.

황토분을 물에 개어 무명 자루에 넣는다. 그것으로 기둥 서까래를 비롯한 모든 나무에 황토색을 입힌다. 황토 초벌칠도 생각보다 어렵다. 문지르는 속도에 따라 색의 농도가 다르다. 뿐만 아니다. 자루를 너무 꼭 쥐면 황토 물이 주르르 흘러서 나무에 얼룩이 남는다.

한 번 칠하고 마르면 사포로 밀고 다시 칠한다. 그러기를 여러 번 반복한 후에 며칠 말린다. 담담하게 스며드는 무광 옷칠을 여러 번 한다.

나는 아버지 몰래 황토 칠을 해보고 싶어서 자루를 들어봤다. 엄청 무거워서 무릎께까지밖에 올리지 못했다.

이윽고 부엌이 만들어지고 찬방까지 완성되어 우리는 안채로 들어갔다.

어머니는 일체 공사 현장은 내다보지 않으셨다. 그러나 어느 날 대목장에게 만두 미는데 쓸 큰 도마를 만들어 달라고 하셨다. 대목은 곧 톱으로 널판을 켜고 대패질을 하고 작은 대패로 다듬어서 도마를 만들었다.

도마는 나무 모양새를 그대로 살렸다. 어느 곳에서 밀어도 기울지 않도록 낮은 받침다리를 끼어 물렸다. 손잡이가 있는 밀대 방망이도 만들어 드렸다.

도편수는 도마의 안쪽에 붓으로 이름을 썼다. 그리고 쇠붙이 낙관을 불에 닳궈서 이름 옆에 찍었다. 품위를 갖춘 공예품이다. 이것은 어머니가 아끼시는 것으로 이사 갈 때 제일 먼저 챙기시는 물건이다.

아버지는 안방에 백통 장식을 물린 자개삼층장을 쌍으로 놓으셨다. 그리고 찬방에는 붙박이 찬장을 들였다. 당시에는 아주 귀했던 일본 노리타께 홈 세트를 어머니께 선물하셨다.

내 방은 부엌의 찬방과 붙어있고 방에는 목욕탕이 달려있다.

단풍나무를 켜 말려서 만든 것이다. 욕조 바닥까지는 계단 하나가 있다.

목욕탕 바닥은 쪽 나무를 연결하여 만든 깔판을 놓았다.

자루가 달린 물바가지가 있었다.

아버지는 툇마루에서 책을 읽을 수 있도록 그늘도 만들어 주셨다.

이제 집은 완성됐다. 기둥마다 주렴을 걸고 내 방 앞 추녀 끝에 풍경을 달았다.

아버지는 해내셨다. 아버지의 구상대로 당신의 집을 지으셨다.

허 도편수가 몇 번이고 "나리는 특별하신 분이십니다. 존경스럽습니다. 저희들도 모르는 것을 많이 배웠습니다." 했다. 어머니도 이번 공사에 아버지의 안목과 열의에 감복하셨다. 그리고 자상한 마음씨에 고마워하셨을 것이다.

집을 짓는다는 것은 큰 공사다. 더구나 한옥을 짓는다는 것은 여간한 일이 아니다. 나는 그때 기둥과 대들보에 대해서 알았다. 어른들이 아무개는 우리집 기둥이야. 그 어른은 나라의 대들보지…… 하시는 뜻을 말이다. 나는 똑똑히 기억한다.

다섯 트럭 분이 넘는 황토와 그와 비슷한 분량의 횟가루 그리고 그보다 더 무거운 무게의 기와를 얹어 지붕을 만든다. 주춧돌과 기둥과 대들보가 그 무게를 견뎌내야 한다. 지붕을 총괄하는 장인은 번 와장이다.

가로 세로 일렬로 정렬된 기와는 오묘한 직선과 곡선으로 조화를 이룬다. 지붕에서 처마로 이어지는 곡선은 현수 곡선으로 자연 상태에서 늘어져있는 유선형의 곡선이다. 반죽한 진흙덩이를 아래에서 높이 던져 올리면 기와공이 익숙한 솜씨로 받아낸다. 곡예사들의 놀이처럼 신기하다.

기와마다 젖은 흙을 채우며 지붕을 덮어간다. 기와가 놀지 않도록 편편하게 다지며 주의를 기울인다. 기와와 기와의 이음새에 홍두깨 흙을 채워 넣고 막새기와로 덮는다. 지붕보다 추녀가 길다. 궁궐의 처마 기장은 두 자이고 일반 집은 한 자 반 정도라고 한다.

지붕을 삥 둘러 처마를 놓는 것은 그늘을 만들기 위해서다. 처마가 넓으면 햇빛을 가리게 되서 시원하지만 집안이 어두워질 수 있다. 한옥 지붕은 직선과 곡선이 조화를 이루는 예술의 극치다. 한옥 가옥의 멋은 번 와장이 완성한다는 말도 있다.

아버지는 덧붙이신다. "지붕은 예술과 과학의 만남이야!" 이러한 지붕을 만드시려고 아버지는 굳이 주춧돌 교체 작업을 하셨나 보다. 그리고 어른 둘이 팔을 벌려 껴안아도 모자라는 굵고 실한 기둥을 세우셨다.

모든 재목에서 으뜸인 긴 통나무가 가로 누워서 천장 높이 올라간다. 양쪽 기둥에 물리듯 들어간다. 이것이 대들보다. 대들보와 기둥과 주춧돌이 집을 지탱해주는 역할을 한다. 대들보를 올리는 것을 큰 행사로 간주하여 상량식이라 한다.

떡을 찌고 술을 빚고 돼지를 잡는다. 수고한 모든 장인들에게 사례금이 나간다. 어머니가 무명 한 필을 대들보에 걸고 북어를 매달으셨다. 대들보에는 한자로 '입주상량'이라 쓰고 일자를 써 넣는다. 아버지는 며칠 전부터 자세를 바로 하시고 손수 먹을 가시어 써 두었었다.

그 후로도 아버지는 집을 한 채 더 지으셨다. 그분의 자손인 오빠도 오스트리아 빈에 집을 지었다 한다. 동양풍으로……

남동생은 캐나다로 이민 가 그곳 대학에서 토목 공부를 하고 전문 장인이 됐다. 캘거리에 엄청 큰 저택을 혼자 지었다며 사진을 찍어 보내왔다. 오빠나 남동생은 나처럼 현장실습도 하지 않았는데 어떻게 집을 지었을까. 나도 집을 개조하거나 도배나 칠을 한다면 잘 할 수 있다. 나야말로 그분의 수제자가 분명하니까. 대문을 달 때는 여러 날 의논을 하셨다. 집의 크기와 걸 맞은 문을 달아야 한다는 것이다. 집보다 대문이 크면 재물이 흩어진다 하고 집보다 턱없이 작으면 인물이 나지 않는다 한다. 며칠을 의논한 끝에 솟을대문으로 낙찰을 봤다.

사랑(舍廊)채와 행낭(行囊)채에 지붕을 올리고 그보다 한 춤 높은 솟을대문을 달려고 한다. 문설주와 문지방이 만들어졌다. 다시 대문 자리에 지붕을 올렸다.

지금 마당에서는 넓고 두꺼운 널판을 대패로 밀어 대문을 만들고 있다. 대문은 그 집의 얼굴이다. 그러니 얼굴에 맞는 장식이 필요하다. 대문 장식은 검은 철로 만든 것이 대부분이다. 우선 대문을 열고 닫을 수 있는 경첩을 달아야 한다. 경첩은 튼튼한 무쇠로 만들었다. 검은 옷칠을 했다.

경첩이 대문의 무게를 지탱해야 한다. 네 귀퉁이에 단다. 그러나 무거운 문에는 중간에 하나 더 달아야 한다. 경첩에는 암수의 두 짝이 있다.

문설주에는 암 장식을 그리고 대문에 수 장식을 단다. 문짝을 들어 끼워 맞추는 것이다. 그리고 문 두 짝을 같이 묶어 잠가두는 장금 장식을 단다. 그것은 바탕 장식 위에 붙인다. 우리집 바탕 장식은 모란꽃 무늬다.

그것 역시 검은색 쇠붙이다. 반원형의 두 짝을 좌우 문짝에 붙인다. 둘을 맞붙여 하나가 되도록 한다. 바탕 장식 위에는 굵은 사슬로 이어진 둥근 손잡이가 달려있다. 집을 비울 때 양쪽의 손잡이를 같이 모아서 자물통을 채운다.

대문이 닫혀 있을 때 방문객들은 잠금쇠의 손잡이를 가볍게 두드려서 주인을 부른다. 초인종 구실을 하는 것이다.

대문을 만들 때의 과정을 본 대로 써본다.

우선 제재소에서 켜 온 나무판에 대패질을 한다. 앞뒤면 모두 대패로 민다.

어느 것보다 정성을 드리는 작업이다. 대패질한 널판을 대문 길이로 재단한다.

문의 뒷면부터 작업을 한다. 문 한 짝에 큰 널판자 세 쪽씩을 이어 붙인다.

먹통의 줄을 당겨놓고 통겨서 수평을 표시한다.

먹줄 친 곳에 각목을 대고 시침이 못을 박아둔다. 드문드문 박아둔다.

위에서 반자쯤 내린 곳이다. 아래에도 그렇게 한다. 밑에서 반자를 올린 자리에 각목을 올려놓고 시침이 못을 박는다. 가봉을 하는 것이다.

바르게 각목이 놓였나를 확인한다. 이상이 없으면 못을 친다. 대못이다. 어른들 손을 벌려서 한 뼘이 넘는 긴 대못이다.

시침이 못이 박힌 곳에 우선 대못 하나를 박는다. 그리고 망치로 때린다. 못이 박혔다. 더 깊이 박기 위해서 박힌 못 위에 다른 못 대가리를 얹고 한 번 더 때린다. 못이 깊이 들어갔다. 이런 식으로 나머지 못을 목수들이 돌려가며 박았다.

문짝의 뒷면은 다 되었다. 문짝 뒤에 각목을 대서 못을 치는 것은 널판자를 고정시키는 방법이다.

인부 십여 명이 대목의 후령에 맞춰 문짝을 들어 올리고 뒤집는다. '와' 함성이 터진다. 동네 사람들도 몰려와 구경을 한다. 이제는 대문의 앞면을 할 차례다. 우선 문짝 밖으로 뚫고 나온 못을 처리한다. 밖으로 나온 못을 망치로 때려 옆으로 쓰러트린다. 다시 내려쳐서 못 끝이 나무 깊숙이 들어가도록 때린다. 삐죽 나온 못들은 망치를 맞고 모두 쓰러졌다. 그리고 못 자리에 종지 못을 박는다.

종지 못은 종지처럼 생긴 못이라는 뜻이며 이것은 못 자리를 가리기 위한 것이다.

한옥 대문 위아래로 종지 같은 검은 장식이 나란히 박혀있는 것이 그것이다.

못 자리를 감추는 생활 지혜의 예술이다.

끝으로 집 마무리는 빗장과 경이다. 빗장은 대문 안쪽에 달아 문을 열고 닫는데 사용한다. 허 도편수가 손수 대패로 밀고 다듬었다는 무지 큰 빗장이다. 내가 발뒤꿈치를 들고 팔을 뻗어도 손에는 닿지 않는 높은 곳에 달았다.

경은 대문이 밖에서는 열리지 않도록 고정하는 장치다. 두 문짝이 맞닿는 곳, 바깥쪽에 세운다. 보매는 벽돌 두 장 크기지만 내용은 그렇지가 않다. 우선 비석만한 바위를 다듬는다. 땅속으로 묻힐 아랫부분을 점차로 좁게 다듬는다. 그것을 쇠망치로 내려쳐서 깊이 박는다. 한 뼘 정도를 땅 위에 남기고 박는다. 땅 위에 솟아나온 부분이 대문을 밖에서 열지 못하도록 지탱하는 빗장이다. 경(빗장경)이라고 부른다.

취침 전 식구들이 모두 귀가했을 때 춘섭 아저씨가 큰 빗장을 지른다. 대문 하나 다는데 하루하고 한나절이 걸렸다. 황토 물을 입히고 건조시킨다. 사포로 밀고 다시 입힌다. 이러기를 여러 번 거듭한다. 무광 옻칠을 한다. 마르면 사포로 밀고 또 칠을 한다. 일주일이 걸려 칠이 끝났다. 대문을 달아 놓으니 온 동네 사람이 몰려와 축하를 해준다. 미리 마련했던 고기와 술과 떡이 나왔다.

보통은 담을 쌓고 대문을 단다고 한다. 그러나 아버지는 대문을 먼저 달으셨다.

목수들의 일이 끝났기도 했지만 정원 공사 때 대문 출입이 오히려 번거롭기 때문이다.

정원이 완성될 때까지는 대문은 달아두신다고 하신다.

이제 정원을 만들고 담을 쌓는 것만 남았다. 정원에 쓰이는 큼직한 바위들이 트럭에 실려 들어온다. 이끼가 거멓게 붙은 큰 돌들이다. 마당을 다질 자갈도 들어왔다.

정원 공사가 집 공사보다 덜하다고 말할 수는 없다.

집 공사하던 목수들은 모두 돌아가고 정원사들이 왔다. 자갈과 왕모래로 마당을 다지고 흙을 쌓아 기복이 있는 동산을 만든다.

큼직한 자연석 어귀마다 야생 진달래와 연산홍을 물렸다. 측백나무는 동산을 둘러쌓은 정원석 사이에 심었다.

안방에서 나와 부엌과 내 방 앞을 지나 사랑채로 나가는 길은 철로에 사용됐던 오래된 침목이다. 침목과 침목 사이는 조약돌을 깔았다. 영락없는 협궤열차의 한자락처럼 보인다.

비가 온 후에는 침목 밑에서 달팽이가 나온다.

뒤뜰에는 목백일홍과 오동나무를 심고 사랑채 옆에는 늘 말씀하시던 소나무를 심었다. 정원석과 정원수가 어지간히 실려왔다.

그러나 제자리에 앉히고 보면 또 다른 곳이 허전하다. 나무를 사오고 심고 하는 것은 모두 아버지의 생각대로 하셨다.

수령이 오래된 것일수록 옮겨 심는 것이 어렵다고 하신다. 여느 나무보다 잔뿌리가 적은 것은 소나무다. 소나무는 잔뿌리를 키워서 옮긴다.

옮길 나무 주위를 가깝게 파서 뿌리를 적당히 자른다.

가지 역시 뿌리에 무리가 가지 않을 정도로 쳐준다. 흙을 다시 덮고 물을 주어 잔뿌리가 살도록 한다. 소나무는 1년 내지는 2년이 지나서야 옮길 수 있다.

옮길 때는 새끼줄로 흙과 뿌리가 떨어지지 않도록 잘 감아준다. 옮겨 심고는 부목으로 받쳐 주고 물을 자주 준다. 정원이 어지간히 어울렸다. 소나무가 들어와 자리를 잡자 아버지는 담을 쌓으셨다.

담장은 이렇게 한다. 먼저 가로로 한 자 깊이로 석 자 이상의 깊은 골을 파놓는다. 그곳에 굵은 모래와 돌을 부어놓고 물을 뿌려가며 무거운 쇠달구로 다진다. 여기에 쓰이는 돌은 크기와 두께에 관계가 없다. 평평하고 반듯하게 잘 다지기만 하면 된다.

이렇게 단단해진 지반 위에 다시 땅 아래로 한 자, 땅 위로 두 자 높이의 돌을 쌓아 기소를 만든다. 돌담이든 벽돌담이든 심지어 흙담이라도 기소의 원칙은 같다고 한다. 우리집 담은 붉은 벽돌로 쌓았다.

아버지의 정원

"영선아, 여기가 좋지? 여기에 심자. 나무를 이렇게 돌려 앉히자. 봉우리가 이쪽에서 보이게……" 아버지는 비서 겸 동업자인 나에게 의논하신다. 백목련이 들어오고 자목련이 들어오고 감나무가 실려오고…… 홍단풍이 들어왔다.

아버지가 가꾼 것은 꽃봉오리도 풍부하고 꽃잎도 크다. 장미는 꽃송이가 목단만 하고 목단은 해바라기만 하다. 장미 가지가 너무도 풍성하다. 비바람이 칠 때는 나뭇가지가 찢어지는 수가 있다. 비옷으로 덮고 가지를 모아 동여매고 부목으로 받쳐 준다. 연못도 만들었다. 연못가에는 겹벚꽃나무를 심었다.

연꽃을 띄우고 주위에는 보라색 붓꽃을 무더기로 심었다. 연못가의 벚꽃나무는 이른 봄에 연분홍 꽃을 피운다. 송이가 탐스러운 나무다. (훗날 이 벚나무는 아버지가 잘라버리고 의자로 사용했다.) 아버지는 나무를 좋아하셨지만 빽빽하게 무성한 것을 싫어하셨다. 언제나 나무를 심으실 때는 그게 얼마만큼 자라서 어디를 가리게 될 건가를 염두에 두신다.

담 밖 한길가에 은행나무 두 구루를 심으실 때다. "영선아, 봄에 잎도 보고, 여름에는 그늘 즐기고, 가을에 은행알 줍고…… 노랑 은행잎 주워 책갈피에 끼우고…… 그것이 더 자라 재목이 되면 우리 영선이 시집갈 때 장농 짜주고…… 영선아, 나무마다 성격이 다르다는 것 너 모르지? 어떤 나무는 햇볕을 좋아하고 어떤 나무는 음지를 좋아하는 것도 있다. 은행은 마주 봐야 열매를 맺고……" 나무를 많이 심는 것보다 잘 자랄 수 있도록 심는 것이 중요하다고 하셨다.

어머니를 위해서 안방 쪽문을 열면 화초가 잘 보이도록 늘 신경을 쓰셨다. 어머니가 외출하고 안 계실 때 어머님이 앉으시던 자리에 앉아 궁리를 하신다. 어머니가 편한 자세로 관상할 수 있도록 마음을 쓰시는 것이다.

어머니가 좋아하시는 접시꽃을 화단의 가쪽으로 옮긴 것도 그러한 생각에서였을 게다. 해질녘에는 접시꽃 그림자가 툇마루에 걸린다.

어머니는 석류를 좋아하시고 치자꽃과 천리향도 가까이하셨다. 동매화도 그분의 꽃이다. 어머니는 운치있는 다년생 수목화를 좋아하셨다.

그러나 아버지는 단연 일년초 꽃을 사랑하신다. 그것도 아주 평범한 것, 마을 어귀 어디에서나 만나는 그런 것들을 좋아하신다. 채송화, 백일홍, 도라지꽃, 분꽃, 수국, 봉선화, 나리꽃, 반지꽃 같은 것이다. 무리지어 심는 것들도 많다.

수국, 노란색 프리지아, 진다홍색 맨드라미, 장미, 노란색 수선화는 본정통(지금의 명동) 꽃집에서 주문해 사온 것이다. 히아신스는 구근 화초다.

군자란처럼 투박한 꽃잎 사이에서 꽃대가 솟으며 수많은 꽃들이 벌떼처럼 붙어서 핀다. 흰색과 연보라, 연분홍이 있었다.

구근 화초는 월동을 하는데 더욱 신경을 써야 한다.

내가 좋아하는 것은 백합이다. 백합도 구근 화초다. 우선 그 꽃향이 온 마당에 찬다. 이른 아침 대청마루에 서서 분합문을 열면 상큼한 꽃향이 머릿속을 시원하게 씻어준다. 콧속과 가슴이 펑 뚫리며 아름다운 세계가 펼쳐지는 그런 느낌이다.

내 어린 날의 추억 중에서도 가장 소중한 기억 중 하나다.

같은 수종의 꽃인 나리에서는 그런 향이 없다.

아버지는 대문 가까운 화단에 심으셨다. 백합 주위에 신경초를 심으신 까닭은 왜일까? 내가 백합 꽃향을 가까이에서 맡으려고 화단에 올라서면 신경초(미모사)들이 모두 잎을 접고 고개를 숙인다. 백합을 보호하려는 것인지 아니면 나에게 인사를 하는 것인지……

꽃들은 가을에 씨를 받는다. 잘 영근 봉선화씨는 씨주머니를 가볍게 만지기만 해도 주머니가 벌어진다. 좁쌀보다 조금 굵은 누런 알갱이를 쏟아낸다.

채송화는 꽃이 떨어진 자리에 씨주머니가 생긴다. 손으로 비벼 열어보면 기응환(유아용 상비약) 같은 작은 알갱이들이 들어있다.

나팔꽃의 씨는 검은색인데 메밀 알처럼 모가 나 있다. 꽈리는 줄기째 말린다. 한아름 추려서 분청 항아리에 꽂아둔다. 봉지마다 이름을 써놓고, 봄에 씨를 뿌리고, 모종하고, 벌레 잡아주고, 부목 대주고…… 아버지는 꽃밭에서 사신다.

허 도편수와 그 일행 목수들은 충신동에 한옥 가옥 열두 채를 지었다. 이것으로 어머니는 권재찬이라는 집사를 데리고 임대 사업을 하시게 된 것이다. 어머니는 집을 지어 파시기도 하고 여염집을 사서 요정으로 개조 임대를 하시기도 했다. 어머니의 사업을 기화로 아버지는 권좌에서 하야 하시고 돌아가실 때까지 야인이셨다. 물론 어머니는 돋보기를 쓰시고 두꺼운 장부책을 정리하셨다.

아버지가 왜 그렇게 일찍 사업을 접으시고 그 위에 경제권마저 어머님께 일임했을까? 우리 형제들은 어른이 되어서 한 자리에 모이면 가끔 이것이 화제가 되었다

첫째는 광산업이라는 것이 아버지에게 맞지 않는다는 것이다. 광산업은 상당한 자금 동원 능력과 두툼한 배짱이 있어야 한다. 그러나 아버지는 심성이 어질어서 순리가 아닌 것은 감당을 못하신다.

둘째는 기관이나 관공서 출입을 싫어하신다.

셋째는 어머니가 아버지보다 이재에 밝고 능력이 있으시다는 것이다. 이재에 밝은 아내의 내조가 부담스러웠을 것이라는 생각도 해본다.

그러나 뭐니뭐니 해도 자기만의 세계에서 살고 싶었던 것이 가장 큰 이유가 아닐까? 이러한 결론에 도달했다.

어머니는 아버지가 사업에 손을 대지 않으시는 한 되도록 이해하고 협조하셨다.

아버지는 워낙 취미가 많아서 사업을 안 하셔도 심심할 새가 없으시다. 나는 그런 아버지의 딸이다. 그분의 그림과 사진의 모델이고 그분의 비서며 동시에 동업자다.

아버지의 도락은 모두 가정에서 이루어지며 대부분은 내가 주인공이다. 아버지는 당신의 형편에 맞는 취미생활을 하신다.

나는 아버지 화원의 조수

"영선아, 자냐? 모종하자." 아버지는 작은 모종삽을 들고 나를 깨우신다. 이것은 나팔꽃이다. 네 방 앞에 심자. 이것은 봉숭화다. 저기 측간 옆에 심어라. 꽃 피면 봉숭화 물들여야지 하신다.

나팔꽃이 더 자라면 내 방 지붕 위로 줄을 매어 주신다 했다. 그리로 넝쿨이 올라갈 것이라며…… 아버지는 백일홍을 제일 많이 심으신다. 꽃의 수명이 오래가기 때문인 것 같다. 채송화도 심는다. 화단 둘레나 댓돌가에 심는다.

맨드라미도 담 가까이 무리 지어 심는다. 수국도 무리로 심는 화초다. 수국은 한 꽃대에서 여러 개의 작은 꽃들이 어울려 큰 꽃송이를 만든다.

잎도 큼직하고 꽃 색도 은은하다. 오빠가 좋아하는 꽃이다. 아버지는 건넌방에서 잘 보이는 곳에 심으신다. 군락으로 심는 것은 꽃의 모양보다 꽃 색을 염두에 두시는 것 같다. 도라지꽃은 엄마가 좋아하셔서 더욱 많이 심는다.

나는 쫓아다니면서 물을 준다. 바짓가랑이가 흠뻑 젖었다. 나는 아버지 농원의 조수 그리고 파트너다.

"참, 꽈리가 빠졌구나. 내일 분꽃하고 같이 옮기자. 영선아, 이제 그만 씻고 들어가 밥 먹자." 아버지는 대야에 더운 물을 붓고 알맞게 중탕을 한다. 목에 걸었던 수건을 벗어 내 가슴을 덮으신다. 물 묻힌 손으로 두어 번 머리를 쓸어 손가락 빗질을 하고 얼굴을 먼저 씻긴다. 손은 비누칠을 해서 깨끗이 닦아주신다. 그러나 얼굴은 맹물로 씻긴다. 내가 눈에 비눗물 들어가는 것을 아주 싫어하기 때문이다.

그리고는 번쩍 들어 바지를 까고 궁둥이까지 시원하게 씻겨 수건으로 닦으며 안고 들어가신다. 아버지는 잠방이 차림에 밀짚모자를 쓰고 삼베 바지는 헌 타이로 동이셨다. 바짓가랑이를 말아 정강이 위로 걷어붙였다. 마치 못자리 내는 사람 행색이다.

어느 날 지나가던 사람이 아버지에게 "여보시오. 안마당 좀 구경할 수 있냐고 여쭤봐 주시오." 하고 청을 한다. 아버지는 웃으시며 "여쭈어 보고 오겠습니다요." 하고 부엌으로 들어가 뒷문으로 나와 다시 대문께로 오셨다. "천천히 구경하시랍니다." 하신다. 그리고 금순이를 시켜 꿀물에 미숫가루를 타서 내 보내신다.

아버지는 모든 것이 자연스럽고 여유롭다. 우리집 봄은 방장을 친 안방에서 익어가지고 나온다. 매화 분제의 목피는 세월의 역사가 누더기처럼 쌓인 고목이다. 그 무게에 뒤틀려서일까 흡사 마법을 지닌 요괴처럼 보인다.

이것은 우리와 함께 안방에서 겨울을 난다. 악어가죽보다 더 단단해 보이는 늙은 목피를 뚫고 연노랑 싹이 삐죽이 나온다. 그것이 바로 꽃봉오리가 되고 하루가 다르게 꽃잎이 벌어진다. 빨간 봉오리는 계화가 되면서 연한 분홍빛으로 변한다.

매화는 줄기가 없이 옹이진 몸통 그 자체에서 싹을 낸다. 그리고 꽃을 피운다. 잎도 줄기도 없이 꽃잎과 꽃술뿐이다.

고목에서도 저토록 기품 있는 꽃송이를 탄생시키는 것이 놀랍다. 이렇게 분재 매화로 시작되는 우리집은 목련이 피고 개나리가 핀다. 문밖에 왕벚꽃이 피면서 동산이 어우러진다.

가을에 노랑 은행잎이 낙엽 되어 떨어진다. 감나무에 까치밥 감이 제풀에 떨어질 때까지 오빠를 제외한 식구들은 거의 마당에서 산다. 창광 앞에 넓은 평상을 놨는데 수박, 참외, 찐고구마, 감자, 찐옥수수, 밀전병과 도토리묵 같은 새참거리는 거기서 먹는다. 엄마가 정성으로 달인 탕제를 마시는 곳도 여기 평상이다.

아버지가 경을 읽듯 소리를 내어 채근담을 읽으시는 곳도, 나를 무릎에 뉘고 귀를 후벼주시는 곳도 그리고 손톱에 봉선화 물을 들여 주시는 곳도 평상에서다.

빨강 봉선화의 꽃과 잎을 따서 백반을 넣고 쇠 절구에 찧는다. 꽃과 잎들이 으깨지고 붉은 즙이 나온다. 손톱 위에 으깨진 봉선화를 올려놓고 피마자 잎으로 잘 싸맨다. 손가락 첫마디쯤을 실로 묶는다.

실은 이불 호청을 뜯어서 빨 때 버리지 않고 모아 둔 것이다. 굵고 튼튼한 면사다.

실로 잡아 맬 때 너무 헐겁게 매면 자다가 빠져버린다. 그러면 손톱이 곱게 물들지 않고 연주황빛으로 된다.

그러나 너무 단단히 묶으면 팔이 저리고 팔을 다쳐서 병원에 가는 꿈을 꾸기도 한다.

봉숭아는 보통은 약지와 새끼손가락에만 들인다. 할머니들은 엄지발톱에 들이신다. 그러면 저승길이 밝다고 하신다.

저녁을 마치고 어머니가 숯불 다리미질을 하실 때도 침상에서 하신다.

바람이 시원하다. 중문에서 들어오는 바람이 부엌문으로 빠지는 바람목이기 때문이다. 가끔 나는 어머니의 다리미질을 도와드린다.

그것은 두 손으로 빨래를 잡아드리는 것이다. 벌겋게 달은 숯불을 담은 다리미가 부쩍부쩍 내 손 가까이 오면 델까봐 팔이 움츠러든다. 뜨거울까봐 걱정이 된다.

침상에 누워있으면 기러기 떼도 날아간다. 북두칠성이 보이고 멀리 별똥별도 떨어진다. 나는 별을 세다가 그대로 잠이 든다. 아버지가 볼에 입을 맞추고 안고 들어가시며 제법 무거운데 하신다.

그날 어머니는 평상에서 금순이를 데리고 다리미질을 하시고 계셨다.

아버지는 마당에서 국화 배양토를 만드신다. 국화는 춘국이 있고 하국이 있고 추국이 있는데 아버지는 추국을 제배하신다.

아버지는 꽃이 많지 않은 시월과 동지를 대비해서 추국을 제배하시는 것이다.

아버지가 만드는 배양토는 특별하다. 요즘 같으면 특허를 낸다고 해도 지나치지 않을 것 같다. 아버지는 들깻묵과 쌀겨 그리고 모래와 흙, 석회 또 작년에 쓸어 모아 태운 낙엽 재를 넣어 섞는다. 여기까지는 원예책을 들여다보며 하신다. 그러나 아버지의 배양토는 그것으로 끝나는 것이 아니다.

식구들이 먹었던 보약을 재탕하고 삼탕을 할까? 하고 소쿠리에 담아서 말리는 탕제 무거리를 재빨리 쏟아부셨다. 그것은 어머니가 보시지 못했다. 그것도 모자라서 아버지는 광으로 가신다.

부글부글 익어가는 새 술독에서 모주 막걸리를 한 바가지 떠다 부셨다.

다리미질을 하시던 어머니가 막걸리 냄새에 코를 벌름거리며 "아니 당신 거기다가 무얼 부셨어요?" 하시며 놀라 물으신다.

아버지의 대답이 희한하다. "국화꽃 피면 국화주를 담으려는데 술맛도 모르는 꽃으로 담글 수는 없지 않소?" 하신다. 아버지는 이 제 큰일 났다.

깻묵은 오빠가 낚시 가려고 미아리 기름집에 부탁해서 사 온 것 이고 보약 무거리는 녹용이 아까워 한 번 더 달인다 하셨는데……

이제 아버지는 큰일 났다.

나는 아버지 뒤를 따라다니며 "오빠한테 이른다 엄마한테 이른 다." 하며 아버지를 겁주었다.

"영선아, 식물들은 사람에게 좋은 것을 많이 준단다. 그래서 우리는 그것을 먹고 건강하게 사는 거 아니겠니? 그러니 우리도 식물에게 좋은 것 주고 잘 자라도록 해야 되는 거야." 하여튼 아버지는 오늘 혼이 나셔야 하는데…… 혼 안 나고 잘 넘겼다.

로알드 달이 쓴 책을 읽어보면 딱 아버지 같은 분이 등장한다. 아이디어는 끝내주지만 성공하는 것은 거의 없다. 나는 그런 아버지의 딸이다.

요즘은 국화가 영안실이나 영구차용 꽃으로 아주 자리 매김했다.

국화는 서정주의 시 '거울 앞에 선 내 누님 같은 꽃이여!' 하는 구절처럼 어떤 그리운 사람을 떠올리게 하는 꽃이기도 하다. 또 까만 상청에 이처럼 어울리는 다른 꽃이 없다는 것도 이유겠다. 이 꽃은 주위를 경건하게 하며 사색하는 시간을 갖게 한다.

서울에 사는 사람들은 봄에는 창경원 벚꽃 잔치를 본다. 복 중에는 정릉 계곡에서 물놀이를 한다. 그리고 가을에 덕수궁에서 열리는 국화전에 모인다. 많은 사람들이 국화 앞에서 사진을 찍는다. 고궁 박물관이 있는 쪽이었던 것 같다.

이렇게 화려한 국화는 어떤 특성을 지니고 있을까? 국화는 오상고절(傲霜孤節)의 꽃이라 한다. 국화 중 추국은 시월 하순에서 동짓달 중순까지 볼 수 있다. 백화 방초가 자취를 감춘 초겨울. 매서운 무서리에도 굴하지 않고 홀로 절개를 지킨다. 오만한 모습으로…… 그런 것 같다.

어쨌거나 아버지의 보약 먹은 국화는 꽃대도 실하고 색도 선명하다. 송이도 탐스럽다. 아버지는 현애국을 잘 만드신다. 이것은 주로 소국으로 한다.

국화 분에 철사를 고정시키고 대에서 곁순을 많이 만든다. 곁순 줄기를 철사에 연결해 모양을 정돈한다. 계곡에서 자생하는 국화처럼 자연스럽게 늘어지도록 한다.

아버지의 현애국은 꽃수가 풍부하고 늘어지는 길이가 길다. 분합문을 열고 현애 분을 가지런히 올려놓으신다. 빨강, 노랑, 흰색, 분홍 또 자주색 이렇게 여러 색의 현애국은 마치 꽃 병풍을 두른 것 같다. 아버지는 소국을 좋아하신다. 색이 선명하고 손질이 수월해서란다.

그러나 꽃을 보신 다음 송이를 따서 말려 메밀껍질과 섞어 베개를 만드신다. 그리고 감국으로는 국화주를 담그시니 모두 소국이 소재가 되기 때문이 아닐까. 아주 작은 소국은 차로도 마신다.

내 베개는 작년에 해주셨다. 베개를 만드실 때는 바느질도 손수하신다. 완성된 베개는 흠잡을 곳이 없는 작품 수준이다.

은행나무에는 은행이 많이 열린다. 그리고 그것은 저절로 땅에 떨어진다. 이른 아침에 동네분들이 주워간다. 감나무에도 감이 주렁주렁 달렸다. 이것도 이웃들과 나누어 먹는다.

담 안에 심은 대추나무 가지가 담 밖으로 뻗었는데 거기에 능금색 대추가 달렸다. 아직 맛이 들지 않은 어린 대추를 행인들이 따간다. 열매가 있던 자리가 꺾어지고 나무가 상한다.

아버지는 꼬리표에 글을 써서 대추나무 가지에 거신다. '주의 농약 쳤음.' 수확할 때 오시면 나누어 드립니다. 이렇게 해서 나무를 보호하신다.

아버지는 자연 그 자체

아버지는 자연의 소리를 좋아하셨다. 후드득 굵은 빗방울이 창문을 치고 파초에 떨어지는 소리, 멀리서 개구리 우는 소리, 맹꽁이소리, 지렁이 소리.

한여름에 미루나무에 붙어 우는 매미 소리, 또 여치 소리, 늦가을 회오리바람에 쓸리는 낙엽 구르는 소리, 추운 겨울 전깃줄 우는 소리, 여울 소리도 긴 시간 들으신다.

밤 전차 가는 소리, 아기 코 고는 소리, 낙수 소리를 좋아 하셨다. 문틈으로 떨어지는 조간신문 소리도 놓치지 않으신다. 가을로 접어들면 정원 꽃밭에서 벌레들이 운다.

늦장마가 줄기차게 쏟아지고 있었다. 비를 머금은 바람이 지나가니 몸이 으스스하다. 아버지는 아까부터 추녀에서 떨어지는 낙숫물 소리를 듣고 계시다.

어머니가 오이지와 수수부꾸미를 들고 오셨다. 그리고 아버지에게 덧저고리를 밀어 놓으며 썰렁한데 걸치세요 하신다. 하실 말씀이 있으신 듯하다.

어머니가 말씀을 하신다. "가장이 이렇다 할 생업이 없이 집에서 잡일만 하시니까 주변 사람들의 눈치도 그렇고 또 내 하는 일이 여자로서 힘에 부치기도 해서……"

이제 당신이 하셨으면…… 어떻겠냐는 이야기인 듯했다.

아버지는 묵묵히 듣고만 계신다. 다 들으시고 한참을 생각하시는 것 같았다. "어떤 점이 힘에 부치시오?" 하고 낮은 소리로 물으신다.

어머님이 작은 소리로 "내 주장이 심하다는 소리를 자주 듣습니다."고 하신다.

힘이 드는 것이 아니고 남들이 하는 소리가 듣기 민망하다는 말씀이다.

나는 이러한 심각한 자리에는 익숙하지 않아 슬그머니 일어났다. 그러나 아버지 말씀이 들린다. "엄살이 심하십니다. 당신은 잘하고 있어요. 지금처럼만 하면 되요. 나를 그대로 내버려 둬요. 나는 애들만 잘 자라주면 더 바랄 게 없어요. 요즘 내가 이렇게 지내니까 손 벌리는 친구도 많이 줄어서 아주 편해졌는데…… 우리 그냥 이대로 삽시다." 하신다.

아버지는 끝내 자연과 더불어 사셨으며 아이들 치다꺼리 그리고 마누라 치다꺼리를 즐기며 하셨다.

아버지는 대단한 멋쟁이시다. 머리는 올백으로 넘기셨다. 바지는 벨트를 안 하시고 장식이 달린 멜빵을 하셨다.

아버지는 정장을 입으셔도 좋고 홈스판 재킷에 후란넬 바지를 바쳐 입어도 멋지다. 팔꿈치에 가죽을 덧댄 코르덴 재킷도 애용하신다.

아버지의 모비스 선글라스는 주황색에 가까운 갈색이다. 아직까지 그 누구도 그처럼 선글라스가 잘 어울렸던 사람은 없었다. 할리우드의 스타라 할지라도……

아버지는 고급으로 치장을 해도 튀지 않고 하찮은 옷을 걸쳐도 초라하지 않다. 아버지는 가끔 어머니 외출복도 코디해 주신다.

아버지의 도락은 여기서 끝이는 것이 아니다. 봄부터 가을까지는 낚시를 다니시고 겨울엔 사냥을 하신다.

일요일은 아이들 데리고 공원이나 백화점에 가시고 더러는 인사동 골동점에서 보내신다.

사진을 좋아하셔서 암실을 만들어 놓고 현상까지 하신다. 앨범은 가정용이 있고 개인용으로 앞앞이 해주신다.

오빠와 나는 방학 숙제인 곤충채집을 하려고 잠자리채를 들고 나왔다.

나는 채집통을 들고 오빠를 따라다닌다. 그날 잠자리나 매미를 잡았는지는 기억에 없다.

어느 날 아버지가 살짝 부르신다. "니코니코. 식당에 오트밀 먹으로 가자." 하신다. 아버지와 내가 그릴에서 나와 간 곳은 동아일보사에서 하는 사진전이다.

그곳에 오빠와 나의 사진이 걸려있었다. 오빠는 여름 모자에 난방과 멜빵 달린 반바지 차림을 하고 잠자리채를 어깨에 멨다. 나는 원피스에 채집통을 들고 오빠의 바지 주머니께를 잡고 걸어가는 사진이다.

오빠와 나는 집으로 돌아오는 길이었던 것 같다. 하늘에는 노을이 지려한다. 아버지는 우리의 뒷모습을 찍으셨다. 다른 사진들보다 화면이 어두웠다.

사진 속의 그 노을은 왜 그리 슬퍼 보이는지 지금도 무심히 하늘을 보게 되면 어김없이 그 노을이 스쳐 지나간다. 상금도 받으시고 부상으로 액자와 앨범도 받으셨다.

어머니는 액자에든 우리 남매의 사진을 소매로 닦으시며 기뻐하신다. "너의 아버지는 한 가지만 하셨다면 아마 벌써 대가가 되셨을 게야. 너무 여러 가지를 해서 그렇지……" 하신다. 그러나 아버지는 상관하지 않으신다. 아마 이러시지 않았을까 내가 왜 한 가지만 해. 아직도 하고 싶은 게 많은데…… 아니면 내가 왜 당신에게 옥쇄를 드렸는지 모르시겠소? 하하하 그러시지 않으셨을까?

아버지는 어머니에게 그럴 수 없이 다정하다. 어머니가 원하거나 말거나 항상 자상하게 신경을 쓰신다.

다른 사람들은 이해를 하지 못한다. 그러나 나는 안다. 아마 어머니도 아시고 계실 것이다. 글쎄? 오빠도 알고 있을 거다. 그러나 다른 사람들은 아무도 모른다.

그것은 무엇보다 어머니가 옥쇄를 맡아준 것에 대한 고마움에서다.

이것은 어머니 말고 다른 사람이 할 수 있는 것이 아니기 때문이다. 그리고 두 번째는 어머니를 비롯한 가족 모두가 당신 도락의 소재이기 때문이다.

꿀벌의 세계처럼 어머니를 여왕벌로 모시고 당신은 일벌처럼 사시는 것, 그것이 그분의 멋이고 어쩌면 그것이 도락의 완성이었는지 모른다.

이런 예를 든다면 이해가 될라나 모르겠다.

그것은 어머님이 마흔하나 되시던 해 생신 선물이다. 약 일 년 전부터 아버지가 인사동 골동품 가게를 오가며 요샛말로 찜해놓으셨던 거다. 나도 몇 번 따라다니다가 유심히 보시는 것을 본 적이 있다.

그것은 모본단으로 만든 비단 귀주머니다. 자주색 바탕에 수를 놓았고 안감을 도라지색 숙고사로 바쳤다. 수는 비단 푼사로 놓은 것이다.

하늘에는 연분홍색을 띤 구름이 잔잔히 깔려있다. 붉은 해가 떠 있다. 북 청색의 기암괴석의 틈으로 구부러진 노송이 가지를 넓게 펼치고 서 있다. 바위 위 이곳저곳에는 주황색의 영지버섯이 돋아 있다. 날개를 접은 학이 영지를 쪼고 있다. 다른 한 마리는 영지를 부리로 물었다.

대나무 숲 사이에 사슴이 보인다. 물이 흐르는 곳에는 거북이가 논다. 아마 십장생도(十長生圖)인 것 같다. 뒷면은 초서체로 한시가 적혀있다. 남색 수다. 한 땀 한 땀 놓은 수의 솜씨가 예사롭지 않다. 비단실의 반짝임이 살아있는 것 같다. 주머니 줄은 두 벌 국화 매듭으로 꼬았다. 꼬아 넣은 염낭줄에는 은으로 만든 십이지상 동물 노리개가 달려있다.

오색의 술 또한 풍성하다.

궁에서 나온 것이 아니면 어느 권세가 마님의 애장품에 틀림없다. 외할머니 말씀으로는 염낭의 크기로는 아낙네 것이 아닌 듯하다고 했다. 그러나 남정네들의 염낭 색은 감색 아니면 청색으로 많이 한다. 화려한 꽃 자주라는 것이 좀 애매하다신다. 어머니는 기뻐하신다.

세상에 이렇게 훌륭한 수주머니가 어디 있을까! 어머니는 고맙습니다. 하며 손님들이 계시는 데도 개의치 않고 아버지께 정성을 담은 큰 절을 올리셨다. "허 허 허…… 그만 일어나세요, 허 허 허……" 아버지는 그것을 사고 싶었고 그것을 주고 싶은 사람이 있었고 그 사람이 아내인 것이 기쁘신 것이다. 찜해놓고 다시 가보고 또 보시면서 손에 넣을 때까지의 세월도 즐기셨음이 분명하다.

아버지의 친구

오늘은 아버지 생신이시다. 시월 스무아흐레 늦가을인 셈이다. 오늘 친구분들이 오시기로 했는데, 기별이 오기를 집에 들러 아버지를 모시고 어디를 가기로 했으니 상은 차리지 말라는 전갈이다. 아버지는 "도대체 어디를 가려고 상도 차리지 말라는 게야? 오래간만에 약주도 하고 얘기도 하렸더니……" 하시며 외출복으로 갈아입으신다. 나는 "아버지 나도…… 나도 같이 가……" 하고 아버지를 쳐다본다. 그래 아저씨들에게 여쭈어보고 괜찮다면 데리고 가고 말고 하신다. 나는 아버지를 따라다녀도 칭얼대거나 보채지 않는다. 혼자서도 지루해하지 않는다. 만약 내가 부산스러운 아이였다면 어머니는 매를 들어서라도 고쳤을 것이다. 그리고 아버지가 데리고 가고 싶어 하셔도 보내지 않을 분이시다.

손님들이 오셨다. "안녕하십니까. 오늘은 밖에서 바람 좀 쐬렵니다. 생일날 주인공을 데려가도 되겠습니까?" 이찬석 위원이 어머니께 하시는 말씀이다. "원 별말씀을 다 하십니다…… 가시더라도 점심은 드시고 가시지요……" "아닙니다. 준비된 것이 있으면 조금 싸 주시지요. 문환이 한테 갈 거니까 게서 같이 먹게 싸 주세요"
하신다. 어머니는 "아 그러시군요. 그분은 뵌 지 오래됐는데 평안
하시지요" 하시며 고기랑 전이랑 떡과 약식 그리고 약주와 식해까
지 골고루 담아서 차에 실었다. 이분들은 동문들은 아니지만 불우
한 시대적 울분을 같이하며 서로 위로하는 유학생들이다. 오늘 찾
아가려는 김문환이라는 분도 일본 W대학 출신이다. 김문환의 생
일은 아버지보다 하루 늦은 구월 그믐이다. 친구분들은 그것을 기
억하고 생일 음식을 챙겨 그리로 가려는 것이다. 그때 마침 대문
밖에서 왁자지껄 아이들의 소리가 들렸다. 방공호에서 사는 광인
이 나타난 것이다. 지난해 추석에 잠깐 보이다가 오늘 보게 됐으니
일 년 넘게 자취가 묘연했었다. 춘섭 아저씨는 주인의 심성을 알고
있는 사람이다. 아이들을 쫓고 광인을 데리고 중문으로 들어온다.
아버지와 손님들이 광인과 어깨를 스치듯 지나쳤다. 모두 차에 올
랐다. 나는 차 안으로 고개를 들이 밀고 "아버지 나도……" 했다.
학교 아저씨(대학 이사장)가 "너는 아빠만 따라다닌다면서…… 어서
타거라." 그리고 운전사 아저씨 옆에 앉으라고 하신다. 나는 아버
지의 허락을 받으려고 아버지를 쳐다보았다. 그런데 아버지는 "영
선아, 너는 오늘 집에 있거라. 길이 멀어서 지루할 것 같구나" 하신
다.

　아까 집에서는 아저씨들이 괜찮다면 데리고 가신다고 했는
데…… 왜 집에 있으라고 하시는 걸까? 잠시 무안했었지만 나는
집으로 들어왔다. 막 중문을 넘으려는데 운전기사가 뛰어 오면서
아기씨를 데려오라고 하신다는 것이다. 나는 좋아서 깡충깡충 뛰며
다시 차에 올랐다. 학교 아저씨가 물으신다. "영선이 언제 학교에
들어가나?" "봄 되면 입학할 겁니다." 아버지가 웃으시며 "제는 언

제 물어 봐도 봄 되면 입학한다고 합니다…… 아직 멀었는데……
봄 되면 일곱 살이에요." 하신다. "학교 들어가면 공부 잘해서 우리
학교에 와야 한다. 알겠지?" 하신다. 신문사 아저씨가 "아니 벌써부
터 포섭 작전인가? 영선이는 초등학교에 입학하는 거야. 대학을 가
려면 십여 년은 더 있어야 돼……" 하신다. "세월은 빠른 거야. 자
네도 알지 않나. 속수무책으로 살아도 세월은 흐른다는 것을……"
하신다. 나는 스쳐 가는 경치도 보고 찰흙을 가지고 여러 가지 모
양을 만들면서 아저씨들이 하시는 얘기도 듣는다. "조 사장 혹시
그 사람 아닌가? 아까 그 사람? 어딘가 몹시 낯이 익어……" 변 이
사장의 말씀이다. "나도 그런 느낌이 들었어……" 이 위원의 말씀
이다. 아버지는 아무 말씀 없으시다. 세 분 모두 말씀이 없으시다.
"그래, 결국 자네 곁에 있구먼…… 한 걱정 덜었네……" 하신다.
무슨 말씀인지 모를 이야기를 하신다. "그래 그 친구야" 아버지가
대답하셨다. "그도 자네를 알아보던가?" "응, 우리집 벽에 글을 남
기고 간적이 있었어요. 왼손으로 쓴 것 같아. 제 걱정은 하지 말라
고…… 좋은 세상이 올 때까지는 그런대로 살겠다고 했어. 놈들의
감시가 풀리지 않았으니 나더러 조심하라고…… 참 아까운 친구
야. 천재라고 할 수 있지. 천재고 말고 문환이가 기뻐하겠네. 살아
있다는 것을 알았으니……" 나는 오늘 들은 이야기는 아무에게도
하지 않겠다고 생각했다. '영선아, 오늘은 집에 있거라. 길이 멀고
지루할 것 같으니……' 하신 것은 지금 생각해보니 나를 따돌리려
고 하신 것 같다. 영선이가 몰랐으면…… 하는 이야기를 하게 될
것 같아 그러셨던 것은 아닐까? 후일 그 사람의 이야기를 종합해
보면 이렇다.

키가 팔 척에 가까운 방공호 광인은 경남 남해 사람이라고 했다.

이름은 조헌이라고 한다. 한의사인 조한영의 외아들이다. 인물도 출중하고 머리도 우수하고 인품 또한 고상하다. 반듯하고 의로운 청년이다. 어려서부터 붓글씨를 잘 써서 명필 소리를 들었다. 조선 서화전에 해마다 출품하였으나 대상을 받은 적은 없다. 그 내막에는 서화전에서 조선인이 심사를 맡아온 부분을 없애버리고 일본인이 심사권을 행사했기 때문이다. 일본풍의 서화가 입상된다. 그러나 조헌의 서화는 중국과 일본에까지 널리 소문이 났다. 조헌의 낙관이 찍힌 글을 받으려고 귀국을 열흘씩이나 연기했다는 중국 관리도 있었다 한다. 조헌의 명성이 장안에 파다할 때쯤 우국지사들을 색출 고문하던 고등계 형사가 죽었다. 산길을 가다가 돌팔매에 맞아 죽은 사건이다. 총독부에서 장례를 치르고 그의 공덕비를 세우려했다. 공덕비의 비문을 조헌에게 쓰도록 한 것이다. 조헌이 이를 거절했다. 조헌은 사상을 의심받고 고문을 견디면서도 비문을 쓰지 않았다. 일경들은 그의 아름다운 손에서 엄지와 검지를 잘랐다고 했다. 영원히 붓을 잡을 수 없게 만든 것이다. 나이는 아버지보다 다섯 살이 아래다. 김문환과는 각별한 사이다.

그 옛날 내포지방은 해상과 육로로 연결되는 중요한 포구였다. 충청도 전라도 경상도 일대에서 거둬들인 세곡을 저장했던 공세 창고가 있던 곳이다. 성종 9년에 이곳에 세곡 해운창을 설립 운영해왔다. 영조 38년에 폐창됐다. 그때까지 15척의 조운선으로 서해 물결을 따라 삼도의 세곡을 한양으로 운반했다고 역사는 전한다. 400년 된 세곡 창고를 헐고 복음의 창고인 공세리 성당을 1922년 10월 8일 봉헌했다. 내포지방 신앙의 못자리다. 신유, 기해, 병오, 병인박해 때 만여 명의 순교자가 거의 내포 성당에서 나왔다. 지금 서당으로 글을 배우러 오는 아이들은 박해 때 산속으로 숨어들었던 사람들의 이 세 내지는 삼 세들이다.

훈장 김문환 선생은 창경원 규장각 책임자를 역임한 한학계에서 다섯 손가락 안에 꼽히는 분이다. 내가 두 살 때였다 한다. 그분이 쓴 논설 중 손기정 선수는 가슴에 단 일장기를 떼고 태극기를 달아야 한다 라는 사설이 문제가 됐었다. 김문환 선생이 밤을 타고 들어온 지 5년이 넘는다. 조용하고 순박한 인정에 끌려 눌러앉아 있게 된 것이다. 서당에 당도하니 늦가을이지만 한낮의 따가운 햇살에 눈이 부시다. 서당 아저씨(한문학자 공세리 서당의 훈장)가 예고도 없이 들이닥친 친구들을 보고 놀란다. 반가워 어쩔 줄을 몰라 하신다. 신문사 아저씨(K신문사 논설위원)가 "문환이. 오늘 자네 생일이지 않나? 그래서 술 한 잔 하려고 우리가 왔네……" 하니 "아니 오늘이 내 생일인가? 벌써 구월 그믐인가" 하며 당신도 까맣게 잊고 있는 생일을 짚어본다. "벌써 그리됐나? 세월이 어찌 그리 빠른가? 작년에는 우리 삽교천에서 조개탕을 먹지 않았나?" 훈장 아저씨는 사동에게 상을 봐오라고 하신다. 아버지 생일이 스무아흐레 이고 훈장님 생일은 구월 그믐이다. 그런데 같은 날 생일일 수도 있는 것은 금년 구월이 작은 달이기 때문이다. 즉 스무아흐레가 그믐이다.

열네댓 살 되어 보이는 사동이 상을 들고 왔다. 처녀처럼 머리를 길게 따서 늘였다. 저고리에 합바지 차림이다. 꿇어앉아서 수저를 놓고 집에서 싸온 음식들을 올려놓는다. 약주 잔도 앞앞에 놓았다. 이 위원이 주전자를 들어 친구들 앞 잔에 술을 따른다. 잔 가득히 따라놓았다. 학교 아저씨가 잔을 들고(변지원 H대학 재단 이사장) "자, 건배하세. 가는 세월을 잡을 수는 없지만 끝까지 살아보세. 지네가 이기나? 우리가 이기나!" 무슨 뜻인지 오기에 찬 건배를 외쳤다.

다시 신문사 아저씨(이찬석 K신문사 논설위원)가 건배를 한다. "친구 조건식과 김문환의 생일을 축하하며 건배……" 술잔이 돌아가고 음식들을 드신다. 나도 배가 고팠던지라 주는 대로 받아먹었다. 머리를 땋은 사동이 손짓으로 나를 부른다. 아마 어른들 틈에 있으니 갑갑할 것 같아서 불렀나 보다. "아기씨. 저기 개울이 있는데 거기 가볼래요?" 나는 사동을 따라서 개울로 갔다. 서당의 부엌문을 나와서 고추밭 사이로 한참을 걸어가니 작은 개울이 나온다. 옥수 같은 맑은 물이 흐르고 큰 돌로 징검다리가 놓여있다. 사동이 업어서 건네줬다. 빨간 산딸기도 따다 주었다. 끝물이라고 한다. 꽈리도 까준다. 밤톨만한 게 큰 꽈리다. 까마중도 따왔다. 입에 털어놓고 깨무니 툭 하며 터져서 입안이 꺼멓게 물든다. 사동은 다시 나를 업고 개울을 건넌다. 훈장님이 부르실지 모르니 가보고 다시 오자고 한다. 그러나 나는 업혀오면서 깜박 잠이 들었다. 쥐고 있던 꽈리를 어디다 떨어트렸는지 잃어버렸다. 내가 등에서 꽈리 꽈리하고 꽈리를 찾으니 사동은 "이따가 많이 따다 드릴 게 서당에 올라가서 조금 주무세요" 한다. 나는 아버지 곁에 누웠다. 사동이 누비 포대기를 덮어주었다. "자네들 제 좀 어떻게 해보게…… 내게 돈 한 푼 내지 않고 쌀, 보리 두 말씩이나 받아 가면서 사서삼경까지 다 배워간 놈이라네…… 책이 있나 공책이 있나 연필이 있나 어깨너머로 배운 글을 군불을 때며 삭정이로 바닥에 써가면서 몸까지 흔들거리며 복습을 한다네…… 저것을 내가 건지지 못하면 어떡하나 걱정하던 차에 자네들이 오셨네 그려" "돈을 내놓기는커녕 쌀, 보리 두 말씩을 받아 가면서 사서삼경까지 뗐다? 하하하 그래 생각해 봄세" "생각할 필요도 없다니까. 아 우리는 하나라도 빨리 인제를 가르쳐야 할 사람들이 아닌가? 여기 오는 애들 백 명을 가르치느니 저놈 하나를 건지는 것이 더 나은 장사지. 진구는 여느 아이와는 다르네…… 들은 것도 아마 고등학교 수준은 넘을 걸? 글공부뿐만 아니라 부모에 대한 효심, 맡은 일에 대한 책임감, 일의 순서, 치밀하면서도 꾸준한 성격, 어디 하나 흠잡을 때라고는 없는 아일세. 어떻게든 이 아이를 크게 만들어 나라의 동량이 되도록 도와주고 싶어. 그러나 나는 이미 사회에서 잊혀진 지 오래된 사람이 아닌가? 공연히 여기저기 쑤시고 다니다가 훈장질마저 못할 수도 있겠다 싶어 궁리하고 있던 참이네. 그런데 오늘 통보도 없이 자네들이 오셨구먼. 변 이사장 자네가 맡아 주게. 인천에 있는 자네 학교에 넣어서……" "알았네. 그리해 봄세" 변 이사장은 이렇게 말한다. "고등보통학교는 반듯이 국민학교의 졸업장이 있어야 하네. 대학은 검정고시로 들어갈 수 있지만…… 저 애를 내포로 보내서 내포국민학교를 졸업시킬 게. 일 년만 다니면 될 거야. 그래서 S학교로 시험을 치게 하게……" "그럼 일학년으로 말인가." "응 그럼 몇 학년으로 하려 했나?" "실력대로 할 양이면 3학년도 가능할 거야. 그러나 나이가 있으니 2학년쯤은 안 될까?" "아, 그거야 우선 정식으로 입학시험을 쳐서 입학이 되면 월반도 할 수 있는 것 아니겠나?" "하긴 그렇겠지. 근데 부모님은 계신가?" "아버지가 징용으로 끌려갔지. 사람도 건실하고 착한데…… 왜 이 고장 사람 알지 않아? 너무 어질어서 남에게 속고만 사는 사람들이야. 그래서 산에서 내려오면 못 사는 줄 알고…… 지금은 어머니 혼자야. 디딤방아로 두 모자 먹고살지……" "내포초등학교에 편입시험을 보도록 하게. 어머니는 그때 가서 생각해보도록 하고…… 우선 초등학교를 마칠 때까지는 내가 돈을 보내겠네. 변 이사장이 맡아 준다면야 더 바랄 나위가 없지만 우리 두 사람도 홍군의 후견인으로 받아주게. 무엇이든 보탬이 되도록 하려니까…… 어떤가?" 조 사장하며 이 위원이 아버지의 동의를 구한다. 변 이사장이 정색을 하고 말씀하신다. "지금 여기 우리 네 사람 같은 일을 하고 있는 것이 아닌가? 김 훈장이 진구군 이야기를 했을 때 모두가 같은 마음이었지 않나. 다행히 내가 학교가 있고 장학회가 아직은 돌아가고 있어서 쉽게 할 수 있었던 것이지…… 우리 하는 일에 네것 내것이란 있을 수 없네." 하시며 이 위원을 보신다. "그래 내가 말실수를 한 것 같네…… 우리 모두 홍군을 나라의 동량으로 만들어보세…… 오래간만에 술맛 나는 쾌사일세. 모두 잔을 채워 건배하세……" 하시며 아버지가 먼저 잔을 채워 단숨에 비우셨다. 친구분들이 깜짝 놀라신다. "조 사장 괜찮은가?" 하며 아버지를 걱정한다. 아버지가 술이 약하시기 때문이다. 모두들 건배하셨다. 훈장님이 세 사람 손을 일일이 두 손으로 잡아 흔드신다. "고마워. 고마우이……" 나는 곧 잠이 들었다. 그러나 간간이 이야기 소리와 노래도 들렸다. 아버지는 자는 나를 깨워 오줌을 뉘고…… 나는 아버지 무릎을 베고 잠이 들어 집으로 왔다. 아침에 일어나니 머리맡에 잘 익은 꽈리가 밀짚모자 속에 한가득히 들어있었다.

다시 가 본 공세리

초겨울에 있었던 일이다. 신문사 아저씨와 학교 아저씨가 오셨다. 아버지에게 공세리에 같이 가자고 하신다. 그리고 너도 가야지…… 하며 조르기도 전에 나를 앞세우신다. 아버지가 웃으시며 옷 든든하게 입어라 하신다. 공세리, 나는 사 년 만에 다시 와보는 곳이다. 그때는 논두렁에 코스모스도 남아있었고 초가집 지붕 위로 빨강 감도 보였었다. 논에는 벼를 벤 낫 자국이 선명히 남아있었다. 그리고 밭에는 김장거리 배추와 무가 있었다. 그런데 지금은 넓은 논과 밭이 모두 비어있고 벼를 털어낸 짚단도 그 빛을 잃고 퇴비로 돌아가려 한다. 어디서인지 회오리바람이 불어와 낙엽을 쓸고 간다. 을씨년스럽고 추워서 가늘게 몸이 떨린다. 같은 곳이라도 계절에 따라 느낌이 다르다는 것을 나는 그때에 어렴풋이 알게 된 것 같다. 꽈리 따다 주던 사동은 보이지 않는다. 자동차 소리에 뛰어나왔음직한데…… "아버지, 동네가 이상해 그때는 안 그랬는데…… 조금 무서워" 서당 아저씨가 마당 너른 바위 앞까지 나와서 기다리고 계시다. 외출복으로 두루마기까지 입으셨다. "오늘은 삽교에 나가서 조개구이와 막걸리로 내 한잔 사겠네." 하며 선수를 치신다. 배 이사장이 말씀하신다. "그러시게…… 한턱 낼 일이 있으면 내야지……" 운전수가 허리를 굽히고 자동차 문을 열어드린다. 내포로 해서 갯벌을 내려다보며 한 바퀴 돌고 내린 곳은 어시장을 낀 조개구이 밥집이다. 조개구이도 시키고 동동주도 나왔다. 도토리묵도 주문했고 전병도 부치라고 했다. 너무 많이 시키지 말라고 했지만 변 이사장은 들은 체도 않는다. 훈장님이 "오늘은 내가 낼 거니 좀 봐주게……" 하신다. "알았네…… 누가 내도 먹을 만큼 먹어야지……" 운전사도 들어와 먹고 싶은 것을 주문하라고 한다. 훈장님이 주머니에서 안경집을 꺼내 상 위에 올려놓으신다. 안경집 매듭에는 노랑 호박 구슬이 달렸다. 훈장님은 안경집에서 번쩍번쩍 빛이 나는 시계를 꺼내 친구들에게 보여주며 "이것 보게 진구가 줬어. 전국체육대회에서 금상을 타고 부상으로 받은 거라네……" 변 이사장님이 "아, 그렇지. 진구가 금메달을 땄지. 학교에서도 특별상을 주었네" 하신다. 이찬석 위원은 "나도 그날 사설 난에 조금 남겼어…… S학교가 전국 체육 장대높이뛰기에서 금메달을 땄다고…… 이게 그때 받은 시계구먼" 친구들이 돌려가면서 만져본다. 아버지가 "왜 차지 않고 싸가지고 다니나? 아까워서 그러시나?" 하시니 "아냐 그냥…… 어울릴 것 같지 않아서……" 하신다. "무명 바지에 망건 쓰고 장죽 물고 회초리 들고 팔뚝에 시계라…… 그도 그렇네. 어울리지는 않네…… 회중시계라면 또 몰라도……" 친구분들이 모두 한 번씩 만져보고 팔목에 둘러보고 선물을 한 제자와 그것을 자랑하는 스승을 흐뭇해 하신다. "그나저나 진구라는 놈은 대단한 놈이야." 변 이사장의 말이다. "담임선생한테 물어봤더니 친구들하고도 사이가 좋고 부모님에게 효성도 지극하다고 하데…… 성적은 물론이고 그러나 성적보다는 됨됨이가 아니겠나? 내년에 경성대학 법과를 지원한다고 했어……" 이야기와 술잔이 돌아가며 방안의 화기가 넘친다. 내게 꽈리를 따다 주던 사당 총각이 지금은 학교에 다니는데 공부도 잘하고 운동도 잘한다. 체육대회에서 시계를 상으로 타서 훈장님께 드렸다는 이야기인 것 같다. 훈장님이 물으신다. "요즘 세상 돌아가는 것은 어때? ……" "세상 돌아가는 것? 이제 슬슬 망해가는 것이 보여. 망해도 아주 더럽게 망가지고 있어요. 가미카제(자살특공대)를 만들어서…… 내 참 기도 안 차지. 천황을 위해서 죽는 것은 가문의 영광이라고 애들을 꼬드기고 있어요. 동서고금을 막론하고 그렇게 잔악한 인종은 처음 봤다니까." 이 위원이 몸서리를 치신다. "자 술이나 들지." 두어 순배 동동주가 돌아갔다. 출출하던 차라 취기도 빠르게 올라왔다. 주인 아주머니가 감자를 썰어 넣고 조갯살로 맛을 낸 칼국수를 가지고 왔다. 앞앞에 떠 놓는다. "날씨가 써늘하니 뜨듯하게 들어 보세요." 한다. "아! 이것은 시키지 안 했는데……" 변 이사장이 말한다. 안주인이 "네, 이것은 제가 대접하는 겁니다." 한다. 서울서 온 친구들은 김 훈장을 보며 의미 있는 눈짓을 보낸다. 무슨 관계가 있는 것은 아니냐는 뜻이다. 훈장이 손사래까지 치며 "나도 오늘 처음 오는 집이야. 괜시리 생사람 잡지 마시게." 한다. 친구들은 말을 돌려 그가 선견지명이 있어 공세리에 온 것은 잘한 일이라고 추켜준다. 김 훈장님은 학자로서 입신한 분이고 세 분은 우리나라의 경제계, 언론계, 교육계에 크게 이바지하신 분들이다. 변 이사장과 이창석 의원은 호남 갑부의 자제들이고 아버지는 할아버지가 강원도 거상이시다. 개성이 인삼으로 유명하다면 춘천은 약초와 버섯의 산지로 유명하다. 더덕과 도라지, 송이버섯들은 맛과 향이 뛰어나다. 식탁에 올라오는 보약제다. 한약제로 장뇌삼과 인진쑥이 있다. 중국에서는 강원도 총생산량의 구십 프로를 수입해 간다. 자연산 약초를 캐는 것은 심마니들이다. 이들은 얼음이 남아있는 입춘 경 칩부터 늦가을까지 산삼이나 약초를 캐러 다닌다. 할아버지 약초 상에는 성수기에 부리는 심마니가 삼십 명이 넘는다 한다.

동경 유학을 마치고 이찬석 위원은 신문사에서 논설을 담당하고 계시다. 그러나 변 이사장은 잠시 몸담았던 교육계에서도 손을 털 고 유유자적하는 세월을 보낸다.

넷은 어지간히 취기가 돌았다. 삽교천 방축에 나와 앉았다. 멀리 고기잡이 어선에서 불이 깜박거린다. 차가운 바람이 불어온다. 그 들은 말이 없다. 죽지 떨어진 새처럼 훨훨 날 수 없는 답답함이, 슬 픔이, 괴로움이 그들을 누르고 있기 때문이다. 이창석이 취기에 의 지해서 평소에 없었던 시를 낭송한다. 변영로의 시 〈봄비〉다.

나직하고 그윽한 소리 있어 나가 보니 아— 나가 보니
졸음 잔뜩 실은 듯한, 젖빛 구름만이 무척이나 기쁜 듯이
하염없이 게으르게 푸른 하늘 위를 거닌다
잃은 것 없이 서운한 나의 마음……

변 이사장이 "우리 집안 어른이야" 한다. 변영로 시인이 같은 문 중분이라는 말씀인 것 같다. 그리고 변 이사장님이 2절을 부른다.

나직하고 그윽한 소리 있어 나가 보니 아—나가 보니…… 다음 이 생각이 나지 않는지 끊어졌다. 다시 읊조려 본다.

나직하고 그윽한 소리 있어 나가 보니 아 나가 보니 역시 기억이 나지 않는 모양이다.

— 나가 보니 이제는 잿빛 구름도 꽃의 입김도 자취 없고

비둘기 발목만 붉히는 은실 같은 봄비만이 소리도 없이 근심같이 내리누나

이 위원이 웃으며 말한다. "비둘기 발목은 삼절이야" 모두 일어섰다. 갈 길이 멀기 때문이다.

오늘도 변 이사장이 음식값을 계산하신다. 김 훈장님이 "오늘은 내가 산다고 미리 약조했는데…… 이러면 안되지." 하고 계산하는 변 이사장을 밀어낸다. 그러나 변 이사장은 "시계 건으로 한턱을 내자 치면 그것은 내가 내는 것이 맞는 거 같은데…… 금메달을 딴 사람은 우리 학교 학생이지 않는가? 안 그런가 조 사장." 하며 아버지를 쳐다보신다. 하하하 모두가 허리를 잡으며 큰소리로 웃으신다. 변 이사장님의 재치는 일품이다. 친구를 아끼는 마음 또한 아름답다. 아버지가 웃으시며 김 훈장은 "다음에 내시게." 하시며 변 이사장의 팔을 들어주셨다. 김 훈장을 서당에 내려드리고 우리는 서울로 왔다. "세 안에 한 번 더 들림세…… 고마우이 잘 가게……"

화신상회

우리 형제들의 통학길은 많이 어려웠다. 거리도 멀고 탈것은 부족했다. 대부분은 걸어서 통학했다. 가장 매섭게 추운 곳은 화신상회(백화점) 앞이다. 몰아치는 바람이 높은 건물을 통과하지 못해서인 것 같다. 어찌나 바람이 차고 매섭게 불어닥치는지 숨을 고르기조차 벅차다. 조금이나마 비켜보려고 백화점의 정문으로 들어가서 후문으로 빠져나오는 꾀를 내어 바람을 피해 다녔다. 그토록 멀고 어려운 통학을 우리 형제들은 6개년 개근을 해야 한다. 병이 났을 때도 부모님들이 업고 통학을 시켰다. 저학년인 나는 공부가 일찍 끝난다. 그러나 오빠는 1교시 내지는 2교시를 더 공부해야 한다. 내가 오빠네 교실 밖에서 끝나기를 기다리고 있노라면 선생님이 불러 교실의 빈자리에 앉게 한다. 나는 조용히 앉아 끝나기를 기다린다. 내년에 배울 교재를 미리 예습할 수 있는 시간이다. 오빠는 일등이고 반장이다. 학교가 파하면 종로통을 걸어서 종로 4가까지 온다. 화신을 중심으로 주위는 고급 상가들이다. 상가 건물의 2. 3층에는 사진관과 치과, 피부과 같은 간판들이 걸려있었다. 종로 2

가까지 내려오는 지역은 고급 주단(포목), 금은방(귀금속)이 자리했는데 주단집은 전찻길 건너에도 몇 집 있었던 것 같다. 구정상회라는 주단 포목집도 화신 건너편에 있었다. 그러나 정금당을 비롯한 금 은 보석상들은 화신을 중심으로 모여있다. 탑골공원을 전후해서 종로서점이 있었는데 공원 못 가서인지 아니면 지나서 있었는지 정확한 기억이 없다. 3가에는 종묘가 있으며 단성사가 있었다. 의료기 상회가 모여 있는 곳은 종로 4가다. 이곳에서 돈암동으로 가는 전차를 타야 한다. 그러나 황금정(을지로) 4가에서 이미 만석이 된 전차는 종로 4가에는 정차하지도 않고 통과한다. 전차를 타려면 한 정거장 거슬러 올라가 황금정 4가에서 타야 한다. 돈암동 차부에서 출발한 전차는 황금정 4가까지 가서 되돌아온다. 그러니 돈암동행일 때는 황금정 4가가 시발역인 셈이다. 황금정 4가, 종로 4가, 원남동, 창경원 앞, 명륜동, 혜화동, 삼선교, 돈암교, 돈암동 이러한 정류장들이 있었다. 같은 종로통이라도 화신상회부터 광화문 쪽으로는 아는 곳이 별로 없다. 광화문 우체국에서 마주 보이는 곳에 니코니코라는 그릴이 있었다. 해방이 되면서 미진이라는 소바(모밀)집으로 바뀌었다. 여주인은 친근감을 주는 좋은 인상이었다.

화신상회는 서울에서 가장 훌륭한 백화점이다. 6층 건물로 무지무지 크고 화려하다. 정문 위에 커다란 시계가 달려있다. 서울역 역사에 있는 것 같은 시계다. 서울 인구 80%가 단골이라 할 만큼 화신은 조선 경제의 심장이다시피 했다. 박흥식은 몰라도 화신상회를 모르는 조선 사람은 없었다. 백화점 안에 가설된 전구는 일만 개다. 고가의 상품이 화려하게 진열돼 있고 젊고 세련된 여성 종업원들이 손님을 맞고 있다. 한때 우리 여성들의 직장으로 최상의 직장이 항공사 여승무원(스튜어디스)이듯이 당시 최상의 여성 직장은 화신백화점의 점원이었다. 예쁘고 세련된 신여성들이다. 백화점의 5층에는 그릴과 찻집이 있었다. 화신 찻집에는 맞선 보는 사람들이 많이 온다. 금순 언니도 그곳에서 맞선을 봤다. 그릴에 들어서면 흰 제복을 입은 웨이터가 좌석으로 안내한다. 우리 가족은 밖이 잘 보이는 창가에 앉는다. 웨이터가 하이체어를 가져다가 동생과 나를 앉혀준다. 오빠는 보통 의자에 앉는다. 어른들은 식사를 주문하고 동생과 나는 오트밀과 핫케이크를 먹는다. 거기서 밖을 내다보면 보이는 것 모두가 작게 보인다. 전차도 목침만 하게 보인다. 소인국에 온 것 같다. 그릴에는 깍두기라고 하는 사람이 있다. 깍두기는 키가 아주 작다. 검은 연미복에 빨강 나비 타이를 했다. 레이스 손수건을 정장 위 포켓에 꽂고 굽이 높은 실크 모자를 썼다. 코밑 인중에만 붙이는 히틀러식 콧수염을 붙였다. 그리고 단장을 들었다. 반짝반짝 광이 나는 검은 구두를 신었다. 안짱걸음으로 재게 걷는다. 찰리채플린 스타일이다. 그릴에 온 아이들에게 풍선을 불어 여러 가지 동물을 만들어주고 주먹코 안경을 쓰고 웃기기도 한다. 깍두기의 역할은 손님들의 식사가 잘 끝나도록 아이들을 돌봐주는 것이다. 얼마간의 팁을 받는다. 화신에만 있는 깍두기는 아이들을 돌봐주는 베이비시터다. 우리 테이블에는 깍두기를 부르지 않는다. 집에서는 잘 울고 떼를 쓰는 동생 영난이도 깍두기를 부르는 것을 큰 수치로 안다. 그래서 조용히 식사를 한다. 그리고 그릴의 맞은편에는 사진관이 있다. 녹색의 두꺼운 유리문이다. 무겁다. 어깨로 밀고 들어가야 한다. 사진관에는 여러 가지 배경 세트가 있다. 결혼 의상인 흰 드레스와 연미복이 진열돼 있다. 신부가 머리에 쓰는 화환과 긴 레이스 면사포, 흰 장갑도 있다. 인조 꽃다발도 있다. 사모관대와 족두리를 쓰고 혼례를 올린 사람들도 신식 웨딩 사진을 갖고 싶어 한다. 결혼식을 못 올린 부부들은 예복을 입은 인증 사진을 찍기 위해서 오는 것 같다. 큰 사진을 찍으면 명함판 사진 두 장을 서비스로 준다. 사진에는 화신상회의 화(和)자 로고가 양각으로 인쇄돼 나온다. 4층에는 가구와 침대를 판다. 그림과 액자도 있고 야외용 비치파라솔과 해먹도 있다. 미장원도 있다. 백화점의 주요 상품들은 1층부터 4층까지 진열돼 있다. 백화점 중앙부에는 에스컬레이트를 설치했다. 그것은 1층부터 4층까지 운행한다. 손님들은 에스컬레이트로 오르내리며 진열된 상품을 본다. 그리고 1층부터 6층까지 왕래하는 엘리베이터와 계단은 전시장을 나와서 복도에 있었다. 지하 1층에서는 식료품상들이 있는데 경습경보 시에는 대피소로도 사용한다. 부모님과 백화점에서 점심을 먹고 에스컬레이트를 타고 내려온다. 아버지가 사고 싶은 것이 있으면 말하라고 하신다. 오빠는 실톱날을 사달라고 했고 나는 별사탕을 사달라고 했다. 오빠가 사려는 실톱날은 아주 가느다란 톱날이다. 그것은 판자를 자를 때 가위처럼 둥글게도 모나게도 자유자재로 자를 수 있다. 내가 사려는 것은 별사탕이다. 사탕이 들어있는 상자(박스)를 모으고 싶어서다. 상자 위에는 예쁜 인형이 올려져 있다. 화려한 공주 인형도 있고 날개를 단 천사도 있다. 비둘기에게 모이를 주고 있는 소년 등 다양하다. 상자에는 음악 장치가 있어 기계를 작동시키면 음악이 나온다. 상자 위에 있는 인형이 빙글빙글 돌아간다. 그리고 상자 안에는 색색으로 반짝이는 별사탕이 들어있다. 인형이 있는 부분은 별사탕 상자의 뚜껑이다. 화신에는 그 당시에도 택배가 있었다. 우리는 약초극장(스카라)에서 권투라는 영화를 보고 집에 갔는데 백화점에서 산 물건들이 와 있었다. 오빠의 모형 비행기도 있었다.

오빠는 모형 비행기를 만들려고 한다. 널판자에 모형이 그려져 있다. 그려진 모형대로 실톱으로 잘라서 아교로 붙여야 한다. 오빠는 나더러 널판자를 꼭 잡고 있으라고 한다. 그러나 오빠가 톱질을 할 때 위아래로 흔들린다. 좀처럼 흔들리지 않게는 잡을 수가 없다. 오빠는 잘 잡으라고 눈을 부라린다. 있는 힘을 다해서 잡아보지만 역시 흔들린다. 이마에 땀이 밴다. 그래도 꾹 참고 견뎌본다. 잡아주고 나면 내게도 톱질을 해보라고 하지 않을까해서다. 그러나 내게 해보라는 소리는 없었다. 지금 생각해도 그때의 오빠는 미워, 미워, 미워다.

수송초등학교는 1922년 4월 1일 서울특별시 종로구 수송동에서 서울수송공립보통학교로 설립 및 개교하였다. 1977년 2월 9일 제53회 졸업식을 마지막으로 서울수송초등학교가 폐교되었다. 교훈은 '바르게 슬기롭게 튼튼하게'였다.

수송학교는 지금의 종로구청 자리다. 어머니는 전차를 타고서야 갈 수 있는 먼 곳으로 아이들을 입학시키셨다. 상급 학교 진학률이 제일 좋은 학교라고 했다. 어머니는 요즘의 치맛바람 학부모의 원조시다. 우리 형제 오 남매는 모두 수송초등학교를 나왔다. 당시에도 초등 교육은 학군제였다. 그리고 시험을 쳐서 입학을 했다.

수송학교에 입학을 하려면 거주지가 수송학교 학군 내에 있어야 한다. 그러나 우리집은 동대문 밖 창신동이었다. 수송국민학교에 넣자면 집을 옮겨야 하는데 옮길 처지가 아니었던 것 같다. 그리고 불법적인 수단이니 부탁할 곳도 없다. 어설피 했다기 잘못되면 후환도 크다. 교육청에서 불시에 검문을 할 때 그곳에 살고 있다는 확실한 대답을 해줘야 한다.

수송학교의 수위실은 여느 수위실과는 다르다. 수위실(급사실)은

학교 교정 안에서 거주하는 사택이다. 연세가 지극한 두 내외가 학교의 궂은일을 도맡아서 한다. 수위 겸 급사장이다. 그분들의 자녀 두 명은 이미 수송학교를 졸업했다. 그리고 세 명은 재학 중이다. 2학년, 4학년, 6학년이다. 어머니는 기류계를 수위실로 옮기셨다. 바로 수송국민학교로 전입신고를 한 것이다. 수위 내외가 어머니의 열성에 감복하시고 기류계를 옮기도록 허락하신 것이다. 그분들은 우리 5남매가 졸업을 할 때까지 계셨으며 많은 것을 도와주셨다. 학교에 준비물을 못해 갔을 때, 주로 책이나 크레파스, 신주머니, 주판, 서도용구 같은 것을 잊고 왔을 때, 선생님은 학생들에게 벌을 주신다. 집이 가까운 학생은 집에 가서 가져오도록 하신다. 그리고 집이 먼 사람은 낭하에 세워둔다. 나는 집으로 간다고 했지만 수위실에서 모두 해결한다. 학교에서 필요한 준비물은 수위실에 모두 다 있다. 그분들 다섯 남매의 교과서와 학용품이 있으니 말만하면 척척 내주신다. 그래서 나는 벌도 안 서고 집에도 가지 않는다.

겨울에도 수위실에서 데워주는 따뜻한 도시락을 먹었다.

자녀들로 맺은 인연은 자녀들의 경사가 있을 때마다 확인된다. 수위 할아버지의 큰딸이 태고사에서 결혼식을 올렸을 때 그리고 작은아들이 공군에 입대할 때 어머니 아버지가 성장을 하시고 다녀오셨다. 금순 언니가 결혼할 때는 수위 내외분이 예쁘게 차려입고 식장 앞좌석에 앉으셨다.

서울의 초등학교는 남녀가 같은 반을 쓰지 않았다. 그러나 시골에서는 남녀 합반이 있었다 한다. 수송초등학교 학생수는 대단히 많았다. 각 학년이 7내지는 8교실이고 한 교실에는 60명부터 70명 정도의 학생이 있었다. 대략 전교생은 3,000명 정도가 아니었을까?

조회 시간을 앞두고 운동장은 혼잡하다. 조회가 시작되기 전까지는 확성기에서 노래가 흘러나온다. 저학년의 어린 동생들은 미끄럼틀과 사다리 오르내리기에 여념이 없다. 모래 속에 손을 묻고 두꺼비집을 짓는 놀이도 한다. 땅따먹기라는 놀이도 있었다. 남학생들은 철봉과 평행봉에 매달린다. 구슬치기와 딱지를 치는 학생도 있다. 덩치 큰 오빠들은 말타기도 한다. 짓궂은 오육 학년의 오빠들은 자전거를 타며 고무줄놀이를 하는 여학생들을 괴롭힌다. 고무줄을 끌고 가기도 하고 머리채를 잡기도 한다. 고학년의 여학생들은 고무줄뛰기와 줄넘기 그리고 공기(오자미)놀이를 주로 했던 것같다. 사방치기라는 놀이도 있었다. 아침 운동장에서 단연 돋보이는 친구가 있다. 선모다. 고무줄놀이의 달인이다. 양쪽에서 줄을 잡고 한 사람이 줄 위를 넘는다. 팽팽하게 당긴 줄을 뛰어넘어야한다. 차츰 높이를 높인다. 정강이에서 허리로, 허리에서 가슴으로, 더 높이 머리까지 올린다. 모두 통과한다. 나는 놀이라고는 잘하는 것이 없다. 나는 고무줄을 주로 잡아주는 편이다. 조회를 알리는 종이 울린다. 모두 놀던 것을 중단한다. 각 학년과 반별로 줄을 서서 조회를 한다. 애국가를 부르고 교장선생님의 훈시를 듣는다. 조회가 끝나면 줄을 지어 교실로 들어간다. 초등학교를 나온동창 친구로는 김인기가 있고 구연경이와 장완순이 기억난다. 정선모는 초등학교 때부터 지금까지 모임을 같이하는 친구다. 연경이네는 구영숙내과병원이다. 나는 취학 전에 폐렴으로 그 병원에입원했있다. 병원 밥은 흰죽이다. 반찬으로는 저린 연어 찜이다. 맛있었다. 연경이네 형제자매들은 인물이 좋았다. 특히 언니 세 분이 계셨는데 빼어난 미인들이었다.

홍진구

몹시 추운 날이었다. 한 노인이 아버지를 찾아오셨다.

여기가 조건식 사장님 댁이냐고 묻고 그렇다고 하니 만나기를 청하는 것이다. 노인은 안으로 들어오셨다. 깔아놓은 요를 밀고 따뜻한 자리에 앉으시게 했다. 그리고 언니가 유자차를 내왔다. 노인은 좀처럼 말을 하지 못하고 주위를 살핀다.

아버지가 먼저 말씀을 하신다. "이렇게 이른 시각에 저를 찾아오신 것으로 보아 다급한 일인 것 같습니다. 말씀을 해 보세요." 노인의 말씀은 이러했다. "저는 원남동에서 국밥집을 하는 이만수란 사람입니다. 아침에 가게 문을 열려고 나가보니 굴뚝 옆에 웬 젊은 사람이 쓰러져 있었어요. 깜짝 놀라 집사람하고 같이 데려다가 눕히고 죽을 끓여 먹였어요. 청년은 인천 S중학교 학생이래요. 학도병으로 끌려갔다가 고문을 당했다고 했어요. 그래 다친 곳을 살펴봤어요. 아주 많이 다쳤어요, 저희가 감당하기에는 너무 겁이 나서요. 누구 도움을 청할 곳이 없겠냐고 물었어요. 청년이 주소를 적어 주었어요. 사장님이 도와주실 거라고 말했어요." 하는 것이다.

아버지는 노인에게 "감사합니다. 정말 어려운 일을 하셨습니다. 죽어가는 사람을 구해주셨으니 은혜를 어찌 다 갚을 수 있겠습니까. 감사합니다." 고개를 숙이신다.

"학생의 상처가 아주 커요. 제가 해야 하는데…… 먹고살기에 바빠서 간병을 잘 할 수가 없어요." 노인이 눈물을 보인다. 노인은 돌아갔다. 어머니는 광에서 굴비 한 두름을 종이에 싸고 담요와 겉옷도 챙기신다. 원남동 노인댁에 다녀오신다고 하신다.

해가 떨어지려 하는 저녁에 인력거를 탄 청년이 왔다. 군불을 집힌 방에 자리를 펴고 뉘었다. 온 집안이 소리를 죽여 바쁘게 움직인다. 도립병원의 김 박사가 오셨다. 김 박사가 치료를 마치고 나오셨다. 지금은 충분이 쉬고 영양을 섭취해야 하지만 워낙 건강한 몸이라 곧 회복될 것이라고 하신다.

노인이 숨겨둔 사람은 공세리의 서당 사동인 홍진구다. 아버지 친구분 네 분이 홍진구의 후견인이다. 홍진구는 국어(일본어)가 서툴고 나이가 다른 학생보다 3살이 많으며 부모가 안 계시다. 그래서 학교에 다니는 것을 의심받았다 한다. 수사관들은 보호자나 후견인을 말하면 바로 방면한다고 했다. 그러나 진구는 보호자는 어머니뿐이고 후견인은 없다고 버티었다 한다.

김 박사가 치료를 끝내고 아버지 서제로 오셨다. "치료는 잘 되었습니다. 머리와 복부의 수술한 자리 실밥은 열흘 후에 재거할 겁니다. 그러나 팔의 깁스는 적어도 6개월은 하고 있어야 합니다. 신경이 많이 손상됐다면 좀 더 치료를 해야겠지요."

아버지는 "감사합니다. 필요한 약이 있으면 말씀하세요. 저희가 구해보겠습니다." "그런 걱정은 안 하셔도 됩니다. 외상 치료만 끝나면 잘 먹고 편히 쉬고 하면 됩니다. 이 댁에는 금순이가 있어서 아무 걱정도 안 합니다."

김 박사님이 가신 후 아버지는 홍진구를 들어오라고 하셨다. 진구 청년이 들어왔다. 아버지가 말씀을 하신다. "여기 이 학생의 이름은 홍진구라 한다. 공세리 김문환 훈장님의 제자다. (그제야 생각이 났다. 그래 맞아 그 총각이야. 어디서 듣던 목소리라고만 생각했지…… 어른이 된 것은 몰랐네……) 인천의 S중학교에 다니고 있었는데 일본군에 끌려가서 고문을 당하고 도망쳐 온 것이야. 어머니와 아버지는 이 학생을 돕기로 했다. 우리 식구들은 모두 알아야 하겠기에 모이라 한 것이다. 가족들 안에서 감추는 일이 있으면 제멋대로 엉뚱한 생각들을 하게 되고…… 오히려 밖으로 새게 된다. 오늘의 일은 식구 모두가 조심해야 한다. 왜놈들이 알게 된다면 우리집은 무사할 수 없다. 알겠느냐?" "예, 명심하겠습니다." 춘섭 아저씨가 대답했다.

진구는 살림이 구차해서 초등학교를 다니지 못하고 서당에서 훈장님의 심부름을 했다. 그리고 쌀과 보리를 받아 살림에 보태는 사동이었다고 한다. 그런데 훈장님의 친구분들의 도움으로 지금은 S고등학교에서 공부를 한다.

금년도 S학교의 최우수 졸업생인 김석진이 진구를 아껴주는 선배라 한다. 선배는 그날 진구에게 교과서와 참고서 그리고 체육복을 주겠다고 했다. 그래서 음악 교실에 갔다고 한다. "그래서 만난나?" 아버지가 물으셨다. 먼저 와 기다리고 있었다고 대답한다. 그때 음악 선생님이 일본 장교 두 명과 함께 들어왔다. 선생님이 손을 흔들며 주목, 주목, 주목을 하라고 큰 소리로 말했다. 모두 조용해지자 선생님이 "국어(일어) 잘하는 사람 손들어."라고 하셨다. 아무도 손을 드는 사람이 없었다. "다시 한 번 말한다. 국어 잘하는 사람 손들어." 학생들 모두가 선배를 가리키며 "석진이요. 김석진이 제일 잘해요." 라고 했다. 선생님이 "김석진이 이리 나와" 선배가 앞으로 나가자 일본군 장교는 선배를 데리고 밖으로 나갔다.

진구는 순간 선배를 혼자 보내는 것이 어쩐지 걱정이 됐다. 옳지 않다는 생각이 들었다.

그래서 "선배 같이 가요." 하며 선배를 따라갔다. 장병들은 둘을 짚차에 태웠다. "응, 선배를 혼자 보낼 수 없다고 생각했다는 말이지." "네, 그날 선배는 학교에 오지 않아도 되는 것이었어요. 원서를 낼 사람들만 오는 것이었어요. 그런데 선배는 나에게 교과서랑 참고서 운동복을 주려고 거기에 온 것이에요." 하고 운다. 눈물이 걷잡을 수 없이 바지에 떨어진다. "응 알겠네⋯⋯ 그래서 어디로 갔나?" "오산 비행장으로 갔어요. 처음에 저들은 우리를 험하게 다루지 않았어요."

점심에는 샌드위치와 우유를 주고 건빵과 담배도 주었다. 간단한 심사만 끝나면 소위로 임명되고 통역장교로 말레이시아의 포로수용소로 파견된다고 했다. 석진 선배는 잘 통과가 됐는지 그 후로는 보지 못했다. 나를 신문하는 헌병은 같은 학년 학생보다도 내 나이가 세 살이 위라는 것과 국어인 일본어가 많이 떨어진다는 것, 그리고 가족이 없고 보호자도 없이 학교에 다닌다는 것이 납득이 가지 않는다고 했다. 개머리판으로 찌르고 군화로 밟아서 복부가 찢어져서 피가 많이 나왔다. 내가 죽을지도 모른다는 군의관의 보고를 받은 수사관이 용산 군 병원으로 이송시켰다. 살려서 꼭 자백을 받아야 한다고 했다. 닷새 만에 조금씩 걷게 됐다. 더 이상 고문을 당하면 내가 무슨 소리를 할지 모른다는 생각이 들었다. "내가 고문을 못 견디어 은인들에게 화가 미친다면 어쩌나? 그렇게 해서 살게 된다면 그 삶이 더 큰 고통일 것이라고 생각됐어요." 오빠가

운다. 눈에서 눈물방울이 볼을 타고 턱으로 떨어진다. 홍진구는 죽을 장소를 찾으려고 밖으로 나왔다. 어디 목을 맬 마땅한 장소가 없을까? 하고 찾는데 화장실 옆 공터에 대나무를 쌓아놓은 것이 눈에 띄었다. 왜놈들은 총알을 아끼기 위해서 죽창을 만든다. 대나무 끝을 뾰족하게 자르기만 하면 창이 된다. 대나무들 가운데서 제법 길고 실한 것을 조금 옆으로 빼놓았다. 어두워져도 쉽게 잡을 수 있을 만큼 빼놓았다 한다.

홍진구는 저녁을 먹고 옷을 입고 신을 신은 채 자리에 누웠다. 병동은 중환자실이라 간호장교가 한 사람 있을 뿐 군대식 감시병은 없다. 자신의 심장 박동 때문에 옆의 환자가 잠이 깰까 마음이 쓰였다고 한다. 9시 취침나팔이 불자 막사의 불이 모두 꺼졌다. 한 시간쯤 지나니 주위가 조용해졌다. 발소리를 죽여 밖으로 나왔다. 장대를 뽑아 들었다. 장대의 느낌이 아주 좋았다고 말한다. 장대를 들고 뒷걸음으로 물러선다. 충분한 거리가 만들어졌다. 뛰오며 장대를 꽂고 오른발로 땅을 걷어찼다. 땅을 구를 때 "됐구나, 성공했구나!" 하는 감이 들었다고 한다. 아주 쉽게 담을 넘었다. 돈암동을 향해서 걸었다. 사람의 기척이 있으면 몸을 숨기고 기척이 멀어지면 다시 걸었다. 원남동까지 쉬지 않고 걸었다 한다. 수술한 곳이 벌어져 피가 나는 것 같아 잠깐 쉬어가려고 가게 앞 의자에 기댔는데 그만 잠이 들었다는 것이다.

대충 이런 이야기다. 어머니는 우신다. 아버지는 눈을 감고 한참을 그렇게 계셨다. 장하다. 참 장하다. 문환이 그 친구가 제자를 잘 두었네. 인재를 알아보는 안목이 있었어…… 허허……

"그래 공세리에는 연락을 했나?" "아닙니다. 훈장님도 어머니도 모르시도록 조심하고 있습니다." 한다. 금순 언니가 행주치마에 눈물을 닦으며 나갔다. 춘섭 아저씨가 학생을 부축해서 일으킨다.

　이상한 일이다. 어떻게 저 아저씨가 공세리의 사동 총각이란 말인가. 아니야 절대 사동 총각이 아니야. 댕기머리 땋고 합바지에 맨조끼 걸치고 검정 고무신 신은 그 소년, 개울의 징검다리를 업어서 건네주고 내게 잠자리를 잡아주고, 또 있다. 산딸기와 꽈리 까주던 서당 총각이 아니야. 덥수룩한 수염, 구부정하고 가늘은 몸, 조용한 걸음, 저는 다리 어디에도 그 사동의 모습은 없다. "아기씨" 할 때 그 목소리가 닮았을까? 아저씨가 우리집을 떠날 때까지 내 마음속에서 서당의 사동 소년과 사랑방의 손님 홍진구는 같은 사람이 아니였다.

김 박사님

아버지는 아직 친구분들하고 약주를 들고 계신다.

늦은 시간인데 김 박사님이 오셨다. 진구 학생을 치료하고 나오신다. 대야의 물로 손을 씻으신다. 금순 언니가 수건을 건네드린다. 김 박사는 어머니에게 "형수님, 차 한 잔만 같이하시죠. 드릴 말씀이 있어서요." 하신다.

어머니는 언니에게 차를 내오라고 하셨다. 언니가 녹색의 말차를 따라 놓고 들어갔다. 박사님은 차를 저으시면서도 말씀이 없다. 어머님이 조용히 기다리신다. 김 박사님이 무겁게 입을 여신다. "형수님, 금순이는 이 댁하고 어떤 관계입니까?" 어머니는 의외의 질문에 놀라신다. "아니 금순이와는 어떤 인연이신가?" 하고요. "네 그냥 광산에서 일하는 분의 조카예요. 그애에게 무슨 일이 있나요?" "아. 아니에요. 아무것도 아니에요. 그저 알고 싶어서요." 하신다.

두 분은 응접실에 마주 앉으셨다. 김 박사님은 진구 학생의 상처가 아주 좋아졌다고 하신다. 어깨의 깁스는 제거했고 간편한 보조대를 교체했다고 하셨다. 한 달 후에 보조대 마저 떼면 재활운동을 하라고 자세히 일러주신다. 그리고 운동법을 그린 작은 책자를 주셨다.

박사님은 자세를 바로하고 어머님을 보신다. 그리고 "형수님, 제가 도립병원을 그만두었습니다." 하신다. 어머니는 놀라서 물으신다. "왜 갑자기…… 어디 편찮으셔요?" "아니에요. 아픈 데는 없어요." "그러시다면 무슨 일로……" "예, 제가 시골에 들어가서 살아보려고 합니다. 학창시절에는 무의촌에서 평생을 봉사하며 살겠다는 뜻을 갖고 공부했습니다. 그런데 그러한 초지를 잃고 돈이 벌리고 살기 좋은 데서 호의호식하며 살아왔어요. 작년 여름이었었습니다. 영인이가 학질로 앓고 있던 때 였어요. (오빠는 학질를 자주 앓았다.) 길 건너 약국에서 새로 나온 약을 주문하고 있는데 금순이가 들어왔어요. 제가 너 웬일이냐. 무슨 약을 사러 왔냐고 물었어요. 금순이는 선생님 가방을 들어다 드릴려고 왔다고 하는 거예요. 그러면서 내 왕진가방을 들고 따라오는 거예요. 가방은 금순이가 들기에는 무거웠는데 암만 해도 이상했어요. 그래서 물었어요, 나에게 할 말이 있냐고, 금순이가 고개를 끄덕이는 거예요, 그래서 옆집 빙수가게로 들어갔죠. 너 그댁에 있기 싫어서 그래? 너 집에 가고 싶어서 그러니? 금순이가 고개를 흔드는 거예요. 아니라고요. 나는 할 이야기가 있으면 하라고 했습니다. 근데 금순이는 말을 못하고 계속 우는 거예요. 얘야 말을 해라, 말을 해야 알지. 울음을 그치고 금순이가 말을 했어요. 박사님 영선이가 너무 약해요. 어제 영선이를 업어봤는데 어찌나 가벼운지 놀랐어요. 걱정이 되서 한잠도 못 잤어요. 학교에서는 골고루 먹는 것이 제일 좋다고 했어요. 그래서 상에 올린 반찬을 모두 먹이고 있어요. 그래도 살이 안

올라요. 어머니도 좋은 보약을 달여서 먹이세요. 어머니는 나에게
도 똑같이 해 주세요. 네가 튼튼해야 내가 편하지…… 하시면서.
나는 영선이 영인이가 좋아요. 어머니 아버지도 좋으시고……" 다
시 운다. "어떻게 하면 영선이가 건강해질까요. 무엇이든지 이르시
는 대로 할 거예요. 박사님, 그러는 것이었어요. 나는 금순이의 말
에 대답하지 못했습니다. 머리가 숙여졌어요. 반성했습니다. 왕진
료를 받고 영인이의 학질은 치료하면서 허약한 영선이의 건강은
눈에 뜨이지도 않는 내가 부끄러웠어요. 이게 의사인가 싶었어요.
학창시절 흰 가운을 걸치면서 맹세했던 히포크라테스 정신은 잊어
버린 지 오래된 나였습니다. 내가 좀 더 알아볼게…… 우선 이것
갖다가 먹여봐라 하고 소아 영양제를 한 병 줬어요. 어찌나 무안했
던지……" 김 박사는 고개를 숙인다.

"작년 일년 동안 무의촌에 가서 봉사할 준비를 했습니다. 몇몇
제약회사에서 약품도 원조 받고요. 뜻이 있는 후배들도 같이 갑니
다. 어제 도립병원에 후임자도 들어왔어요. 병원 친구들하고 저녁
도 같이 했습니다. 마지막 환자인 진구도 치료가 끝났으니 내일 떠
나렵니다. 그동안 돌봐주셔서 감사합니다."

어머니는 금순이가 기특한 아이라고 알고는 계셨지만 이러한 일
이 있은 줄은 모르셨던 것 같다.

어머니는 "아니 저희에게도 시간을 주셔야지 그렇게 가시면 어
쩝니까. 작별 인사할 시간을 주세요." 하신다. 김 박사님은 "의약품
구매도 있고 의사회도 있어서 가끔 서울에 올라올 것입니다. 서울
에 올라오면 꼭 찾아뵙겠습니다." 하시며 가셨다.

손님들을 보내시고 어머니는 아버지께 김 박사가 병원을 그만두
시고 무의촌으로 가신다는 말씀을 하셨다. 아버지는 고개를 끄덕

이시면서 박사님은 그러실 분이라고 하신다.

아버지는 춘섭 아저씨를 부르신다. 그리고 돈을 주시며 이르신다. "내일 아침 화신상회에 가서 기다렸다가 문이 열리면 일착으로 사게…… 이삿짐이 떠나기 전에 같이 실어야 하니까." 하셨다.

다음날 춘섭 아저씨는 점심시간이 훨씬 지나서 들어왔다. "이르시는 대로 모두 했습니다. 10시에 백화점이 열렸어요. 의사 가운 두 벌을 사고 자전거는 미쓰비시제로 샀습니다. 백화점 트럭에 실어서 같이 타고 갔습니다. 사장님 편지도 전해 드렸습니다. 사장님께서 왕진 다닐 때에 타시라고 보내셨다고 했습니다. 박사님께서 몇 번이나 형님과 형수님께 감사하다는 말씀 전해 달라고 하셨습니다."

김 박사는 39세에 강화도 건평이라는 벽촌에서 병원을 개원하시고 81세에 닫으셨다.

언제인가 박사님의 부고를 신문에서 보았다.

일본의 발악

종전이 가까워지고 있다.

우리가 창신동에서 돈암동으로 이사를 올 때 총독부에서 3년생 벚나무 한 그루를 보내왔다. 아버지는 반갑지 않으신 기색이시다. 벚나무는 축하 테이프를 매단 채 중문 안 한구석에 서 있다. 오늘로 열흘째 된다. 오늘 아버지는 친구분들을 만나시려 외출하셨다. 아버지가 나가시자 춘섭 아저씨가 재빨리 연못가에 문제의 벚나무를 심었다. 어머니가 "나리 오시면 자네 혼날 텐데……" 하시며 웃으신다. 춘섭 아저씨는 일손을 멈추지 않는다.

"가끔 순사들이 벚나무를 살펴보고 가니 말썽 나기 전에 심어야죠." 한다. 해질녘에 대문 소리가 나고 아버지가 들어오셨다. 벚나무가 서 있던 중문께를 먼저 보시고 화단을 살피시고 벚나무도 보셨다. 그런데 아무 말씀 없이 방으로 들어가셨다. 외출복을 벗으시고 저녁을 드셨다. 아, 잘 넘겼다. 식구들 모두가 마음을 놓았다. 아버지는 지난 일을 가지고 나무라시는 일은 거의 없으시다. 나무랄 일은 그 자리에서 호통을 치시거나 타이르는 분이다. 오늘 벚나무를 못 보시고 내일 아침에 눈에 띄었다면 큰 소리가 날 것이지만 벚나무를 슬쩍 보신 것이 확실한데 아무 말씀 없으신 것은 통과가 됐다고 생각할 수 있다.

식구들은 아버지가 돌아오시면 춘섭 아저씨는 크게 혼이 날 것이라고 걱정들을 하고 있었다.

우리 집안은 강원도 춘성군 동산면이 본향이다. 할아버지는 이곳에서 십대 가까이 내려오는 일가들을 이끌어 오신 큰어른이시다. 일가친척 대소가를 모두 건사하신다. 친척들은 원창리 구석에까지 들어가 살고 있다. 맏이로 딸을 두시고 내리 아들 삼 형제를 두었다. 큰아들은 동산면 면장이고 둘째 아들은 포수다. 막내아들인 아버지는 춘성군에서 유일한 동경 유학생이자 사업가다. 사위는 홍천군수(이규백)다. 밭에서나 길에서나 만나는 사람들은 모두 친 인척이다. 그들은 땅에 엎드려 할아버지께 절을 한다. 이러한 할아버지를 일인들이 가만히 둘 리가 없다. 약탈적 공출은 물론이고 아침저녁으로 드나들며 작은아들이 무엇을 하느냐? 손자가 어디 있느냐? 일본에서 무슨 공부를 했느냐? 사흘이 멀다 하고 경찰서에서 부른다. 마치 죄인 심문하듯이 한다. 털어갈 대로 털어갔지만 아직도 그들의 눈에는 공출할 것이 있다. 군화를 신은 채, 다락 깊숙이 숨겨놓은 제기 일습을 끌어냈다. 신주를 수채에 내동댕이치고 군화로 밟았다. 할아버지는 "천벌을 받을 놈들" 하고 힘없이 중얼거리고 쓰러지셨다.

할아버지가 장성한 아들과 손자들을 보호하려고 당신 스스로가 경찰서장을 집에 불렀다. 그리고 두백광산(중석광)과 약초 전매 판권을 상납했다. 총독부에서는 감사의 표창과 훈장을 보내고 해마다 연초에 선물을 보낸다. 시계를 보낸 적도 있고 시가와 담배 케

이스를 보낸 적도 있다. 그리고 이번에는 새로 이사 온 것을 축하한다며 벚나무를 보낸 것이다.

일본 침략 전쟁(대동아전쟁)의 막바지인 1945년 거리는 온통 인파들로 혼잡하다. 생존을 위하여 일거리를 찾아다니는 사람들, 어떻게 하면 이 고비를 무사히 넘길까? 귀를 세우고 사람들의 눈치를 살핀다. 남편이 전장에 나가게 되어 센닌바리(千人針)를 들고 나온 부녀자들, 징집영장을 받고 전선으로 끌려 나가는 학도병들의 어수선한 행진, 어찌됐던 시국이 불안하니 사람들은 집을 나와 밖에서 서성인다. 그래서 시장 어귀나 공원에는 많은 사람들이 있었다.

매일 10여 차례 연합군의 폭격기가 상공을 배회한다. 공습경보가 울리면 사람들은 가까운 대피소로 피한다. 해제경보가 날 때까지 대피소에 있어야 한다. 그리고 밤에는 모두 불을 끄거나 검은 천으로 전등을 가려 빛이 세지 않게 한다. 등화관제라고 한다. 학교에서도 마찬가지다. 공습경보는 뚜 뚜 뚜 뚜 조금 사이를 두고 여러 번 울린다. 그리고 해제경보는 뚜- 뚜- 두 번 길게 울린다.

공습경보 소리가 나면 재빨리 죠킹(방석으로 만든 솜 모자)을 쓰고 책상 밑에 엎드린다거나 한 줄로 서서 질서 있게 방공호로 들어간다. 학교에서 5분 거리 안에 집이 있는 학생들은 집으로 가고 집이 먼 아이들은 선생님의 지시를 받으며 학교 지하로 내려간다. 길을 가다가 경보가 울리면 가까이 있는 건물의 지하로 들어간다. 팔에 완장을 두르고 다리에 각반을 찬 사람들이 호각을 불어 대며 서두르게 한다. 달리던 차들도 길가에 길게 늘어 서 있다. 센닌바리 여인이 이곳에도 같이 묻혀와 센닌바리를 구걸한다. 센닌바리는 출전하는 장병의 무운과 무사를 기원하는 부적 같은 것이다. 여러 사람의 손을 거쳐 만들어야 하는 흰 사각 보다. 이것은 애정의 정표이며 부적이며 동시에 전상의 삼각 붕대가 되기도 한다. 흰 사각 보에 무운장구(武運長久)라고 쓴 한자의 획을 따라 붉은 실로 수를 놓는다. 작은 알갱이 수로 무운장구의 글자를 완성하면 천 개의 수 알갱이가 된다. 이것은 한 사람이 여러 개의 알갱이 수를 놓는 것이 아니다. 한 사람이 한두 개씩의 수를 놓아야 한다. 천 사람의 손을 빌려 이루어져야 한다는 뜻에서 센닌바리라 한 것이다. 날마다 센닌바리를 들고 바느질 동냥을 하는 여인들로 거리는 미어진다. 사람들의 통행이 많을 만한 곳에는 어김없이 아낙네들이 센닌바리를 들이밀고 한 땀 한 땀씩을 구걸한다. 행인들 중 여인네들은 안타까운 마음으로 무운장구라는 글자 위에 수를 놓아준다. 그러나 여기저기서 센닌바리를 부탁하니 좀처럼 그 자리를 떠날 수가 없다. 거리의 확성기에서는 전쟁의 필승을 다짐하는 노래와 구호가 끊이지 않는다. 말레이 정글을 누비며 진군하는 소년 전차대의 군가가 기승을 부리며 울려 퍼진다. 죽음을 예감하며 출격 명령을 기다린다는 노랫말의 군가도 있다. 노랫말은 애절하고 비장하지만 멜로디는 아름답다. 서민들이 애창하는 곡에 가사를 붙여서 부르는 것이다. 거리에는 발맞춤조차 서투른 신병들의 행진도 눈에 띈다. 여인들은 사지로 끌려가는 남편을 차마 떨어지지 못하고 따라간다. 지구 끝까지라도 같이 가려는 듯이 울며 따라간다.

일본의 마지막 전략은 천인공노할 고육지책(苦肉之策)이다. 그들은 소년 특공대를 조직했다. 특공대는 폭탄을 만재한 비행기를 몰고 미군의 항공모함에 투신 자폭하는 것이다. 어린 소년들에게 애국심을 고취시켜 유혹한다. 천황을 위해서 목숨을 바치는 것은 가문의 영광이라고 역설한다. 15세부터 17세까지의 소년 전투병들이다. 목숨을 나라에 바치고자 순번을 기다린다. 폭격기에는 편도의 연료뿐이다. 돌아올 수 없도록 편도 분의 연료만 주입한 것이다. 그들은 소년 전차병이라는 군가를 부른다. 거리의 전신주나 건물의 벽면에는 애국청년에게 고하는 격려문과 충성을 호소하는 문구들로 가득 차 있다. 죽음을 두려워하지 말라. 신군이 되어 공훈을 남기고 가문을 빛내라. 최후의 승리는 우리의 것이다. 무공을 세우지 못하면 결코 살아서 돌아오지 않는다. 필사의 의지를 담은 격려문들이 중학, 대학, 대자보에 어지럽게 붙어있다. 일본은 미쳐가고 있었다. 열강들은 약소 국민을 짓밟고 착취하는 것을 예사로 한다. 그러나 그중에도 일본의 만행은 천인공노할 짓들만을 골라서 한다. 남의 나라 국모를 시해한다. 어린 소녀들을 위안부로 끌고 간다. 인체를 실험도구로 사용한다. 어른들은 그들의 잔악무도한 국민성을 보고 몸서리친다. 아버지는 늘 혼잣말처럼 되뇌신다⋯⋯ '지구상에서 없어져야 할 종자들이야⋯⋯'

하루에도 십여 차례나 B29 비행기가 뜬다. 경습경보기가 울리면 행인들은 가까이에 있는 대피소로 들어간다. 그리고 해제경보가 나면 다시 나와 가던 길을 간다. 오빠는 초등학생이지만 키가 커서 중학생이라고 오인을 할까 봐 외출을 삼가고 있다. 머리를 박박 깎은 중학생부터는 길에 나다니는 것이 위험하다. 헌병들이 젊은 사람들을 마구잡이로 붙잡아 트럭에 태워간다. 전장에서 총알받이로 우리 조선 청년들을 앞에 세우려는 술책이다. 부모님들은 아이들을 문밖으로 나가지 못하게 숨겨둔다.

벚나무

　1945년 3월 9일 도쿄에 최초로 연합군의 공습이 있었다. 도쿄의 건물 25%가 파괴되고 사상자와 이재민이 1만 5천 명에 이르렀다. 이러한 전법으로도 성공을 할 수 있다고 연합군들은 장담하고 있었다. 그러는 와중에 미국에서는 대통령인 루즈벨트가 사망하고 트루만이 대통령으로 승계됐다. 트루만 대통령의 생각은 다르다. 더 이상 미군의 희생자를 낼 수는 없다고 판단한 것이다. 하루라도 빨리 전쟁을 종식시켜야 한다는 생각이다. 거리는 아직도 전쟁 중이다. B29가 상공을 배회하고 공습경보가 울린다. 센닌바리가 거리를 메우고 밤에는 등화관제가 계속된다. 인심은 흉흉하고 유언비어가 난발한다. 가슴을 조이는 나날이다. 그야 말로 매일 초읽기다.
　드디어 그날이 왔다. 1945년 8월 6일 아침 8시. 히로시마 상공에 폭격기 B29가 떴다. 폭격기는 낙하지점을 물색하며 선회한다. 이윽고 정확한 지점에 원자폭탄 리틀 호가 투하됐다. 그곳은 산맥으로 둘러쳐진 분지 같은 곳이다. 원폭의 위력이 배가 되는 지형이다. 한순간에 국토는 찢어지고 20만 명의 인명이 사망했으며 모든 생명체가 초토화됐다. 이곳에는 일본군 제2사령부가 있다. 통신센터와 병참기지가 있는 곳이다. 일본 측의 항복 기미가 없자 연합군은 마지막 쐐기를 박는다. 삼 일 후 8월 9일 나가사키에 원폭 펫맨이 투하됐다. 버섯구름이 올라간다. 일시에 10만이 죽었다. 원폭의 새하얀 버섯구름, 그제서야 일본은 서둘러 항복의 뜻을 전했다. 국내외를 통틀어 무장해제를 공포했다. 조건 없이 항복하므로써 종전이 됐다. 9월 2일 도쿄 앞바다에서다. 정박하고 있던 미조리 함대에서 일 천황은 항복 문서에 서명했다. 만일 일본이 며칠만 버티었다면 연합군은 원폭 3탄을 도쿄에 투하했을 것이고 일본은 지구상에서 없어졌지 않았을까. 그리 되었다면 아버지는 얼마나 기뻐하셨을까? "지구상에서 없어져야 할 종자"라고 늘 말씀 하셨는데……

금순 언니가 쪽지를 들고 들어왔다. "아버지, 이것이 대문에 꽂혀있어요." 하며 아버지께 드린다. 아버지가 읽으시며 어서 나가서 찾아봐라 하시며 당신도 신을 끌어 신고 급히 나오신다. 거리에는 아무도 없다. 〈남해로 내려가는 길입니다. 다녀와서 다시 연락드리겠습니다. 안녕히 계십시오. 헌〉 아버지는 이리저리 살피신다. 좀처럼 발을 떼지 못하고 사방을 살피신다. 당신 주위에 늘 맴돌던 후배 헌, 손 한 번, 말 한마디 따뜻하게 해주지 못한 것이 늘 죄스럽던 아버지는 가슴이 저려온다.

조헌은 미친 사람으로 살았다. 일본 놈들에게 빌붙어서 살기 싫어서, 또 부모형제, 친구들에게 짐이 되기 싫어서 거짓 미쳐버린 세월이 10년이다. 아버지는 헌을 생각하면 가슴이 먹먹하다. 우울하시다. 아버지는 김 서방을 불러 광에서 전기톱을 가져오라 하신다. "여기 가져왔습니다." "그래 저기 저 나무를 베게." 하시며 아버지는 방으로 들어가셨다. 연못 옆에 서 있는 바로 그 벚나무다. 이제는 제법 연륜이 있어 마디마다 곁가지를 낳고 곁가지에서는 탐스러운 꽃이 핀다. 이른 봄에 여느 꽃보다 일찍 개화를 하고 늦은 가을까지 그늘을 주는 나무다. 김 서방은 한숨의 망설임도 없이 전기톱을 가동시킨다. 톱날이 목피를 뚫고 들어간다. 깊이 파고 들어간다. 모터의 소음이 마당에 찼다. 톱밥이 사방으로 날려 뿌옇게 시야를 가린다. 마지막까지 버티던 나무가 서서히 무너지며 연못으로 떨어졌다. 그림자까지 함께 떨어졌다. "첨벙" 물소리와 잠시 물보라가 있었다.

대추나무 가지 하나도 아끼고 매만지는 분이시다. "저 나무를 베게" 하시며 뒤도 돌아보지 않으시는 아버지, 오! 내 아버지 나라를 사랑하고, 친구를 사랑하고, 가정과 이웃 모두를 사랑하고 자연을 사랑하는 보통사람, 내 아버지……

걸어서 통학한다

사람들은 거리로 쏟아져 나왔다. 대한민국 만세를 목이 터져라고 외친다. 감격의 눈물을 흘린다. 일본인들은 물러가고 징용 갔던 사람과 징집됐던 학병들이 돌아왔다.

세상은 바뀌었다. 그러나 살림은 넉넉하지 않다. 끼니를 거르지 않고 사는 것이 잘 사는 것이다. 홍진구는 몸이 회복되어 학교에 복학했다. 징용으로 가셨던 아버지도 돌아오셨다. 미얀마에서 철도 공사에 부역됐었다 한다.

학교에서는 우리말 새 교재로 공부를 한다. 일본말은 없어지고 우리말 공부다.

나는 난리 속에서 중학교에 진학했다. 어려운 시국에서도 부모님들은 자식들의 학업을 늦추지 않는다. 우리 형제들은 충분한 배려 속에서 어려움 없는 학업을 계속했다

오빠와 나는 부족한 대중교통을 이용할 수가 없다. 걸어서 통학을 한다. 집에서 나와 삼선교, 혜화동, 명륜동, 원남동, 돈화문, 가회동. 여기서 오빠는 화동 경기중고로 나는 좀 더 걸어서 안국동

사거리에서 태고사 옆길로 들어선다. 중동중고를 지나 숙명여중고로 온다. 이 길로 다니는 학교는 남학교로는 혜화동의 동성고등학교를 비롯해서 명륜동에 보성고, 경기고, 중앙고, 희문고, 경기상고, 배제고, 중동고 그리고 여학교로는 숙명여고, 진명여고, 풍문, 창덕, 덕성 그런 학교들이 있었다. 우리보다 더 먼 곳에서 오는 학생들도 있다. 아마 새벽별이 지기 전에 집을 나와야 했을 것이다. 이렇게 어렵게 학교에 오면 수업은 하는 둥 마는 둥 거리로 나간다. 환영 인파에 섞여 태극기를 흔든다. 우리나라를 떠나서 외국에서 독립운동을 하던 분들이 귀국을 하는 것이란다. 학도호국단원으로 시가행진도 한다.

책이나 도시락은 펴보지도 못하고 돌아가는 날이 허다하다. 그뿐이 아니다. 시국의 혼란은 극에 달하였다. 광복을 맞아 돌아온 애국지사 백범 김구 선생을 저격했다. 몽양 여운영, 송진우 등 애국자가 살해됐으며 조만식, 조소앙 등 민족의 지도자를 제거했다. 외침보다 무서운 것이 내란이라 했던가? 우리 국민은 서로가 믿지 못하고 경계하며 모략하는 사회가 되어갔다. 아버지는 한탄하신다. 망국의 한을 품고 독립을 위해 목숨을 아끼지 않던 애국지사들은 어디로 갔나? 감투와 밥그릇 싸움만 일삼는 정상배만 득실거린다.

광복의 기쁨도 잠깐이었다.

숙명여자중학교는 1906년 설립됐다. 고종의 계비 순헌황귀비(純獻皇貴妃)에 의해서다. 여성의 신교육을 절감한 엄 귀비가 한성 박동(지금의 서울 종로구 수송동)에 교사를 짓게 하고 경비를 지원해 설립한 것이다.

1911년 황실로부터 하사받은 재령군과 황해도 일대 그리고 완도군의 농지를 기금으로 재단을 설립하였다. 여성 교육을 목표로 설립한 사립학교 1호다.

숙명여고는 그 뜻을 새기며 여성 교육에 매진한다. 역대 교장은 동문에서 선출된다. 뿐만 아니다. 모교의 관한 많은 관심과 지원을 하는 동창들의 모임인 숙녀회가 있다. 숙명여고는 수송초등학교와 길 하나를 사이에 두고 마주 서 있는 학교다. 나는 수송학교를 졸업하고 이웃인 숙명여자중 고등학교로 진학했다. 피난시절을 뺀전 학창시절을 수송동으로 통학한 것이다. 뿐만 아니다. 어머니 이모, 고모, 외사촌 언니 외사촌 동생, 모두가 수송과 숙명 출신이다. 가족끼리만 모여도 동창회가 된다.

숙명여고의 구 사옥은 빨강 벽돌의 서구식 건물이다. 이른 봄부터 하나 둘 오르기 시작하는 담쟁이 넝쿨이 여름이면 외벽을 완전히 덮는다. 넝쿨은 벽돌이나 돌처럼 거친 외면에 넝쿨을 뻗는 것이다. 유리나 대리석처럼 매끈한 곳에는 넝쿨을 붙이지 못한다. 넝쿨은 미세혈관처럼 사방으로 뻗고 그 마디마디에 파랑 잎을 피운다. 유리창이나 철문을 자연스럽게 비켜간다. 건물은 마치 창구를 도려낸 녹색의 마침 옷을 지어 입힌 것처럼 보인다.

당시의 숙명 교복은 봄과 여름에는 흰 상의에 검정색 치마였다. 그리고 흰 운동화를 신는다. 치마의 길이는 무릎 아래까지다. 겨울은 검정 상의와 바지를 입었다. 상의에는 흰색의 깃을 덧붙인다. 바지는 발목까지 내려와서 아랫단부분을 고무줄을 넣어 좁혔다. 머리는 생머리를 두 갈래로 묶었다. 풀을 먹여 다린 흰 칼라와 두 갈래로 묶은 머리가 아름답고 단정하다. 교정은 사시절 서늘한 느낌을 준다.

나는 수복해서 서울 본교에서 졸업을 했다. 광복이 되어 어수선

한 무정부 시절도 있었다. 괴뢰들의 남침으로 숨어 살기도 했다. 피난생활도 했었다. 다시 복학해서 졸업에 이를 때까지 곡절이 많은 여고시절이었다. 친구들은 이남, 이북을 가리지 않는 전국구 출신이다. 그러나 다시없는 행복한 시절이 아니었나 싶다. 우리 학교에는 우수한 선생님이 많이 계셨다. 미술은 대통령상을 수상한 이준 선생님이시다. 지리는 세계적인 여행가 김찬삼 교수시다. 음악은 이흥열 님이다. 예능뿐 아니다. 국어의 정운삼, 생물의 정영일, 체육의 김유화, 가정에 서수연, 영어의 김은철, 화학의 김제순, 영어에 주후, 강성일. 이들 선생님들은 고등학교 교사에 끝이지 않고 대학에서 강의하셨다. 숙명의 학생들은 대학교수의 강의를 듣고 배운 것이다. 선생님들은 부임하는 날 바로 별명을 받으신다. 학생들은 선생님의 취임인사 말씀 중에 작명을 끝낸다. 별명이 적힌 쪽지가 선생님의 눈을 피해 빠르게 돌아다닌다. 강성일(쌍까미), 김찬삼(하마), 전광년(리트머스 시험지), 이성룡(안경잡이), 안혜옥(반달), 한정남(시어머니), 곽대감, 백개미, 이발쟁이 등등이다.

아직도 그때 같이 놀던 친구들과 만난다. 공부를 잘하는 친구, 빼어나게 예쁜 친구, 운동선수, 노래 잘 부르는 친구, 지방에서 편입된 친구, 토박이 친구, 모두가 똑같이 됐다. 평준화가 됐다. 모두 귀하고 소중한 친구들이다. 대대장이던 김원희는 지금도 모임의 중심이다. 점심시간이면 코끝에 안경을 걸고 노인의 가락으로 "내 주를 가까이……" 하며 찬송가를 불러서 친구들을 웃기던 경호는 안 보이면 허전한 친구다.

북한군의 남침

중학교 2학년 때 한국전쟁이 났다.

그날은 일요일이었다. 시 공관에서 하는 음악회를 관람하는 중 연주가 중단되었다. 확성기에서 군인들은 소속 부대로 즉시 귀대하라는 방송에 이어 관람객들도 모두 귀가하라는 아나운서의 다급한 목소리가 흘러나왔다. 오빠와 나는 급히 집으로 돌아왔다. 생각지도 못한 날벼락을 맞은 어른들은 침착성을 잃고 우왕좌왕한다. 많은 사람들이 모두 어디론가 피난을 하고 있다. 우리는 바로 괴뢰군이 밀려오는 행길가 집이기 때문에 위험하다. 우선은 이곳을 벗어나야 한다고 생각했다. 우리는 준비도 목적도 없이 피난대열에 끼어 걸었다. 그러나 원남동 대학병원까지 왔을 때 괴뢰군의 선두가 우리를 추월하여 중앙청으로 가고 있다. 우리는 가던 길에서 다시 돌아와야 했다.

아무 방비도 없이 밀리기만 하는 우리 군은 6월 28일 새벽 3시 괴뢰군의 진격을 차단시켜려는 방법으로 한강 인도교를 폭파했다. 다리 위를 통과하던 난민들은 포탄을 맞고 수장된 희생자는 군장

병 4000여 명과 군용차 등 그리고 800여 명의 민간 희생자가 있었다 한다. 정부의 보호 없이 생명을 유지하기 위해서 어른들은 고심한다. 우리집에서는 고등학생인 오빠를 지하방에 숨겼다. 마룻바닥 두 장을 뜯고 사다리를 놓았다 지하실에서도 눈에 띄지 않는 안전한 장소다. 아버지는 군용 침대를 놓고 전등과 라디오를 넣어주셨다. 마룻바닥의 입구도 다른 사람들은 찾을 수 없다. 감쪽같다. 오빠는 학생복 차림으로 책가방을 들고 도서관에 간다고 어른들께 인사했다. 동네 사람들이 영인이는 공부밖에 모른다며 다녀오라고 했다. 오빠는 그날 돌아오지 않았고 어머니와 아버지는 애를 태우며 동네 사람들의 위로를 받으신다. 그러나 오빠는 돌아와서 지하방에 숨어있다. 부모님과 나만이 알고 있다. 어머니는 아직도 소식이 없냐는 동네 분들의 걱정에 고맙고 미안하지만 완전한 연기로 아들을 숨기셨다. 의용군에 끌려간 것이 틀림없는 것 같다는 말이 동네에 퍼졌다. 삼선교에 살고 있는 어머니의 사촌 올케가 오셨다. 어머니를 위로하러 오신 것이다. "형님 정신 차려요. 의용군에 갔다고 다 죽는 것은 아니에요. 인명은 재천이라고 하니⋯⋯ 힘내요. 영인이는 꼭 올 거예요." 옷고름으로 눈물을 찍어낸다.

어머니는 가끔 내무서원들에게 먹을 것을 해다 주며 시국의 동태를 살핀다. 내무서원은 모두 네 명인데 18살 소년도 있다.

오빠가 가진 제니스 트렌지스터는 성능이 좋아서 미국 뉴스를 들을 수 있다. 그래서 우리는 누구보다 정확한 정보를 알 수 있었다. 이제 거리에는 청년들의 모습은 보이지 않는다. 노인들과 어린아이와 부녀자들만 남았다. 우리집에서는 파출소가 마주 보인다. 전에는 파출소 순사들이 오가며 들리던 것이 이제는 내무서원이라는 괴뢰경찰이 드나든다. 어머니는 자청해서 우리 동네 반장을 맡고 시국의 관한 정보를 이웃에게 알려준다. 어머니는 내무서장과도 정치나 사상과는 관계없는 유대를 갖는다. 그래서 저들의 상항을 엿보신다.

내무서원이 떼를 지어 가택수색을 왔을 때 동네 사람들이 "그 집 아들 의용군에 갔어요, 우리가 봤어요." 하며 거침없이 증인이 되어주어 별 수색 없이 통과된 적이 있은 후에는 저들 쪽에서 먼저 인사도 하고 어려운 일 있으면 말하라고 한다. 그러나 우리는 그런 것에 넘어가지 않는다.

내무서원들이 주로 하는 짓은 남한의 저명인사를 납북시키는 것과 청년들을 의용군으로 강제징집하는 것이다.

사변 중에 가족과 친지 중 한두 사람 곤욕과 불행을 당하지 않은 집이 없을 정도다. 매일 아침 밧줄에 줄줄이 묶여진 저명인사들이 우리집 앞을 지나 미아리고개를 넘어 북으로 가고 있다. 낮에는 완장을 찬 내무서원들이 우리집 앞 길목에 트럭을 대기해 놓고 지나는 행인을 강제로 잡아 트럭에 태워 어디론가 사라진다. 전투에 투입시켜 총알받이로 쓴다 한다.

그날도 트럭 한 대가 집 앞에 서 있었다. 한 명은 운전석에 앉아 있다. 한 명은 검문을 한다. 벌써 세 명이나 차에 올라와 있다. 어머니는 아까부터 안절부절하신다. "저를 어째 차에만 올라타면 죽는거야, 어데로 끌려가는 줄도 모르고, 저를 어째……" 어머니는 돈을 바지 주머니에 챙기신다. 키가 큰 청년이 길을 건너 이리로 온다. 완장을 한 내무서원이 길을 막고 신문을 한다. 그리고 차에 타라고 한다. 청년은 허리를 굽신거리며 무엇이라 사정을 하는 것 같다. 청년은 트럭에 오르기를 거부한다. 내무서원은 허리에 차고 있던 곤봉으로 청년의 어깨를 힘껏 내려친다. 청년은 비틀거리면서도 한사코 트럭에 오르기를 거부한다. 이때 어머니가 뛰어나가시며 청년을 내무서원에게서 떼어놓으신다. 내무서원은 이 아지매가 미쳤나? 뭐하는 거야 지금 검문 중이야. 저리 비켜 하면서 어머니에게도 곤봉을 휘두를 기세다. 나는 어머니 치마에 매달려 울부짖는다. "울 엄마 때리지 마세요. 울 엄마……" 내무서원은 어머니를 보고 앞집 아주머니인 것을 알고 주춤한다. 어머니는 청년을 끌어다 내무서원 앞에 꿇어앉혔다. 그리고 아주 속이 상해 못 살겠다는 듯이 청년을 내려보며 "이 아이는 제 조카입니다. 큰언니 아들이에요. 간질병이 있어 학교도 휴학하고 약을 먹고 있습니다. 약을 먹지 않으면 하루에 열 번씩이나 자빠져 지랄을 합니다. 여기 점심값 있으니 점심들 사 드시고 이 아일랑 나를 봐서 보내주세요." 하신다. 내무서원이 차에 타고 있던 동료에게 간질병이 뭐야 하고 물으니 길 가다가도 쓰러져 거품을 물고 눈을 뒤집어쓰고 하는 것 있지 않아? 그런 거야 한다. 그러면 안 되겠네…… 하고 내무서원은 돈을 받아 넣고 나간다. 어머니는 학생에게 저녁을 먹이고 새벽에 그의 집까지 데려다 주었다.

어머니의 성격 중 보통 여인에게는 없는 정의로운 의협심이 있으시다. 궁지의 사람들을 도와주시는데 위험을 감수하며 순간의 기지와 재치로 위기를 넘기시는 분이다.

채대식 박사가 어젯밤 여러 명의 괴뢰군들에게 강제로 끌려갔다. 의학박사이며 국회의원이다. 채희영의 아버지시다. 우리집 옆집도 병원이다. 이형호 박사는 이준모의 아버지시다. 한독당으로 출마했던 분이다. 이분도 끌려가서 성동경찰서에 수감되어 있다가 납북됐다. 오빠의 일 년 선배인 엄인섭의 어머니는 대한부인회 회장이신데 간부들과 돈암국민학교 운동장으로 끌려가 총살되었다. 시체를 매장하던 인부가 절명하지 않은 것을 알고 연락을 해 줘서 밤에 엄인섭이 업어왔다. 총탄 세 발을 맞았는데도 살으셨다. 그러나 엄인섭은 전쟁통에 죽었다. 경기고등학교 아마 48학번쯤 되는 것 같다. 아주 고운 성품의 청년이었다. 엄인섭의 단짝 친구인 김희경도 죽었다 한다. 남학생뿐 아니라 여학생들도 많이 납북됐다. 운동선수인 김경일도 학교에 왔다가 납북됐다고 한다. 학교나 구청 같은 곳…… 사람들이 많이 모인 장소에 간 사람은 거의 납북됐던 것 같다.

연합군이 인천으로 상륙한다는 뉴스가 있던 날이다.

어머니가 내무서원들의 동정을 살피신다. 내무서 안이 부산하다. 심상치 않다. 어머니가 아버지께 말씀하신다.

"내무서 동태가 이상해요, 모두 짐을 싸서 한옆에 쌓아놨어요. 아마 쫓기나 봐요." 하신다. 아버지는 "이런 때가 제일 위험하니 오늘부터는 밖으로 나다니지 마시오." 하신다.

새벽 세 시에 문을 두드리는 소리에 나가보니 내무서원 둘이 서 있다. 우리집 앞에서 길가는 청년들을 신문하던 내무서원들이다. "방금 후퇴명령이 하달됐시요, 곧 차가 올긴데 이 간나쌔끼가 꼭 아즘씨께 작별인사를 해야 한다고 해서리……" "아줌메 잘 계시우다." 한다. 어머니는 헌 옷 두 벌과 돈을 주시며 "따뜻한 것 사 드시고 앞으로 추워지니 옷을 껴입어요." 하셨다. 아버지는 "잘했어요. 옷은 잘 줬네." 하신다. 아버지는 어머니가 하시는 일에 늘 동의하신다. 어머니는 남한에 남으라고 권하지는 않았지만 민간인 복장이 필요할 지도 모른다는 생각을 하신 것은 아닐까? 언제나 남보다 앞선 생각을 하시는 분이시니……

9월 28일에 잠시 수복되어 괴뢰군들이 서울에서 후퇴했다. 오빠도 3개월 지하생활에서 벗어났다. 그러나 후퇴하지 못한 괴뢰 잔병들이 빨치산이 되어 지리산에서 국군과 대치하고 있다. 괴뢰는 중국지원병과 소련의 탱크와 비행기, 야포 같은 무기를 지원받아 다시 남침을 해온다. 서울은 1·4후퇴를 전후해서 모두 피난했다.

오빠가 방송을 듣고 괴뢰군이 내려올 것이며 서울에서도 시가전이 예상되니 빨리 피난을 해야 한다고 한다.

북쪽은 괴뢰와 중공군이 합세해서 내려온다고 한다. 우리 국군은 유엔군의 도움으로 괴뢰와 대치하고 있다.

피난길

서울역에 오니 많은 사람들이 플랫폼을 메우고 있었다. 조정연네 식구도 나와 있다. 연고가 있는 곳으로 가는 사람도 있지만 우리처럼 무작정으로 나온 사람도 많다. 눈발이 날리고 있다. 바람이 차고 추운 날씨다. 수천 명이 모인 곳이지만 의외로 조용하다. 근심과 걱정이 같은 사람들끼리니 농담과 웃음과 다툼이 없는 우울한 분위기다. 아버지와 오빠는 기차표를 구하러 갔다. 어머니는 간식거리를 사러 가셨고 나에게는 세 동생의 건사를 맡겼다. 동생들이 화장실에 가고 싶다면 옷들을 벗겨주고 또 입히고 한다. 물도 따라주고 졸음이 오는 동생은 업어도 주며 어른들이 돌아오기를 기다린다.

두 동생은 얌전한데 난이는 부산하다. 잠깐 눈을 돌린 사이에 다른 피난 가족에게 가서 놀고 있다. 데려다 놓았는데도 어느새에 가서 그 집 식구처럼 천연스레 먹고 웃고 한다. 우리는 새벽 4시에 부산까지 가는 기차를 탔다. 열차는 좌석과 입석이 있는데 객차 안은 발을 옮길 수 없이 꽉 찼다. 지붕 위에도 많은 사람들이 두꺼운 옷을 입고 앉아있다. 우리 일곱 식구는 좌석 3개를 구했다. 그곳에 모두 껴서 가야 한다. 그렇게 되자 오빠와 아버지는 통로 바닥에 앉으셔야 한다. 아버지는 기관사를 설득하여 기관사 침대용 소파를 빌렸다. 나와 세 동생은 그곳에 앉아서 간다. 그곳은 객차보다 넓고 무엇보다 따뜻했다. 부모님의 자리도 편해졌다. 우리는 과자도 먹고 노래도 부르고 장난을 치면서 간다. 터널을 들어갈 때와 나올 때 동생들은 손벽을 치며 재미있어 했다. 피난의 괴로움을 모르고 갔다.

이윽고 우리는 대구까지 왔다. 밥을 먹으려고 잠시 기차에서 내렸다. 사람들은 기지개를 켜며 허리와 다리를 움직여본다. 가볍게 몸을 푼다. 이산가족을 찾는 벽보가 여기저기 붙어있었다. 서울 돈암동에서 오시는 조건식 씨 및 가족되시는 분은 ○○성당으로 오십시요. 김필수 아저씨가 우리를 찾고 있었다. 우리집에서 수년을 식객으로 계시던 분이다. 엄마가 머리 검은 짐승 구해주면 뭣에 쓴답니까? 뒤꿈치 안 물리면 그나마 다행이지요. 했던 바로 그 아저씨다. 우리는 고마운 마음만을 안고 부산으로 내려간다.

아버지와 오빠가 사온 따뜻한 국밥을 먹고 다시 어른들은 객차에 오르셨다. 나는 동생을 건사하며 기관차로 갔다. 기관차가 움직였다. 그런데 이상한 일이 일어났다. 부모님이 탄 객차가 어디로 사라지고 낯선 객차가 딸려오고 있는 것이다. 야전병원에 입원하고 있는 부상병들을 실은 차량이라고 한다. 간호장교가 와서 중환자가 있는 병동을 우선으로 옮기는 것이라고 한다. 부모님들은 부산에서 만날 수 있으니 걱정하지 말라고도 한다. 기관차에 어린아이들이 타고 있은 줄은 몰랐었던 것 같았다. 병동의 부상 환자들은 UN군들이다. 나는 중학교 2년의 영어 실력으로 세 동생에게 먹을 것을 구해다 먹인다. 동생 셋과 소녀가장이 대견했던지 여기저기에서 과자와 치즈, 파인애플, 우유 등을 준다. 동생들은 부모님과 떨어진 줄도 모르고 잘 지낸다. 잘 때도 군용 담요를 덮어줘서 춥지 않게 잤다. 간호장교는 내게 털 파카를 입혀주며 간호보조원 역할을 하도록 했다. 나는 부상병들에게 약과 물도 주고 병실도 청소한다. 어떤 병사는 동생들에게 미국 국가를 가르쳐 주었다. 동생들은 누가 노래를 불러보라고 하면 주저하지 않고 이 노래를 불러서 모두를 웃겼다.

우리는 서울을 떠나 사흘 되는 날 부산에 도착했다. 병사들은 부모들과 떨어져 있으면서도 겁내지 않고 의젓했다며 동생들을 칭찬했다. 그리고 부모님과의 재회를 바란다며 악수를 했다. 볼에 입도 맞추었다. 나는 파카를 벗어서 병실 침대 위에 놓았다. 지금 생각하면 우리가 최초의 UN군 부상병 위문단이 아니었나 싶다. 그리고 나는 6·25 참전 최연소 간호보조원이기도 했다. 간호장교는 우리에게 육군병원에 가 있으면 부모님들이 찾아오실 거라며 함께 가자고 했다. 하지만 우리는 부산역 플랫폼에서 부모님을 기다리기로 했다. 두 시간쯤 기다리니 열차 기관차에 오빠가 매달려 주위를 살피며 들어오고 있었다. 오빠는 기관차를 계속 갈아타며 부모님들 보다 먼저 달려온 것이다. 그 추운 날씨에 기관차에 매달려온 오빠다.

여기에도 우리 가족을 찾는 벽보가 있었다. 창원성당의 김동환 신부님이시다. 그분은 김필수 아저씨의 동생이시다.

부산은 포화상태다. 피난민 중에는 이북에서 넘어온 분들과 남한에서 내려온 사람의 두 부류가 있다. 이들의 피난생활이 조금 다르다. 삼팔선을 넘어온 이북 출신 난민들은 이미 자리를 잡았다. 이북에 있는 고향땅을 포기했기 때문이다. 광복동 국제시장과 남포동 자갈치시장에서 무서운 생활력과 비상한 상술로 입지를 굳히고 있었다.

그러나 서울 이남지방의 난민들은 다르다. 종전이 되면 고향으로 갈려는 사람들이다. 이남의 난민들은 마음을 붙이지 못하고 우왕좌왕 어찌할 바를 몰라한다. 종전이 되기만을 기다린다. 피난살이를 하는 가운데서도 삶의 희비는 있다. 하루하루가 고달픈 생활에서 노래가 만들어져 유행한다.

아- 산이 막혀 못 오시나요. 아- 강이 막혀 못 오시나요. 남들은 고향 땅을 가고 오건만 남북이 가로막혀…… 먼 천리 길, 꿈마다 너를…… (가거라 38선)

눈보라가 휘날리는 바람 찬 흥남부두에 목을 놓아 울어 봤다. 불러를 봤다. 금순아 어디로 가고 길을 잃고 헤매느냐? (굳세어라 금순아)

한많은 대동강아 변함없이 잘 있느냐 모란봉아 을밀대야 네 모양이 그립구나. 철조망이 가로막혀 다시 만날 그날까지 아 소식을…… (한많은 대동강)

사십 계단 층층대에 울고 있는 사람아, 울지 말고 속 시원히 말 좀 하세요. 피난살이 애처로워 동정하는 판잣집의 경상도 아가씨가 애처로워 묻는구나…… (경상도 아가씨)

임께서 가신 길은 영광의 길이 옵기에 태극기 손에 들고 마음껏 흔들었어. 가신 뒤에 제 갈 길도…… (아내의 길)

미아리 눈물고개 임이 넘던 이별고개, 화약연기 앞을 가려 눈 못 뜨고 헤맬 때, 당신은 철사줄에 두 손 꽁꽁 묶인 체로…… (단장의 미아리고개)

가랑잎이 휘날리는 전선에 달밤, 소리 없이 내리는 이슬도 차가운데,
단잠을 못 이루고 돌아눕는 귓가에 장부의 길 일러주신 어머님의 목소
리 아– 아– 아 그 목소리 그리워 (전선야곡)

누가 이 사람을 모르시나요. 얌전한 몸매에 빛나는 눈, 고운 마음씨
는 달덩이 같이 이 세상 끝까지 가겠노라고 나하고 강가에서…… (누가
이 사람을 모르시나요. 이산가족찾기 방송 테마곡)

부모를 두고 떠나온 자식들, 사랑하는 사람을 전쟁터로 보낸 아
내, 아버지 또는 남편이 납북된 가족, 잡은 손을 놓쳐서 헤어진 부
모와 어린 자녀, 가족을 잃고 애태우는 사람 사람마다 자기의 주제
가를 가질 수 있다. 내 처지에 딱 맞는 노랫말의 가요가 넘쳤다.

부산에서 방을 구하기는 하늘에 별따기처럼 어렵다. 더군다나 한
집에서 방 셋을 구하는 것은 거의 불가능한 일이다. 우리들은 아직
어려서 이곳저곳에 떨어져 생활할 수가 없다. 아버지는 떨어져 사
는 것보다는 싼 변두리의 땅을 사서 집을 짓기로 하셨다. 전쟁통이
라 건축 일이 없어 땅값도 자재도 비싸지 않다고 하신다. 난민들이
넘쳐나니 일손도 쉽게 구할 수 있다는데 착안하신 것이다. 범일동
부산대학 앞에 양옥으로 집을 지었다. 방 셋에 마루, 부엌, 화장실
이 있는 집이다. 오렌지색 기와를 얹었다. 마당이 넓어 정원을 가
꾸고 탁구대도 놓았다. 깊이 열 자 우물도 팠다. 맑고 시원한 물이
찼다. 아버지는 팔으실 때를 고려해서 제대로 된 집을 지어야 한다
고 하셨다. 피난살이와는 어울리지 않는 예쁜 보금자리다.

부산에서 오빠는 고등학교를 졸업했다. 그리고 대신동에 있는 서
울대학에 입학해서 대학생이 됐다. 우리 학교는 초량에 있다. 양
도지사의 젖소 목장에서 가교사를 짓고 학업을 계속했다. 그곳은

그리 높지 않는 구봉산 산자락이다. 낮은 곳에 판자로 지은 가교사가 있다. 부산으로 피난을 와서 초량에서 공부한 학생들은 이런 노래를 기억할 것이다.

고향 하늘

새파란 고향 하늘 흰구름 둥실 떠돌고
물레방아 시냇물 언덕 위 아지랑이 아물거려
종달새 지저귀고 뻐꾸기 노래하건만
영원한 고향 하늘 그리움을 어이하리

피난을 왔지만 철이 없는 우리 형제들은 아주 살판이 났다. 부모님들은 어떻게 식구들을 먹이고 공부시킬까? 고민하셨을 터다. 그러나 우리 형제 오빠와 나, 특히 나는 매일매일이 즐거움이었다. 철이 없어도 이만저만이 아니었던 것이다. 맛있는 것 사먹고, 바다에서 보트 타고, 극장 가고, 음악회에 가고, 수입 운동화 신고 그러나 세 살 아래인 동생은 아버지 어머니의 애로사항을 알고 함께 걱정했다고 한다. "언니 오늘 아빠가 국제시장에서 시계 팔아서 쌀 사오셨어. 언니 엄마 금목걸이하고 반지 쌀하고 바꿨다? 아버지가 더 좋은 것 해준다고 하셨어……" 우리는 가지고 나온 물건을 식량과 바꾸는 생활을 했다. 그런 가운데서도 오빠와 나는 비상금이라는 용돈을 받았다. 철든 오빠는 그것을 비상금으로 간직하고 철없는 나는 용돈으로 썼다. 오빠와 나는 집안일에 모르는 것이 많았다. 어른들은 너희들은 몰라도 된다. 또는 너희는 하라는 공부나 잘해라 하셨기 때문이었을까. 때문에 한 형제자매가 같은 집에서 살아도 어떤 것은 같이 웃고 즐겼지만 어떤 것은 혼자 감당하고 괴로워하는 것이 있는가 보다. 나 조영선은 맹추라는 명예스럽지 못한 별명이 붙어있다. 눈치라는 것이 전혀 없어 얻어진 것이다. 지금 생각하니 당연한 별명이었다.

서울의 가정에서는 자녀 교육이 엄하다. 무엇보다 바깥출입을 많이 단속했다. 늦게 귀가 하는 것을 철저히 단속했다. 친구와 일요일 야외에 가는 것도 자유롭지 않았다. 그러나 피난을 와서는 조금 달랐다. 생활이 힘이 들어서인지 크게 염려되는 것이 아니면 대부분 허락을 하셨다. 송도에 놀러가서 보트를 타는 것도, 친구들하고 구포 배밭에 가는 것도 허락하셨다. 서울에서는 생각하기조차 어려운 것들이다.

부산은 바다가 있다. 어디를 가나 바다가 보인다. 나는 바다에서 보트를 즐기며 기차를 타고 짧은 여행도 한다. 해질녘 영도다리에서 낙조를 본다. 하단의 갈대밭에서 책을 읽고 노래를 불렀다. 비릿한 해초 냄새를 쫓아 갯벌도 거닐었다. 만선의 깃발을 꽂고 들어오는 어선에서 산처럼 쌓인 생선도 보았다. 그것들을 갈고리와 삽으로 퍼 담는 것도 보았다. 고래고기는 엄청 크다. 장정들이 고무장화를 신은 채 고래 등에 올라섰다. 무지 큰 칼로 토막을 내어 저울에 달아 판다. 저렇게 큰 고래를 어떻게 잡았을까! 사람들은 왜 죽음을 무릅쓰고라도 고래를 잡아야 할까? 이런 것은 서울에서는 영원히 볼 수 없는 광경이다. 살아있는 생선의 살을 발라 접시에 담아내는 생선회, 그것을 초장에 찍어 날로 먹는 야만스런 사람들, 이것을 처음 보는 나는 정말 서울 촌뜨기다. 서울에서는 경험하지 못한 것들이다. 나는 아직까지 회를 입에 넣지 못한다. 바다를 붉게 물들이는 낙조도 아름답다. 갈매기가 파도 위를 낮게 날아간다.

돛단배가 바람을 잔뜩 안고 간다. 기차를 타고 논과 밭을 보며 달린다. 터널도 지나간다. 간이역도 재미있다. 재첩국 장수가 "재첩국 사이소. 재첩국 사이소." 하고 외친다. 배 장수가 "내 배 사이소. 내 배 사이소." 하며 플랫폼을 걸어간다. 순간 아버지 모습이 스쳐 지나간다. 이럴 때 아버지가 계시다면 영선아 배 먹자 하고 배를 깎아 예쁜 쪽을 내게 주시지 않으셨을까.

범어사에서 회색 승복을 입은 스님들이 장대로 감을 딴다. 처음 보는 광경이다. 스님들이 괴성을 지른다. 마치 어린 소년들처럼 감 따기에 여념이 없다. 나는 그늘에 앉아 넋을 잃고 쳐다본다. 스님들이 이럴 수도 있는 것일까? 스님이 바랑을 지고 시주를 받으러 다닐 때, 목탁을 치며 염불을 할 때, 나는 무서웠다. 깎은 머리와 짊어진 바랑이 무서웠다. 그래서 절대로 가까이는 가지 않았다. 스님 한 분이 젖은 승복을 고쳐 입으며 홍시 두 개를 내게 주신다. "피난 오셨습니까." 나이로는 아저씨뻘인 스님이 어린 학생인 내게 존댓말을 하신다. "예, 서울서 왔습니다." "여기는 누구하고 오셨습니까?" "혼자 왔습니다. 곧 서울로 가야 해서 여기저기 둘러보러 왔습니다." 스님은 다시 감이 여러 개 가지에 달려있는 것을 꺾어 주신다. 걸어두면 자연히 익는다고 하신다. 탐스러운 감이 다닥다닥 붙어있다. 감을 가지째 안아 본 것도 처음이다. 나는 집에 돌아와서 아버지께 오늘 본 것과 스님과의 이야기를 해드렸다. 아버지는 우리나라의 고승들, 원효대사, 서산대사, 무학대사 그리고 사명대사들의 일화를 들려주셨다. 모두 훌륭한 분들이셨다. 그날 본 범어사와 스님들 덕으로 한동안 나는 불교서적에 심취했었다.

경주에 수학여행 간 적도 있다. 토함산의 석굴암에서다. 여러 보살들에게 둘러싸인 석가여래상이 있었다. 은은한 미소가 인자하고 자비로우신 부처님이시다. 구포 배밭에는 이승애하고 갔었다. 부산진에서 버스를 타고 갔다. 돌아올 때는 기차로 왔다.

하단에는 잊혀지지 않는 추억이 있다. 지금도 가슴이 아리고 눈물이 난다.

친구 오지애와의 추억

지애야! 하고 마음속으로 불러 봤을 뿐인데 가슴이 미어지고 눈물이 난다. 지애는 나와는 초등학교 동창이다.

피난시절 부산 범일동에서다.

나는 등하굣길에 나 또래의 처녀를 만났다. 처녀는 업힐 나이가 훨씬 지난 듯한 머리가 큰 아이를 업고 있다. 그 애는 나를 보면 무엇인가 할 말이 있는 듯 망서리지만 아무 말이 없다. 그러기를 한보름쯤 되는 어느 날이었다.

그 아이가 내게 다가와서 속삭이듯 묻는다. 혹시 수송학교 다니지 않았어? 내가 수송학교에 다녔다고 하니까 그 애는 맞아 너 조영선이지? 나 오지애야 모르겠어? 이선범이 짝이었는데 한다. 오지애, 그러고 보니 지애다. 지애가 맞다. 콧잔등에 까만 주근깨가 몰려 있는 오지애다. 불과 3년 전에 헤어진 같은 반 친구를 나는 알아보지 못했다. 이상한 일이다. 내가 왜 지애를 못 알아 봤을까. 저 애가 지애라니…… 어떻게 내가 오지애를 못 알아 볼 수가 있을까?

지금 생각해 보니 그때의 지애는 내 친구들하고는 다른 모습이었다. 늘 아이를 들쳐업고 밖에서 서성이는 지애는 전혀 학생으로 보이지 않아서였던 것이다. 당시에 나에게는 학생들 아니고는 친구가 없었다.

지애의 집은 우리집 모퉁이를 돌아 두 번째 집이다. 대문을 파란색으로 칠했다. 학교를 가지 못하고 집에서 동생을 돌봐주고 있다. 학교에 가는 나를 부러운 눈으로 보지만 묻지도 않고 알려고도 않는다. 초등학교 시절에는 그리도 잘 웃던 지애였는데……

키는 나보다 크다. 얼굴 콧등에 주근깨가 있었다. 말할 때 왼쪽 입술이 살짝 들리며 하얀 덧니가 보인다.

오늘도 동생을 업은 지애를 만났다. 지애는 내가 나타나기를 기다렸던 듯이 어디에선가 불쑥 나타난다. 그리고 나에게 무엇을 준다. 사탕도 한두 알 주고 곶감도 준다. 예쁜 머리핀을 준 적도 있다. 그것은 비싸 보였다. 그러나 지애는 내가 주는 것은 아무것도 받지 않는다. 어머니가 아시면 싫어하신다고 한다. 지애는 동생을 업지 않고는 밖에 나오지 않는다.

어느 날 내가 지애를 보려고 지애네 집에 갔었다. 그러나 문을 밀고 들어가지 못하고 밖에서 지애가 나오기만을 기다렸다. 이제까지의 분위기로 미루어 내가 불쑥 들어가면 안 될 것 같은 생각이 들어서다. 지애가 방문을 열고 나오는 것이 보인다. 나와 지애의 눈이 마주쳤다. 지애는 다시 방으로 들어가서 동생을 업고 나왔다.

우리는 말없이 걷기만 했다. 왠지 지애의 처지가 애처롭게 느껴졌다. 내가 넌지시 손이라도 잡아준다면 지애는 근방 울어버릴 것 같다. 늘 설음이 목에까지 차 있는 느낌이다. 범일동 계곡에 발을 담그고 한참을 앉아있다가 일어났다.

그날은 일요일이었다. 지애가 우리집을 기웃거리는 것을 어머니가 보셨다. "들어오너라. 친구 집인데 뭘 그렇게 어려워하니……" 하시며 지애를 방에 데리고 오셨다.

아버지가 사과하고 과도를 쟁반에 담아 방문 밖에 놓으셨다. "영선아, 마루에 사과있다. 먹으면서 얘기해라." 하신다. 지애는 우리 아버지 어머니가 참 좋으시고 부럽다 한다. 지애가 나를 부러워한다기에 용기를 내서 말을 꺼냈다.

"지애야 나한테 하고 싶은 얘기 있으면 해봐. 그렇게 속에 담아두지만 말고 얘기 해봐…… 내가 도움이 될지는 모르지만……"

"그래 너한테는 말하고 싶어…… 부탁도 있고……"

"다음 일요일 만나서 우리 어디 갈래? 어디……"

"바닷가…… 바다가 보고 싶어……"

"그래 가자. 내가 어머니께 허락 받아 놓을게……"

일요일이 됐다. 나는 일요일이라 평복을 입고 있었는데 지애가 왔다. 지애는 배화여중 교복을 입었다. 교복을 입는 것이 마음에 걸리는지 옷매무새에 마음을 쓴다. 지애가 어색해할 것 같아 나도 교복으로 갈아입었다. 지애는 "미안해 마땅한 옷이 없어서……"

지애는 나를 쳐다보며 웃는다. 웃는 지애는 정말 아름답다. 콧등의 주근깨가 천진한 장난꾼 같이 보인다. 우리는 서면에서 다대포로 가는 버스를 탔다. 당시 부산의 버스 노선은 이것 하나뿐이었다. 초량, 부산진, 광복동을 지나니 갑자기 버스 안이 한산해졌다. 빈 광주리를 가진 아주머니 세 분과 우리 둘만이 남았다. 버스 운전사가 우리에게 "학생들 어디까지 가는 기요?" 하고 묻는다.

내가 "다대포까지 갑니다." 했다. "다대포는 왜 가요? 누가 거기에 살아요?" 하며 묻는다. "나는 바다를 보러 갑니다. 다대포는 포구니 바다가 보일 것 같아서요." "아 그라믄 왜 송도나 해운대로 가지 다대포로가요? 거기는 부대들이 주둔하고 있어 바닷가로 나갈 수도 없는데……" 한다.

나는 포구라고 하기 때문에 갯벌도 보고 어시장도 보려고 했는데 잘못 온 것이다. "그럼 다시 돌아가야겠네요." 하니 "한 정거장만 더 가면 하단인데요. 아직 단풍도 남았을 게고. 갈대도 으악새도 한참이락 하데요. 모래사장도 있고 한적한 바다도 보이구요." 한다. 아 다행이다. "그럼 거기에 내려주세요." 운전기사는 다시 일러준다. "내려서 물하고 드실 거는 사가지고 가셔야 합니다요." 한다. 우리는 하단에서 내렸다. 가게에서 건빵하고 오징어하고 코카콜라를 샀다. 내가 돈을 치렀다. 지애가 초콜릿 하나를 집어서 내 교복 주머니에 넣는다. 그것은 지애가 지불했다. "학교 가면서 먹어……" 하며 나를 쳐다본다. 우리는 둘둘 말은 가시철조망이 끊어져 나간 사이로 들어왔다.

바람이 시원하다. 낮은 산에 단풍도 아름답다. 갈대가 하얗게 피어 바람에 날린다. 물새가 높이 날다가 물에 내려와서 첨벙거린다. 다시 짝을 지어 나른다. 지애는 무척 좋아한다. "애, 영선아. 잘 왔다. 지애는 이런 곳에 오고 싶었어. 지애는 망망한 바다보다 이런 곳을 더 좋아해, 사람들도 하나도 없고 우리 둘뿐이니 너무 좋다." 하며 노래를 흥얼거린다. 노래를 잘 부른다. 우리 둘이서 아는 노래를 모두 불렀다. 지애가 너 이 노래 아니? 하며 노래 한 소절을 부른다. "아니 몰라…… 이 노래는?" 다른 노래를 부른다. "응 그것도 몰라 학교서 안 배웠어. 노래가 참 좋은 데 무슨 노래야?" "지애가 가리켜 줄게……" 하며 종이와 연필을 꺼내 적어준다.

구노의 아베마리아

라르고

음악예

메리우드 왈스

토셀리의 세레나데 이렇게 다섯 곡이다.

그리고 고운 음성으로 가수처럼 불러준다. 두 손을 깍지 껴서 가슴 아래에 놓았다. 감정을 넣어 부른다. "너도 지애 따라 불러봐……" 나도 따라 부른다. "좋은 노래구나……" "지애 어머니가 부르시던 노래야. 지애 어머니는 돌아가셨어 삼 년 됐어."

지애는 어머니 아버지 그리고 저를 지칭할 때 반듯이 자기의 이름을 앞에 넣고 말한다. "그럼 동생은? 지애 아버지가 재혼하시고 낳은 동생이야. 몇 살인데?" "세살" 나는 지애 어머님이 돌아가셨다는 말 한마디에 지애에 관한 모든 궁금했던 것이 풀리는 것 같았다. 지애 아버지가 재혼을 하시고 계모가 아들을 낳았다. 그리고 피난을 왔다. 지애는 동생을 업어주며 집안일을 거든다. 조금도 자유로운 행동을 하지 못하게 한다. "그랬었구나. 나는 생활이 어려워서 학교에 가지 못하는 줄 알았지……" "아니야. 지애 어머니가 계시면 지애도 학교에 다녔을 거야. 지애 아버지는 우리 학교가 부산으로 오면 보내주신다고 하셨어. 그렇지만 그건 지애 아버지가 모르셔서 그래……" "아버지는 무얼 하시니?" "지애 아버지는 사진을 찍으셔. 바닷가에 나온 사람들에게 돈을 받고 사진을 찍어주셔. 폴라로이드 사진이야. 즉석에서 나오는 거야." 한다.

지애가 가르쳐준 노래는 내가 고등학교를 졸업했을 때까지 배우지 않은 노래다. 이것은 아주 수준이 높은 노래다. 세계 명곡 가운데서도 전문 성악가들이 불렀던 것이다. 지애 어머니는 프리마돈

나였던 것 같다.

"근데 나한테 부탁이 있다고 하지 않았니? 응, 뭔데 얘기해 봐."

"그래 지애는 사가지고 온 건빵과 오징어를 꺼내 놓으며 천천히 말할게……" 한다. 다시 노래를 부른다. 스와니강이다.

날 사랑하시던 어머니 어데 갔나?

지금은 노랫말이 바뀌었지만 그때는 돌아가신 어머니를 그리는 슬픈 가사였다.

지애는 힘없이 주르륵 눈물을 흘리더니 일어서 저만치 걸어간다. 나는 뒷모습을 보고 있었다. 넋까지 빠져나간 듯 몸이 흐느적거린다. 지애가 갈대밭으로 들어간다. 지애 모습이 보이지 않는다. 어디까지 갔을까. 걱정이 되서 일어나 눈어림으로 찾아보았다. 갈대밭에 지애가 엎드려 있다. 한참을 그러고 있었다. 이윽고 몸을 일으키며 하늘을 향해 "지애 어머니…… 지애 어머니…… 나 지애예요……" 하며 목이 터져라 부른다. 아 불쌍한 지애…… 전신에 소름이 돋고 아주 잠깐 무서웠다.

그리고 나도 모를 울음이 솟구쳐 올라왔다. 지애가 걸어온다. 나는 쫓아가서 지애를 안았다. 복받치는 울음을 눌러보려고 더욱 세게 껴안았다.

"어쩌면 좋아. 내가 할 수 있는 게 뭐야? 울지 마라. 그만 울어. 우리집에 자주와라. 우리 엄마와 아빠가 잘해주실 거야. 울지 마라. 울지 마……"

"응 이제 지애 안 울 거야." 지애는 내게 몸을 맡긴 채 허공을 본다. "지애 모두 잊기로 했어." 한다. 이럴 때 열일곱 살 소녀 둘이 할 수 있는 게 무엇일까. 도와준다고는 했지만 내가 할 수 있는 것이라고는 없다.

지애는 이런 말을 했다. "내 이름 지애는 어머니가 지으셨다고 하셨어. 알 지 자, 사랑 애 자야. 많이 배우고 많이 사랑하라고…… 그러나 나는 많이 배우지도 못하고 많이 사랑할 사람도 없고 나를 사랑해주는 사람도 없어. 나는 버려진 아이야. 하나뿐인 아버지도 지애 아버지가 아니잖아? 지애 어머니는 성악가야. 일본에서 우에노 음악대학을 나오셨어. 지애 아버지는 예술사진 작가 셔. 산하고 강만 찍으러 다니셨어. 지애 어머니는 내가 수송학교를 졸업하던 해 겨울에 돌아가셨어. 결핵으로…… 지애 아버지는 사진 조수로 있던 권 조수와 결혼을 하셨어. 권 언니는 아주 무서워. 지애 아버지가 내 이름을 부르는 것도 싫어해. 아버지를 부를 때도 지훈이 아버지…… 라고 불러야 한데…… 나더러." 또 운다.

"우리 어머니 얘기를 할 때에는 그 여자라고 하는 거야. 나는 내 아버지 내 어머니가 점점 멀어지는 것을 느껴…… 이 집에서…… 나는 나 혼자 지애 어머니, 지애 아버지, 하고 중얼거려. 이제는 버릇이 됐어…… 지애 아버지와 권 언니는 지애를 시집보내려고 해. 부산진 기차 역무원인데 나이가 많은 사람이야 나는 결심했어. 지애 어머니께 말씀드리고 시집을 가기로…… 아까 갈대밭에서 모두 얘기했어. 지애 엄마는 왜 그렇게 빨리 가셨어요? 지애도 엄마가 계시면 학교도 가는데……"

다시 운다. 갈대밭에서 얼마나 울었기에 그새 목이 저렇게 됐나? 아주 목에서 쇳소리가 난다. 해소(기침이 심한 병)있는 할배 목소리를 낸다. 울면서 말한다. "영신아, 부탁이 있어." "뭔데 말해 봐……" "꼭 들어줘야 해." "그래 말만 해 들어줄게……" "네가 지애 들러리 좀 서줘…… 부탁이야." 한다. "응?" 이게 무슨 말이야? 지애가 열일곱에 시집을 가고 그 들러리를 내가 서야 한다는 것. 이게 말이 되는 걸까. "그래 엄마께 말씀드려 볼게."

지애는 내가 곤란해 하는 눈치를 알았을까. "사실은 들러리는 없어도 돼…… 예식은 안 하고 잔치만 한다니까…… 잔치까지 안 하면 더 좋지만…… 그래도 영선아, 네가 그날 지애 곁에 있어줘야 해…… 사진도 같이 찍고…… 너마저 없으면 내가 어떻게 되겠니? 나는 네가 있으면 잘 견딜 것 같아…… 내 마음 알겠어? 들어줄 거지?"

나는 그날 처음으로 알았다. 울음이 덩어리로 돼있다는 것을…… 지애를 끌어안았을 때 주체할 수 없는 울음덩이가 둥둥거리며 목울대로 치밀어 올라오는 것을 억지로 참았었다. 모두 토해 내지 못한 울음은 가슴에서 한참을 설설거리는 것 같았다.

집에 와서 어머니 아버지께 오늘 있었던 얘기를 모두 했다. 울었다는 말도 했다.

어머니는 눈물을 닦으시고 아버지는 한숨을 쉬신다. "지애가 참 불쌍한 아이로구나. 심성이 무던한 아이야. 어른보다도 생각이 깊고 참을성이 많은 아이다. 초년 고생은 금을 주고도 못 산다는 말도 있으니 점점 나아졌으면 좋겠구나." 하신다.

그리고 지애 시집간다면 들러리 서 줘라 하셨다. 그래서 나는 열일곱에 친구 들러리를 섰다. 아버지는 어머니에게 "여보, 약통 좀 집어줘요. 영선이가 열이 있네…… 좀 놀랐나봐." 하시며 나에게 기응환을 먹이셨다. 내가 많이 놀랐을 거라고 하신다.

홀아비가 처녀장가 가는 것이어서인지 예식은 간단했다. 역장이 혼인 선언문을 읽고 내빈들에게 인사를 했다. 모두 신랑 측 하객들이지만 워낙 신부가 어리고 아름다워서 축제의 분위기만은 아니었다. 혀를 끌끌 차며 지애를 가엽게 여기는 사람도 보인다.

저녁에 아버지가 돌아오셨다. 어머니가 "어디를 다녀오셔요? 말도 없이 나가셔서……" "응 지애 피로연에 갔다 오는 길이야. 신랑도 만나 보구…… 역장도 만나서 인사도 했어." 지애 시집 잘 가는 것 같아 하신다. "신랑 되는 사람이 아주 좋아보여…… 무엇보다 심성이 착한 사람 같아. 역장도 성실한 사람이라고 칭찬하고. 지애는 잘 살 거야." 지애가 아버지 집에 더 있으면 안 된다. "마음의 병이 깊어지면 죽을 수 도 있어요." 아버지는 지애가 마음의 병이 있다 하신다. 외로워서 생긴 병이니 사랑해주는 사람이 생기면 자연히 치료가 된다고 하신다. "지애가 착하니 백마 탄 왕자가 일찍 나타나서 데려간다고 생각하자……"

지애는 어머니가 돌아가시고 외롭고 슬픈 데다 계모가 들어와서 아들을 낳았다. 아버지는 처녀장가를 들고 아들을 얻었다. 새 여자와 아들 재롱에 아버지의 마음은 점점 지애에게서 멀어져갔다. 이 집에서 지애는 귀찮고 가로걸리는 존재가 됐다. 친구. 잘 살고 있는 거지? 지애가 지혜롭고 참을성이 있으니 좋은 가정을 이루었을 거다.

수복이 되어 서울로

1950년 새벽 5시에 발발한 6·25전쟁으로 서울은 3일 만에 함락됐다. 국방의 방비가 없었던 남한은 밀려오는 괴뢰군들을 피해서 남으로 남으로 내려갔다. 유엔군의 협공으로 1953년 7월 28일 종전이 됐고 우리는 서울로 올라왔다. 오빠와 동생과 나 이렇게 셋이 먼저 와서 복학했다. 부모님들은 부산 집을 정리하고 올라오셨다. 나는 이화여대에 입학했다. 사변 이전에는 외국의 신문화가 가랑비에 옷 젖듯이 조용히 왔었다. 그러나 휴전이 되고 서울이 다시 기능을 되찾자 갑자기 서방의 문화가 빠르고 거세게 밀려왔다. 미국을 동경하고 그 문화를 가지려고 하는 사람들이 많아졌다.

전쟁 전까지는 미국 사람이 어떻게 생겼는지 몰랐었다. 그러나 UN군이 인천으로 상륙해서 괴뢰군을 삼팔선 북쪽으로 밀어놓고 그대로 주저앉았다. 그래서 자연스럽게 미국의 문화를 접할 수 있었다. 거리마다 아름다운 팝송이 확성기에서 흘러나왔다. 트럼펫과 색소폰의 연주도 많았다.

학교 근처에는 '반드시'이라고 할 정도로 음악다방이 등장했다.

돌체라는 음악감상실, 서울대학 문리대 앞에도 '별장'이라는 예쁜 이름의 음악다방이 이층에 생겼다.

대학가의 음악다방에서는 패티 페이지의 〈테네시 왈츠〉, 냇킹 콜의 〈모나리자〉, 레이 찰스의 〈아이 캔트 스톱 러빙 유〉, 〈쎄드 무비〉, 〈아이 웬 투 유어 웨딩〉, 프랭크 시나트라, 빙글로스비 같은 뮤지션도 많이 나왔다. 오빠와 나는 영화를 좋아했다. 코미디물로는 찰리 채플린의 영화와 뚱뚱이와 홀쭉이의 웃기는 영화도 있었다.

영화는 프랑스 영화가 많았다. 흑백영화다. 프랑스 영화는 어둡고 슬프고 가슴을 저미는 아픔이 있다. 끝내는 손수건을 꺼내 눈물을 닦게 한다. 언제나 비극으로 끝난다.

〈망향〉

슬리만 형사와 경찰은 알제리에 숨어있는 도둑 페페를 찾는다. 그러나 지역 사람들에게 두터운 신임을 받고 있는 페페는 주민들의 도움으로 번번이 위기를 넘겼다. 그러던 어느 날 밤, 경찰의 기습을 피해 달아나던 페페는 우연히 빼어난 미모의 여성 가비와 마주치게 된다. 두 사람은 운명적인 사랑에 빠진다. 그리고 동시에 페페의 도피행각도 종말을 고했다. 페페는 경찰에 잡혔고 경찰들에 의해 배에 올랐다. 그리고 배는 망망한 대해로 나간다. 장 가방의 굵고 투박한 그러면서도 넉넉한 연기가 좋고 줄리앙 뒤비비에르의 희미하게 그린 눈썹이 인상적이다.

〈전원 교향곡〉

칸느영화제에서 그랑프리를 수상한 프랑스 영화다.

앙드레 지드의 초기 대표작을 영화화한 문예영화 명작이다.

목사가 눈먼 소녀를 돌봐주며 사랑으로 이끌어가는 순수 애정영화다.

목사역의 피에르 브랑셔의 연기도 훌륭하지만 미쉘 모건의 내면 연기는 놀랍다. 신비스런 미모의 여배우다. 할리우드의 영화가 들어오기 전 프랑스 영화는 잔 마레하고 미쉘 모건의 영화가 많았었다.

〈분홍신〉

온몸에 상처를 입은 채 녹초가 된 발레리나가 마지막으로 당도한 곳은 장례식이 거행되고 있는 교회 앞이다. 그녀는 그곳에서 신부에게 분홍신을 벗겨달라고 부탁하고 신발이 벗겨지자 바로 숨을 거둔다. 학교에서 단체로 갔던 영화다.

할리우드 영화는 대체적으로 해피엔딩으로 끝난다.

〈제인 에어〉, 〈폭풍의 언덕〉 같은 명작 소설을 영화한 것이 아니고는 거의가 활기차고 자유롭고 밝다. 처음에는 낯설고 가볍고 오래도록 가슴에 남는 것이 없어 조금 아쉬웠다. 그러나 서부개척시의 총잡이 영화를 선두로 미국 영화가 많이 들어왔다. 세계적인 미인 엘리자베스 테일러를 비롯해서 진 시먼스와 게리 쿠퍼, 존 웨인이 나왔다. 나는 두서없이 보았다. 모아 놓은 프로그램이 큰 박스로 가득했다. 감독과 주연배우의 이름을 모두 외고 있었다. 당시에 능력자라는 프로가 있었다면 나도 영화 부분에서 나가 봄직한 실력자다.

돈암동을 떠나다

일정한 수입이 없는 우리집은 점점 생활이 어려워져갔다. 아버지는 돈암동 집을 파셨다. 당시 유명한 무속인인 조낭자에게 파셨다.

건물에 비해서 대문이 빈약하면 인제가 나지 않고 건물에 비해서 대문이 크면 재물이 흩어진다는 말은 헛말은 아닌 것 같다. 이제 우리에게는 옛날의 여유가 없다. 우리는 돈암교로 이사를 했다. 6·25 남침은 이곳에서 맞았다.

수복이 된 돈암동은 많이 쓸쓸하다. 우리가 사는 곳은 돈암초등학교를 바라보며 오르는 길, 좌우의 한옥마을이다. 고만고만한 학생들 이십여 명이 어깨를 마주한 집들에 살고 있었다. 우리집을 위시해서 오빠 경기, 나 숙명, 동생 진명, 바로 옆집에 유연배 경기고, 여동생 영숙 여상, 남동생 연혁 경동, 앞집의 이준모 경동, 준모 동생 광모 경동, 준모네 옆집 이은수 한성여고, 그의 오빠 진수 배제고, 진수네 집 하숙생 박의갑 경기고, 찻길 건너 병원집 채희영 경기고, 연배네 뒷집 엄인섭 경기고, 조금 떨어져서 조정현 경기고, 그의 누나 조성연 숙명, 성연네 옆집 안인수 경기고, (오빠와 수송, 경기 동창) 정연네 비껴 앞 추연정 숙명, 조성현네서 몇 집 건너 이계주 숙명(나와 동기), 계주 오빠 이석주 경동, 이렇게 많은 친구들 중 남학생들은 우리집에 모여서 철엽도 가고 연극도 하고 음악감상도 한다. 부모님은 이런 것을 모두 도와주신다. 장소를 만들어 주시고 간식을 해주신다. 정말 꿈같은 그 시절이었다. 아름다운 이웃들이었다.

우리는 이곳에서 오빠는 미국으로 유학을 가고 나는 대학엘 들어갔다. 다시 집을 줄인다. 이사를 하는데 가장 가슴 아픈 것은 책들을 처분하는 것이다. 수표교의 단골책방에서 왔다. 서점 사장님은 자기네 서점에서 사 간 책들은 아버지가 구매한 값으로 되 사 가신다고 한다. 큰 나무 궤로 세 짝이다. 나머지 책들은 아버지가 그냥 주었다. 그것은 다섯 궤짝이다. 집을 줄여서까지 오빠를 유학 보냈으나 더는 학비를 델 수가 없다. 오히려 오빠의 학비를 이용한 것으로 생활의 도움을 받는다. 오빠는 장학금을 받아서 공부를 한다. 방학 동안에는 알바를 한다. 고학으로 학교를 마친 것이다. 1953년 당시 유학생들에게는 학자금의 환율이 쌌다. 암시장의 환율보다 엄청 낮은 금액이다. 오빠에게서는 학자금과 생활비를 송금할 수 있는 송금증서(와구)가 온다. 외국 유학생 가운데는 휴학한 사람도 있고 졸업한 후에 남아있는 사람들도 있다. 이런 사람들은 송금증서가 없으면 송금을 할 수 없다. 송금을 필요로 하는 사람들은 유학생의 환율과 암달라상에게 환율의 차액을 주고 송금증서를 산다.

이것은 불법이었을 것이다.

그러나 한국은행에 가면 송금증서를 사려는 사람들로 문전성시였다. 무역을 하는 회사에서도, 암달라상 들도 유학생들의 송금증서를 사려고 한다. 우리는 오빠에게 송금을 하지 못하고 웃돈을 받고 송금증서를 팔았다. 동생(영난)은 이런 심부름도 했었다. 나는 이것을 쓰면서 동생에게 전화로 물어본다. 동생은 모두 기억하고 있다. 동생은 오빠가 고학하느라고 힘들었을 거야. 여름, 겨울 방학은 물론 토요일과 일요일도 일을 한다고 했어……

우리도 고생했지만 동생은 옛 생각이 나는지 울먹인다. 그때 우리 너무 어려웠지? 엄마는 아프고…… 그래서 오빠에게 돈을 못 부치고 동생의 말로는 약 2백 달러 정도의 웃돈을 받는다고 한다. 그때의 환율은 모르겠다. 그러나 약 2백 달러의 돈은 크게 도움이 됐던 것으로 기억된다. "언니 그것으로 생활을 했어. 근데 가끔은 오빠께 돈을 부쳤어. 엄마가 너무 울어서…… 정말이야." 변명이 필요 없는데도 변명을 한다. 어머니가 우시기 때문에 가끔 부쳤다는 얘기다. "다 알아, 그때는 네가 제일 애썼다." 아들에게 돈을 부치지 못하고 차액을 받아 쓰시는 어머니의 마음은 얼마나 괴로우셨을까? 어머니는 많이 아프셨다. 아들이 보고 싶어 매일 불효자는 웁니다 라는 노래를 들으시며 금의환향할 아들을 기다리셨다. 3년 후에 다시 집을 줄여 부암동으로 옮겼다. 그곳에서는 세 동생들이 대학을 마쳤다. 그리고 다시 이문동으로 이사했다. 이곳에서 어머님이 돌아가셨다. 어머님이 돌아가시고 3개월 후에 오빠가 박사학위를 받았다. 그리고 교수가 됐다. 아버지의 집은 자기의 살을 저미듯 줄이고 또 줄여가며 아버지의 자녀들을 낙오자 없이 성장시켜다.

수학박사

내가 초등학교 4학년일 때다. 오빠와 같은 반 친구가 우리 동네에 이사를 왔다. 처음으로 오빠가 친구를 집으로 데리고 온 것이다. 오빠도 조용한 성격인데 그 친구는 더 말이 없다. 어머니가 "진근이는 아주 색시 같구나" 하신다. 우리집에서 진근 오빠의 별명은 색시다. 동생과 나는 그날부터 오빠를 기다린다. 우리 또래로는 처음으로 가까이에서 볼 수 있는 유일한 남학생이었다. 그 오빠는 우리 형제와 함께 먼 통학길을 간다. 학교에서 집에까지 오는 데는 빨라도 1시간 30분 정도가 걸린다. 오빠가 하나 더 생겨서 통학길이 훨씬 즐거웠다. 그러나 그런 즐거운 통학은 길지 않았다. 오빠가 졸업을 하고 상급학교에 진학을 하면서 두 사람은 헤어지게 됐다. 오빠는 경기고등학교를 그리고 진근 오빠는 경동고등학교에 진학한 것이다. 학교가 다르니 자연 왕래가 소원해졌다. 이제 진근 오빠는 우리집에 오지 않는다.

대입 시험을 앞둔 어느 날이었다. 오빠가 나를 테스트한다. 대학교로 진학할 수 있나?를 알아보는 것이다. "오빠가 이것 좀 풀어봐라……" 하고 문제 하나를 건네준다. 나는 풀지 못했다. 오빠가 어머니께 말씀드린다. "어머니, 영선이 대학에 못 들어가요." 퉁명스럽기 그지없다. 그리고 나를 내려다보며 "이런 것도 모르면서 어떻게 대학을 가겠다고 해?" 하며 면박을 준다. 수학 문제였다. 수학은 내가 포기한 지 오래된 과목이다. 루트와 인수분해를 배울 때부터 수학은 배울 것이 못된다고 제쳐놓은 것이다. 그러나 수학, 물리, 화학을 제외한 인문계는 성적이 괜찮았다. 그런데 오빠는 수학 과목 하나만 보고 안 된다고 한다. 어머니가 오빠를 나무라신다. "그러게 가끔 가르쳐도 주고 타일러야지 이제 와서 안 된다고만 하면 어떡거냐?" 하신다.

오빠가 무슨 생각을 했는지 "옷 입어" 그리고 "빨리 따라와" 하며 앞장을 서 어디론가 간다. 돈암교에서 삼선교 쪽으로 간다. 나는 오빠의 빠른 걸음을 따라가느라고 뛰다시피 쫓아간다. 학원이다. 수학 학원인 것 같다. 오빠는 선생님에게 "애 좀 어떻게 해봐" 하면서 내 어깨를 짓눌러 억지로 의자에 앉힌다. 나는 무서워서 고개를 숙이고 있었다. 선생님이 "영선이, 오랜만이다." 하신다. 내 이름을 부르는 것에 놀라 고개를 들고 보니 서진근 오빠다. 오빠는 대학교 일학년인데 학원 교사가 돼있다. 나는 내 눈을 의심했다. 일 년이 넘게 먼 통학길을 같이 다녔는데 중학교를 들어가면서 우리집에는 발걸음이 없었다. 동생과 나는 진근 오빠가 보고 싶었지만 내색하지는 않았다. 그런데 지금 나는 서진근 수학 학원에 끌려와 있다. 오빠는 그동안에도 진근 오빠와 왕래가 있었던 것이 분명하다. 오빠는 "대학에 가고 싶으면 여기서 진근이게 배워야 해. 알았어?" 하며 나를 두고 혼자 가버렸다. 나는 창피하기도 하고 부끄러워서 얼굴을 푹 숙이고 있었다. 오빠가 멀어지자 "선생님 안녕히 계세요." 하고 기어들어가는 목소리로 인사를 하고 학원을 나왔다. 진근이 오빠에게 배운다는 것은 생각만 해도 끔찍한 일이다.

　나는 수학을 잘한다는 사람이 싫어졌다. 수학적인 두뇌를 가진 사람은 내취향이 아니다.

　내가 수학 학원에 다시 가지 않은 것은 두말할 필요도 없다. 수학을 잘하는 머리는 좋은 머리가 아니다. 이상한 머리다. "진근 오빠가 왜 하필 수학 선생이야? 쳇! 웃겨!" 이제 서진근 오빠는 오빠도 아니다. 집에 돌아와서 수학책을 들여다 보았다.

　책을 덮었다. 보나마나 다 안다. 수학은 안 된다는 것을…… 나는 수학 점수에 관계없이 4대 1의 경쟁을 뚫고 이화대학 국문학과에 입학이 됐다.

　서진근, 이 분은 아주 유명한 분이다. 노량진 학원의 회장이며 수학자시다. 서울여행가회를 설립하고 초대 회장을 했으며 잠시 물러났다가 회원들 간청에 못 이겨 회장에 다시 오르시기도 하는 전예가 없는 완전 터줏대감식 회장이시다. 나 조영선과는 매우 깊고 끈끈한 인연이 있다. 친오빠(조영린)와 같은 반 친구이면서 수송학교를 같이 통학했고 헤어진 후 40년 만에 만나 여행인으로 지금까지 아끼며 지내고 있다.

　초등학교 동창이며 같은 돈암동에서 살았으니, 그리고 80세가 넘도록 여행을 같이 했으니 이런 인연이면 귀연이라 하겠다. 이런 일도 있다. 내 절친의 아들이 서 회장님에게 수학을 지도 받았다. 그리고 대입고사를 보았다. 그 학생은 그해의 서울대학교 인문, 자연계 통합 수석을 했다. 이름은 송홍식이다.

　여행가회가 끝나고 돌아가는 회장님 차 안에서 어렸을 때 이야기가 나왔다. 회장님 하시는 말씀 "조 회장이 수학을 배우러 온다고 해서 이제 자주 보겠다 했는데 안 오더라." 하신다.

나는 아직까지 100장 묶음 돈다발을 끝까지 세지 못한다. 꼭 한두 장이 많거나 모자란다. 전자계산기도 사용해 보지 않았다. 나에게는 무엇이든 계산을 해야 할 일이 없었다. 수(數)를 모르는 것만큼 편했다.

서진근 님은 외형이 조용하고 어수룩한 것과는 아주 다른 내면이 있다. 세심하고 예리한 관찰력과 맡은 일에 대한 열정이 그것이다. 여행에 있어서도 꼭 보아야 할 곳, 역사가 있는 곳은 구굴 검색 수준으로 정확하게 설명해주신다. 여행지 이동 중 지루한 버스 안에서 지리와 역사에 대한 문제를 내시기도 한다. 여행이 시작되고 끝날 때까지 회장님을 중심으로 여행이 흐른다. 회원 누구누구는 어디를 못 가봤고 누가 어디를 가보고 싶어 한다는 것, 조 회장인 내가 어디에서 병이 났다는 것까지 모두 기억하는 분이다.

내가 운명적 여행인으로 자부하는 것은 중학교 담임선생님인 김찬삼 교수와 서진근 회장님과의 인연 덕분이다. 김찬삼 교수는 지질학자로서 여행가시다. 그리고 서진근 님은 순수학문인 수학자 여행가다. 서울여행가회에는 앞으로도 많은 유능한 여행인들이 속출할 것이다.

양팔 저울을 아시나요

　양팔 저울은 사람이 양팔을 벌리고 있는 것 같은 모양새의 저울이다. 이 저울은 한쪽에 물건을 올려놓고 다른 쪽에는 추를 올려놓아 평행이 되도록 하는 것이다. 시소의 법칙이다.

　우리집은 여느 집과 달라 안방의 주장이 크신 집안이다. 아버지가 그러시기를 원하시기도 하셨지만…… 나라에서나 가정에서나 경제권이 있고 그 위에 옥쇄까지 있다면 거기에 알맞는 권세도 따르게 마련이다. 집안에 쓰이는 모든 경비와 우리들의 학비 그리고 우리들의 용돈도 어머니가 관리하신다. 그러니 어머니가 대장이시다.

　오빠가 사랑으로 나간다. "저 들어가도 됩니까?" "그래 무슨 할 말이 있느냐?" 아버지가 물으신다. "용돈 좀 주세요. 친구들하고 수원으로 놀러가기로 했어요." 한다. "응, 그래 어머니에게 주십사 해라." "예……" 오빠는 어머니께 말씀을 드리고 돈을 받았다. 오빠는 다시 사랑으로 내려와 아버지께 어머니께서 주셨어요. 한다. 돈은 엄마에게서 받았지만 그것으로 그치지 않고 다시 아버지께 보고를 하는 것이다.

어느 날 오빠가 아주 늦게 귀가했다. 술을 조금 한 것 같았다. 조바심을 하고 기다리시던 어머니가 쫓아나가 방으로 데리고 들어오셨다. "친구들이 송별회를 해준다고 해서 늦었어요. 아버지께 여쭙고 올게요." 하고 다시 일어나서 사랑으로 나가려 한다. 어머니는 아들을 안심시킨다. "아버지는 주무신다. 네가 늦을 것이라고 말씀드렸다. 어서 씻고 자도록 해라." 오빠는 어머님이 이르는 대로 한다. 오빠는 아침에 사랑으로 나간다. 아버지께 "어제는 늦어서 죄송합니다. 술을 좀 마셨어요." 한다. 아버지는 알고 있다. 괜찮다 하신다. 발걸음 소리로 술이 취한 것까지 알고 계시다는 말씀이다. 아버지는 아들이 들어오기를 기다렸으며 아들도 그러신다는 것을 알고 있다. 어머니는 아버지의 몫까지를 말씀하셨다. 하지만 오빠는 아버지께 모든 결재를 맡는다.

오빠는 고차원적인 방법으로 양팔 저울의 추 역할을 한다. 어머니하고 있었던 일을 아버지께 보고하는 것만으로 추의 역할은 충분하다. 그래서 우리집은 언제나 평행을 유지하고 있다. 오빠의 이러한 행동은 아버지는 우리 집안의 어른이시라는 것을 각인시키는 것이다. 아들의 이러한 배려가 고마우나 이미 아버지는 크게 상관하지 않으신다.

오빠는 집에서 동승동 대학까지 걸어 다닌다. 어느 날 어머니가 댓돌 위에 있는 운동화를 집어 들고 "누구 신발이냐 내다 버려라." 하셨다. 바닥이 갈라지고 발가락께가 뚫어진 것이다. 식모가 큰 도련님 거예요 한다. 어머니는 오빠를 불러 신발이 그리되도록 왜 사달라고 말하지 않았냐고 하셨다. 오빠는 아직 더 신을 만해요. 할 뿐이다. 나는 새로 유행하는 운동화를 신고 싶어서 말짱한 운동화를 일부러 찢었던 적도 있었는데……

이런 일도 있었다. 초등학교 때의 일이다. 오빠는 수와 기억력의 천재다.

정원이 완성돼서 담을 쌓을 차례다. 오빠는 담 경계선을 따라 걷기만 했다. 그리고 벽돌의 수를 적어 아버지께 드렸다. 미장공들이 제시한 것하고는 많은 차이가 있었다. 아버지가 의아해하시면서 망설이시더니 "그래도 이백 장 정도는 여유를 둔 것입니다." 한다. 아버지는 오빠의 계산대로 벽돌을 주문했고 그것은 충분한 것이었다.

한번은 어머니가 오빠 바지를 빨려고 주머니를 터시는데 장학금 받은 영수증이 떨어졌다. 어머니는 오빠를 불러 너 장학금 탔니? 하고 물으셨다. "네" 근데 왜 말을 안 했느냐고 하셨다. 오빠는 "지난번 것은 석호(가장교사로 고학하는 친구)주고 이번 것은 여기 있습니다." 하고 서랍에서 돈을 꺼내 놓는다. 어머니는 돈을 어디다 썼는가를 묻는 것이 아니다. 장학금을 탔으면 탔다는 말을 해야지 하신다. 오빠는 "어머니께 말씀드리면 사람들에게 자랑하시면서 한턱 내신다고 장학금보다 더 쓰시기 때문에 말씀드리지 않았어요." 라고 한다. 내가 어찌 이런 오빠를 넘보고 오빠만 위한다고 앙탈을 할 수 있을까.

오빠는 책벌레다. 오빠는 책 읽는 것이 취미다. 특별한 일이 없는 날은 아침부터 저녁상 들어올 때까지 얼굴을 볼 수 없다. 방에 들어 앉아 편한 자세로 책을 읽는 것이다. 오빠의 방 넓은 벽면은 책으로 가득 차 있다. 문설주 위의 공간에도 책꽂이를 만들어 책을 꽂았다. 오빠는 가족끼리 또는 친구들과 놀러 가는 것은 내켜하지 않는다. 아주 조용히 음악을 틀어놓고 앉기도 하고 눕기도 하며 책을 본다. 학교 공부는 전연이라고 해도 좋을 만큼 하지 않는다. 그러나 언제나 수석이나 우등을 놓치지 않는다. 아버지는 원래 장서가로서 고서로 된 전집이나 희귀본을 수집하셨다. 그것들은 한문, 일어 그리고 영문으로 된 것들이다. 그러나 오빠가 독서광이라는 것을 간파하시고는 광범위하게 책을 구입하셨다. 세계문학전집, 러시아 문학전집, 시집, 산문집, 논설집, 위인전, 탐정소설, 순정소설, 고문, 세계사, 미술 도감 등 예술가의 생애 많은 참고 서적과 골동과 예술에 관한 책 종교 서적, 신비주의 서적, 과학 서적, 건축의 입문, 브리타니카 대백과사전 이런 것들은 일어판으로 된 것들이다. 여기에 나열된 것은 나도 즐겨 읽었던 것이다. 아버지는 책의 종류를 망라하고 사들였다. 안국동에 있는 이문당과 종로서점이 단골서점이다. 손아귀에 쏙 들어오는 삼성문고 전집도 주문하셨다. 뿐만 아니라 오빠가 요구하는 월간 잡지도 구독 신청하신다. 만화책도 빠트리지 않으신다. 아버지의 예감은 적중했다. 아버지는 오빠에게서 학자로서의 자질을 보신 것 같다. 오빠의 삶에서 책은 떨어질 수 없는 것이라고 판단하셨던 것이다.

오빠는 진짜 우리집의 대들보인가? 그런 것 같다. 아니 어른들이 그렇다면 그럴 것이다. 오빠는 인물, 행동거지, 공부 등 인품에 이르기까지 모두에게서 칭찬을 받는 모범청년이다.

크리스마스 이브에 생긴 일

크리스마스를 앞둔 대학 1학년 때다. 대문을 밀고 박의갑이 들어온다. 박의갑은 통장님 댁에서 하숙을 하는 채희영의 단짝친구다.

"영선아, 너 혼자있니?" "응, 왜?" "영선아, 너 이번 크리스마스 계획있어?" "아니 없어……" "응, 그러면 우리하고 크리스마스 같이 보낼래? 마침 희영이 휴가 받아 올라 온다니까……" "희영이가 영선이 친구들하고 같이 놀도록 만들어 보라고 하던데……" "그래? 생각해볼게……" 희영 오빠는 내가 한때 좋아하던 사람이다.

나는 우리 동네 남학생 가운데서 채희영을 좋아했다. 희영은 큰 키에 서구적인 외모를 가졌다. 학교에서는 미식 축구 선수다. 그의 집은 큰 길을 사이에 두고 우리집에서 마주보인다. 아버지가 의사인 병원집이다.

그러나 채희영이는 내게 관심이 없다. 길에서 마주치면 "일찍 들어가 돌아다니지 말고……" 집게 손으로 볼을 찝어 흔든다. 아주 어린아이 취급을 한다. 흥. (친오빠도 아니면서 오빠처럼 군다. 체!)

"근데 왜 하필 나하고 크리스마스를 보내려고 해. 희영 오빠는 나를 싫어 하는데…… 오빠는 효숙이 하고 사귀고 있어요." 하고 내가 말하니 의갑이가 당황해서 변명을 한다. "아냐, 너를 얼마나 좋아하는데…… 그때는 니가 중학생이었지않아." 한다.

채희영은 의갑이를 통해 금년 크리스마스를 영선이 하고 같이 보내자고 했다 한다. 박의갑은 "자기네는 희영이 하고 친구 한 사람이 더 있으니 너희도 세 사람이면 좋겠다. 알았지?" 다짐을 한다. "응, 알았어."

6·25전쟁이 발발하자 대학에 진학하려던 남자 졸업생들은 군대를 자원하거나 사관생으로 진로를 바꾼 사람이 적지 않았다. 희영 오빠도 의과대학을 지망했었지만 해군사관학교로 갔다. 국방의 의무가 우선인 것이 현 시국이었다. 채희영이 해군사관 생도가 되서 해사 복장을 하고 나타났다. 그때 나는 너무 놀랐다. 멋져! 정말 멋져! 한동안 말을 잊었다. 채희영이 먼저 "영선이 잘 있었어?" 하며 언제나처럼 볼을 꼬집고 나의 눈을 들여다본다. 순간 나는 몸에 힘이 빠지며 나락으로 떨어지고 있다고 느껴졌다. 채희영에게 나의 존재는 언제까지나 소녀이고 동생임을 제삼 다짐하는 순간이다.

채희영가 빡빡 머리 학생일 때도 나는 그의 안중에 없었다. 그런 오빠가 해군사관생이 되어 까만 제복에 금태를 두른 제모를 쓰고 장교 견장까지 갖춘 오빠는 허리우드의 스타보다 더 멋지다. 이제는 더욱 멀게만 느껴지는 희영을 나는 스스로 포기해야만 했다.

그리고 잊기로 했다. 혼자 만의 시작이었고 끝이었던 분홍빛 사연 그러나 그것은 분명한 첫사랑이었다. 아무도 모르게 꼭꼭 숨겼던 것이어서인지 허전했을 뿐 미련도 후회도 없었다.

근데 이제 와서 뜸금없이 보내온 희영의 파티 초청은 무엇일까?

좀 의아했지만 상관하지 않는다. 첫사랑이라면 이미 홍역처럼 앓고 났으니까. 우선 친구들과 의논해 보기로 했다. 친구들은 모두 찬성이다.

나는 머리를 손질하고 손톱을 약간 여유있게 다듬었다. 그리고 메니큐어를 칠했다. "내가 숙녀의 멋진 모습을 보여 줄거야."

의갑이에게서 연락이 왔다. 12시에 로타리 다방에서 만나자고 한다. 친구들도 같이 만나서 인사를 하는 것이 순서라고 한다. 성장을 하고 있는데 친구들이 왔다.

"너 오늘 참 예쁘다." 하며 친구들은 나를 이리저리 돌려세워본다. 그러나 친구들은 훨씬 더 예쁘다. 경숙이는 엘리자베스 테일러가 무색할 미인이다. 석순이는 늘신한 키가 모델 못지 않다. 경쟁을 할 필요도 없다. 이미 등수는 정해졌다. 진, 선, 미 중 나는 미다. 만일 한 사람이 더 필요하다 했다면 나는 명희를 데려왔을 것이다. 그러면 나는 등외가 된다. 우리는 만남의 장소로 왔다.

채희영이 선두로 초면의 청년과 박의갑이 들어왔다. 앉아있던 우리들은 엉거주춤 일어났다. 의갑이가 소파에 앉으며 우리에게도 자리를 권한다. "앉아요, 앉으세요." 그리고 손짓으로 마담을 불러 차를 주문한다. 커피로 통일했다. 나는 친구들에게 채희영과 박의갑을 소개했다. 동네 오빠라고 했다.

친구들은 매우 만족해한다. 잘생긴 킹카들이 아닌가. 친구들이 만족해하는 것 같아서 나는 안심이 됐다. 채희영은 같이 온 친구들을 소개한다. "우리는 경기 48회 동기입니다. 이쪽 박문희는 서울대학교 의과대학을 다니고 이쪽 박의갑은 서울대학교 상과대학에 다니고 있습니다. 본인은 해군사관학교 ○○기 채희영입니다." 하고 소개를 했다.

나도 친구들을 소개했다. "저희는 모두 이화여대 국문과 학생입니다. 그리고 출신 학교는 여기 주경숙은 경기여고를, 또 이분 김석순은 무학여고를 나오셨어요. 그리고 저는 숙명여고를 졸업했습니다."

다시 앉은 자리 순으로 간단한 자기 소개를 했다. 채희영이 먼저 한다.

"채희영이라고 합니다. 영선이의 집에서 마주 보이는 병원이 저희 집입니다. 취미로는 축구를 하고 영화를 좋아합니다."

의갑이가 말한다. "저는 고향이 부안입니다. 중학교 1학년부터 서울서 공부했고요. 희영이가 좋아서 돈암동으로 왔습니다. 음악을 좋아하고 가끔은 등산도 합니다. 부안의 맛있는 음식과 볼거리가 많습니다. 기회가 된다면 여러분들을 초대하고 싶습니다."

모두 박수를 하고 꼭 가보고 싶다고 말했다. 박문희가 말한다. "집은 안암동입니다. 영화를 좋아하고 취미로 바둑을 둡니다. 이상입니다." 모두 박수를 쳤다. 희영이 "금년 크리스마스는 우리 모두에게 일생의 좋은 추억을 남기게 되길 바랍니다." 주문한 커피를 들어 건배를 했다.

잠깐 채희영이 말을 잇는다. "크리스마스까지는 아직 4일이 남아있습니다. 크리스마스 이브에 댄스 파티를 할 생각입니다. 내일부터 저희 집에서 댄스 교습이 있겠으니 나오셔서 연습하시기 바랍니다." 우리는 손뼉을 치며 깔깔거리며 헤어졌다.

춤을 배운다는 구실로 만나지만 그들은 약간의 스텝을 밟을 줄 알고 있었으며 친구들도 초보는 아닌 듯했다. 왕초보는 나 하나 뿐이다. 친구들은 음악에 맞춰 미끄러지듯 치마자락을 살랑이며 홀을 누빈다. 나는 발뿌리만 내다보고 매달리듯 쫓아다녀야 한다. 나와 춤을 췄던 사람은 팔이 아프다며 어깨를 주무른다.

춤은 트롯, 블루스, 왈츠, 탱고 등이 있었다. 블루스 곡으로는 밤 하늘의 블루스(트럼펫 연주) 그리고 우리 가요로 봄날은 간다가 유행했을 때다. 탱고 음반은 이태리의 정원, 여인의 향기, 라 쿰파르시타, 혹 해변에서 같은 경쾌한 것들이 많았다. 그리고 룸바와 지르박은 있었는데 나는 시도해보지 않았다.

남성 세 사람과 여성 세 사람이면 당연히 짝이 맞는데 우리는 그렇지가 않았다. 뛰어난 미인인 경숙이는 누군가에게 끌려 홀로 나가면 음악이 끝나도 돌아오지 않는다. 석순이도 비슷했다. 특히 채희영은 내 앞에 오지 않았다. 원래 나는 눈치가 없는 숙맥(바보)인지라 다소 무안하고 어색한 분위기를 느꼈지만 내색하지 않았다. 나는 빨리 크리스마스 파티가 끝나기만을 고대했다. 어색하고 어정쩡한 댄스 교습이 끝났다. 나는 그동안 속이 매스껍도록 뒤틀렸었다. 나는 그때 받은 춤에 대한 환멸로 춤과는 먼 삶을 살았다.

크리스마스 날이다. 그해는 눈이 그렇게나 좋았다. 탐스러운 눈이 꽃송이처럼 내려와 온 천지를 덮었다. 숙녀 셋과. 청년 셋은 돈암교에서 삼선교까지 눈 위를 걸었다. 눈은 내리지만 포근한 날씨다. 잠시는 모두 즐거워 보였다. 깔깔대며 웃고 눈 뭉치를 던지고 맞지 않으려고 도망가고, 소년소녀들처럼 즐거워했다. 예정되어 있었던 것이었는지 의갑이가 경숙이와 팔장을 끼고 앞서간다. 석순이도 박문희와 짝이 되어 걷는다. 희영이가 내게로 오고 있다. 희영이는 우리도 걷자 하고 사관학교 유니폼인 검은 망토 자락을 들어 나를 감쌌다.

아마 내가 추워 보였던 것 같다. 희영이는 나를 내려다 보며 "우리 영선이 화났니? 미안해…… 정말 화났구나." 한다. 나는 아니라고 머리를 흔들었다. 하지만 춤을 배울 때 경숙이 만을 따라다니던 것이 떠올라 어금니를 물었다. 대답하지 않을 생각이다. 희영은 "너 정말 화났구나. 근데 그렇게 화낼 일은 아냐, 나중에 알게 될 거야." 하며 나의 얼굴을 두 손으로 받혀들고 눈 위에 입을 맞춘다. 그리고 "우리 내일 만나자. 둘이서만…… 오빠가 맛있는 것 사줄게……" 언제나처럼 볼을 꼬집는다. 나는 잠시 어리둥절했다. 희영이가 재차 말한다. "내가 다 얘기해 줄게, 알았지? 우리 영선이 화 안 낼 거지?" 한다.

그러나 나는 그 소중한 시간을 이끌어가지 못했다. 가만이만 있어도 될 것을…… 나는 어리석고 그리고 바보인 것을 고백할 수밖에 없다. 나는 희영의 품에서 빠져나와 팔짝팔짝 뛰면서 "오빠 나 화 안 났는데, 화 안 났는데…… 오빠 속았지." 하며 도망갔다. 그것은 어렸을 때부터 하는 나의 무의식적인 버릇이다. 그 순간 우리는 다시 오빠 동생으로 되돌아갔다. 나는 후회했다. 가슴이 미어지는 것처럼 괴로웠다. 속이 상했다. 다시 그 망토 속으로 들어갈 수는 없다. 그것이 3년간의 짝사랑이자 3시간 첫사랑의 전부다.

춤에서도 왕따를 당하고 아무리 세련되게 모양을 내도 친구들에게 미치지 못한다는 것을 안 나는 파티가 부담스럽고 지겨웠다. 빨리 끝났으면 좋겠다고 생각했다. 그러나 한편 채희영이 눈에, 키스해 준 것으로 기분은 풀어져 있었다. 내일은 어떤 옷을 입을까 무슨 색 백을 들을까를 생각하면서 파티 장소인 의갑의 하숙집으로 갔다.

의갑이의 하숙방에는 조촐한 파티 상이 준비되어 있다. 댄스 파티를 하려고 희영이네서 전축도 가져다 놓았다. 예쁘게 포장한 선물 세 개가 놓여있다. 우리는 모두 와인을 마셨다. 다들 마셔야 한다는 바람에 나도 조금 마셨다. 의갑이가 기타를 치며 노래를 부른다. 가곡 보리수다. 원어로 불렀다. 무심히 듣다가 깜짝 놀라 다시 둘러보게 하는 그런 음성이다. 두번째는 트롯을 노래했다. 지금은 잊었지만 고향을 떠올리게 하는 구성진 가락이다.

당시 우리 대학생들은 대중가요를 부르지 않았다. 팝송 아니면 가곡을 불렀다. 마지막 춤을 그대와 함께라든지 쎄드무비, 고향생각, 사우, 선구자 같은 가곡을 불렀다.

흙냄새 고향이지…… 의갑이의 노래가 끝나자 갑자기 방안의 공기가 서먹해졌다. 누군가가 노래를 이어서 불러야 하는데 의갑이 노래에 이어서 부를 노래가 없는 것 같다. 어색한 분위기를 의갑이가 깼다.

의갑이는 약간 격양된 목소리로 그러나 호소하는 듯한 눈길로 경숙이를 보며 "다시 한번 간청하는데 안 되겠습니까?" 하며 밑도 끝도 없는 말을 던지는 것이다. 나는 "이게 무슨 말이야? 어째 이 자리에서 이런 말이 나오는 거야?" 이런 장면은 상상도 못한 일이다.

방바닥에 앉아 다리를 세워 두 팔로 감싸 안고 새침을 떼고 있던 경숙이는 "네, 싫어요." 하고 앙칼지게 대답한다. 그러자 순간 박의갑이 마시던 와인잔을 이빨로 와자작 씹어 술과 함께 우루루 꿀컥 삼키는 것이다. 순식간에 일이다. 그의 입은 피투성이가 됐고 방바닥에도 유리조각과 피로 흥건하다. 이성을 잃은 의갑은 괴로움에 몸부림을 친다. 우리는 엄마야…… 하고 울부짖으며 방에서 뛰쳐나왔다. 그리고 그 길로 뒤도 돌아보지 않고 각각 헤어져서 집으로 갔다. 그들과의 만남도 그것으로 끝났다. 의갑이도 고향인 부안으로 내려갔고 희영이도 작별의 인사 한마디 없이 서울을 떠났다.

휴가를 다 마치지 않고 서울을 떠난 것이다.

방학이 끝나고 개학을 했지만 친구들은 나를 피했다. 그애들은 그날의 사건 사유를 내게 말해줘야 했기 때문이다.

나의 첫사랑은 혜화동에서 돈암교까지의 왕복 눈길, 세 시간이 고작이었다. 내가 모르는 일이 분명 있다. 불가 5일간의 짧은 기간에서 나만이 모르는 일이 생겼다. 그것이 무엇일까?

그로부터 반세기나 되는 긴 세월이 속절없이 흘러갔다. 50년 세월은 결코 짧은 것이 아니었다. 당시 대학생이었던 우리들은 거의가 결혼을 해서 자녀를 두고 더러는 자녀들을 출가시켰다. 다니던 직장에서는 은퇴를 했다. 연금으로 노후를 설계하는 노년기를 맞았다. 나는 그동안 여행을 하고 방송을 하고 글을 쓰면서 여행인으로, 작가로의 생활을 하고 있었다. 나도 딸을 출가시켰다. 무서운 세월이다.

서울여행가 모임, 그날은 여행 동호인들이 모여서 여행 이야기를 하며 저녁을 같이 하는 날이다. 식탁을 앞에 두고 회원들이 빙 둘러앉았다. 신입회원을 소개하는 시간이다. 총무가 일어나서 신입회원을 소개한다. 그 신입회원은 바로 내 옆자리에 앉아있었다. 연세는 있어 보이나 단정하고 스마트하다는 인상을 준다. 이번에 새로 오신 분은 성함은 이희태 씨며 해군사관학교를 나오시고, 해군학교 교수를 역임하시고, 대령으로 제대하신 분이라고 소개한다.

만일 저분이 연세가 비슷하다면 채희영을 알 수 있을 것이라고 생각했다. 이희태 씨가 일어나서 성함과 앞으로 함께 여행하게 되어 기쁘다는 인사를 했다. 그분이 자리에 앉았다. 내가 맥주 한 컵을 권해드렸다.

나는 혹시 채희영이라는 분을 아세요 하고 물어보았다. 단 한마디 이름 석 자를 말했을 뿐이다. 그런데 그분은 깜짝 놀라면서 아주 가깝게 지내는 일 년 후배라고 하신다. 아 이렇게 쉽게 찾을 수 있는 것을…… 이희태 씨는 다음 모임에는 채희영하고 같이 오겠다 하고 헤어졌다

다음 모임을 기다리는 그 한달 동안은 더러는 잊었다가 더러는 역사적인 크리스마스 이브를 떠올리며 그리움에 잠겨 지냈다. 의갑이는 어떻게 됐을까. 경숙이는 십여 년 전에 세상을 떴는데……

또다시 여행가 모임의 날이 됐다. 연락을 받고 모임 장소로 나갔다. 소공동에 있는 한식집이다. 내가 들어가니 회원들이 "조 회장님 여기 손님 오셨어요." 하며 나를 끌어 안쪽으로 안내한다. 거기에는 초로의 신사, 반백의 채희영 씨가 와 있었다. 그는 일어서서 팔을 크게 벌려 나를 얼싸 안고 "너 아직도 예쁘다." 하고 말한다. 난 대답하지 못했다. 그냥 웃는 얼굴을 보이려고 애썼을 뿐이다. 그리고 순간 세월의 무정함을 보았다.

"오빠 그동안 어디 있었어" 우리는 어느새 50년을 껑충 뛰어넘어 옛날로 돌아갔다. 오빠는 여전히 잰틀하다. 모임이 끝나고 채희영과 나 그리고 이희태 씨는 자리 옮겨 얘기를 나누었다. 채희영이의 첫 말은 "경숙이는 어디에 살아?"였고 내가 물은 것은 "의갑이는 잘 있어요." 라고 한 것이었다. 우리는 동시에 "게는 죽었어" 라고 대답하여 서로가 어리둥절했었다.

시간이 많이 늦은 지라 아쉬움을 남기고 일어났다. 집에 돌아왔다. 나는 가로등 밑에 차를 세우고 한참이나 앉아 있었다. 추억이 꼬리에 꼬리를 물고 일어난다.

어이없이 헤어져서 50년, 핸들 위에 두 손을 올려놓고 자세히 들여다본다. 혈관이 두드러지고 주름이 자글자글한 손이다. 아! 어느새 이렇게 늙었나.

우리가 두 번째 만난 것은 올림픽공원 동문 벤치에서다. 채희영의 집은 성내동이다. 여기 이 공원에서 차로 10분 거리다. 우리집은 문정동. 방향은 다르지만 여기서 역시 10분 거리다. 같은 송파구에 산다.

내가 손을 흔들자 먼저 와 있던 희영이가 자판기에서 커피를 뽑아 들고 기다린다. 우리는 벤치에 앉았다. 희영이 내게 커피를 들고 있으라고 한다. 그리고 윗저고리 안주머니에서 무언가를 꺼내 내게 준다. 빛이 누렇게 바랜 사진이다. 의갑이가 기타를 치며 노래를 부른다. 지금 봐도 멋진 청년이다.

박의갑은 부안의 대지주의 외아들이다. 전북도지사 상을 받고 경기고등학교에 입학한 수재다.

"멋진 놈이지…… 언제부터인지 너에게 놀러오는 경숙이에게 사랑을 갖게 됐다고 했어. 너와 헤어져서 집으로 돌아가는 경숙이를 뒤따라 갔었나봐, 여러번. 너는 몰랐지만…… 의갑이는 경숙이를 몇 번 만났데…… 석순이도 같이…… 의갑이는 경숙이의 부모님도 만나 뵙다고 했어. 많이 속을 태웠나봐…… 어떻게 이루어질 수 없을까? 고민을 할 때 내가 휴가를 오게 된 것이지…… 크리스마스 파티는 우리가 경숙에게 접근하려고 작전을 짠 것이었어." "그럼 그때의 일은 나만 몰랐던 거야? 그런 거야?" 나는 너무 이치구니가 없어서 화를 발칵 냈다.

오빠는 경숙이와 석순이를 만나려는 작전으로 나를 이용했고, 친구들은 새로운 남학생인 희영이와 문희를 만나려고 나를 속인 것이었다. 이제 그날의 일들이 이해가 된다. 그리고 (확실한 것은 크리스마스 파티가 나 조영선을 위해 한 것이 아니라는 것이다.) "미안 미안 그 일은 내가 사과할게…… 너에게 모두 얘기하려고 했는데, 그날 그런 일이 일어나서…… 미안"

박의갑은 자기의 고민을 희영에게 털어놓고 의논했다 한다. 사실 채희영은 의갑이의 짝사랑이 그렇듯 심각한 것이라고는 생각지 못했다고 한다.

의갑이는 인물도 좋고 가문도 훌륭한데다. 됨됨이가 마음에 드는 친구다. 의리가 있을 뿐더러 바르고 양순한 그런 친구, 거기에 여러 가지 재주가 있으니 노래도 오패라 가수에 못지 않다. 채희영은 영선이에게 크리스마스 파티에 파트너를 소개해 달라고 하면 아마 그 애들을 데리고 올는지 모른다. 만약 그리만 된다면 우리가 어떻게든지 성사를 시켜보겠다고 했다는 것이다. 거기까지는 그네들의 생각대로 됐다.

경숙이는 경기여고를 나와서 이화여대 국문과에 들어왔다. 나하고 같은 반이다. 아마 그 당시 장안에서 가장 아름답고 세련된 학생이 아니었나 싶다. 서울에 있는 남학생 특히 경기고등학생은 적어도 20% 이상이 그녀를 알고 있을 것이고 많은 남학생의 가슴을 태우는 여성이었을 것이다.

경숙이를 영화배우에 비한다면 프랑스 여우 다니엘 다류나 까뜨리나 드느브라고 생각한다. 육감적이면서도 신비로운 아름다움이 있었다. 보일락 말락 희미하고 가는 눈썹이 잘 어울렸다. 의갑이는 고향집에서 아주 귀한 보물도 갖다 줬다고 했다. 허백련 화백의 병풍이라나 그림 액자라나…… 자세히는 모르겠다. 어쨌던 보물 차원이라 한다.

그러나 클레오파트라가 뇌물을 받았다고 누구에게나 허락을 하겠는가. 그날 야무지게 거절하는 것을 모두가 봤다. 춤을 배운다고 할 때 채희영과 박문희가 경숙이나 석순이게 매달려 있었던 것은 친구를 위하여 경숙의 마음을 돌려보려는 작전이었던 것이다.

희영 오빠가 내게 와서 화났냐고 묻고 그렇게 화낼 일이 아니야. 차차 알게 될거야. 하던 것이 바로 경숙이와 의갑이의 연애 작전이 그 원인이었던 것이다. 유리잔을 씹어 삼킨 의갑은 병원에서 치료를 받고 고향으로 내려갔다. 그리고 우리는 이렇게 늙을 때까지 만나지 못했다.

그러나 가슴 한구석에는 지금 어디에 있을까? 뭘 하고 있을까? 우연히 바람결에 소식이라도…… 하는 생각은 있었다.

채희영이 국방대학에 교수로 있을 때였다 한다. 헌책 갈피에서 의갑의 사진 한 장이 나왔다. 기타를 연주하고 있는 사진이다. 바로 이 사진이었다. 소식이 없이 지난 지가 꽤 됐다. 의갑이의 생활이 궁금해서 일이 손에 잡히지 않는다. 갑자기 걱정이 돼서 견딜 수가 없었다 한다.

희영은 학교에다 몸이 아파서 일직 퇴근 하겠다고 말하고 부안으로 가는 버스에 올랐다. 의갑이가 보고 싶어서 부안으로 내려 가는 것이다.

같은 시각 의갑은 희영이를 만나러 서울로 올라오고 있었다. 상행하는 버스와 하행하는 버스가 휴게소에서 나란히 멈추어 있었다. 우연히도 둘이는 동시에 밖을 내다보다가 눈이 마주쳤다. 둘이는 똑같이 놀라고 반가워서 떠나려는 버스에서 뛰어내렸다. "너, 어디가니?" "나, 너 보러 서울 가는 길이야." "너는 어디가니." "나, 너 만나러 부안 내려가는 길이야."

이렇게 우연이며 극적으로 만난 두 친구는 그날 관광호텔에서 묵었다고 한다. 둘이는 밤을 새며 많은 이야기를 했다. 그리고 부안으로 내려와서 3일간을 같이 있었다. 의갑이의 농장은 한철에 양파 매출이 30차량이며 다른 농작물도 열차로 반출하는 대농이라 한다. 삼 일을 진탕 먹고 마시며 극진한 대접을 받았다고 한다.

의갑이의 서제에는 각계각층에서 보내온 감사장과 표창장이 쌓여있었다고 한다. 고아원, 양로원, 마을회관 건립, 장학금 등 헤일 수 없이 많은 곳에 기부를 하고 있었다 한다. 의갑이네 소작인들이 어찌나 의갑이를 따르고 존경하는지 부럽고 자랑스러웠다고 했다. 희영이가 의갑이를 본 것은 그때가 마지막이었다. 의갑은 크리스마스에 있었던 사건을 털어버리지 못하고 있었다 한다. 알코올 중독 증상을 보이며 당뇨도 있는지 앞니 사이가 많이 벌어져 있었다고 했다.

그 우수한 두뇌와 예약된 멋진 인생도 박의갑은 버거워했다. 모든 것은 하늘의 뜬구름처럼 허무한 것이라며 삶의 미련은 없다 했다 한다. 다만 있다면 부모님께 죄송한 것뿐이라며 울었다 한다.

채희영은 동창 모임에서 함의균을 만났다. 함 원장 역시 고등학교 동창이며 가까운 사이다. 함 원장 말이 "의갑이가 다녀갔어, 몸이 아프다면서…… 그때 진찰을 했는데 많이 안 좋은 상태였어…… 술 좀 줄이고 영양있는 음식을 먹도록 하라고 이르기는 했는데……"

채희영은 나에게 "너도 함 원장 알지?" "응, 알아."

함 원장이 이런 말을 했어. "그분도 내게 왔었어, 내 환자였어. 하는 거야. 누구? 하고 물었어. 경숙 씨라고 말했어, 그리고 둘은 같은 곳을 앓고 있었어, 똑같이 간이야. 하는 거야. 내가 의갑이도

알아? 하고 물었어. 의갑이는 경숙이가 간암이라는 것을 아느냐는
말이지…… 아니…… 말 안 했어. 말하지 않았다 한다. 함 원장은
의갑이를 첫째 월요일로 경숙이는 첫째 수요일로 진찰 날을 정해
줬는데 의갑이는 그 후로 오지 않았어. 경숙 씨는 일년 정도 내게
왔었지…… 아마. 둘은 비슷한 시기에 같이 떠나지 않았을까? 라
고 했다." 한다.

경숙은 왜 많은 전문의 가운데서 박의갑의 친구인 함 원장에게
친료를 받았을까?

세월이 많이 흘렀건만 희영은 운다. 손수건을 꺼내 눈물을 닦는
다. 자꾸만 닦는다.

경숙이도 오래 살지 못했다. 쉰을 좀 넘겼을까. 국문과 동창회에
서 만났었다. 눈자위가 푹 꺼지고 그늘이 짙었던 것이 지금도 눈에
선하다. 미인박명이라더니.

『폭풍의 언덕』이라는 소설이 있다. 영화도 나왔고…… 로렌스
오리비에가 주연이었다. 오누이처럼 자란 연인들이다. 폭풍우가
치는 언덕에서 히스클리프를 부르는 혼의 목소리는 어쩌면 의갑이
를 부르는 경숙일 수도 있다. 경숙이도 의갑이를 가슴에 묻고 그것
이 병이 된 것은 아닐까.

죽음이 촌각으로 다가오는 캐시를 안고 둘이 놀던 그 언덕을 보
여주는 히스클리프 분의 로렌스 오리비에 그의 검은 눈, 폭풍이 몰
아치는 밤, 들창을 흔드는 바람 속에서 애절하게 히스클리프를 찾
는 캐시의 목소리, 이미 이성을 잃고 캐시를 쫓아 헤매는 히스클리
프에서 나는 언뜻 의갑의 영상을 떠올리고 몸서리쳤다. 순간이지
만 머리가 쭈뼛했다.

채희영과 나는 아직도 남은 커피잔을 들고 벤치에 앉아있다. 채

희영이 사진을 도로 수첩에 끼어 넣는다. "이 사진 덕에 마지막으로 의갑이를 만나게 되었어……" 소중하게 간직하려는 것 같다. 하늘이 꾸물거리며 비를 머금은 바람이 분다. 우리는 일어나 동문으로 왔다. 여기서 오빠는 오른쪽으로 가고 나는 길을 건너 왼쪽으로 가는 버스를 탄다.

"오빠, 잘가. 그리고 또 연락해……""그래, 너도 잘가라. 몸조심하고." 좋은 추억을 남기자던 그 크리스마스는 그리 좋은 추억의 크리스마스는 아니다. 그러나 희영이와 걸었던 혜화동에서 삼선교의 눈길 3시간은 아직도 아름답게 남아있다.

어머니의 모든 것

어머니가 결혼 8년 만에 오빠를 낳으셨다. 그러니 손에서 떼어놓을 수 없이 사랑을 쏟는 것은 당연하다. 아버지에게조차 차례가 가지 않는다. 그러자 연년생으로 내가 태어났다. 이번에는 아버지 차지다. 나는 젖때만 지나면 아버지에게 갔다. 나는 아버지 등에 포대기에 싸여 업히기도 하고 두 발을 모아 아버지 손바닥에 올려져 춤도 췄다. 나는 생김새도 아버지를 닮았다. 아버지는 아이들이 하는 모든 놀이를 같이 하신다. 앞서 말한 것처럼 봉숭아도 물들여주시고 잠자리를 잡으러 들로 나가기도 하고 사진도 찍고 백화점도 들른다. 방학숙제도 같이 한다.

그런데 오빠는 잘 따라나서지 않는다. 언제나 책만 본다. 그래서 어쩔 수 없이 나는 아버지의 딸이 됐고 그분의 모든 것이 됐다. 어머니가 이집에 잘 어울리는 마님이듯이 오빠 역시 부족함이 없는 우리집의 대들보다.

그리고 아버지는 이집의 주춧돌이고 기둥이다. 오빠는 나보다 한 살이 위다. 그러나 그 한 살은 대단한 것이다. 오빠를 어른으로 그리고 나를 영원한 아이로 남게 하는 엄청난 한 살이다.

　오빠는 부모님의 기대에 모자람이 없이 보답을 한 사람이다. 그것은 오빠가 두 분이 원하는 삶을 사는 것으로 보답이 됐다고 보여진다.

　두 분의 바람은 거창하지 않으시다. 소박하다. 아들이 사회나 국가가 필요로 하는 인물이 되는 것이다. 그래서 존경과 사랑을 받았으면 하는 것이다. 그러나 좀 더 바라신다면 시기와 질투에 휘말리지 않는 그런 삶이었으면…… 하는 것이 아니었을까.

　오빠는 대체 얼마만큼의 책을 읽었을까. 지금도 휴가 때 우리집에 오면 누웠다 일어났다 하며 책을 읽는다. 준비해 가지고 다니는 것은 없다. 책은 아무데나 있고 책 속의 활자는 어느 나라의 것도 무방하다. 오빠에게는 모두가 읽을거리다.

　서른셋에 학위를 받고 잠시 대학에서 교수로 있었다. 곧 국제연맹의 경제기구(오스트리아)에서 일했다. 오빠의 전공은 수리경제다. 책임있는 자리에서 삼십 년 가까이 근속하고 은퇴했다. 은퇴 후에는 일본 고베대학 교수로 초빙되어 명예교수로 있었다. 다시 고베대학의 정교수를 제의받았다. 오빠는 정교수를 받아들였다. 칠십세까지 있으면서 내리 두 번이나 학생들이 뽑는 최우수 교수에 뽑혔다. 고베대학을 은퇴하고 관서대학에서 모셔갔다. 오빠는 학생들과 있는 것을 좋아한다. 관서대학에서 받는 봉급은 거기에 유학온 어려운 유학생들에게 거의 쓰여진다. 오빠는 만 80세에 관서대학에서 은퇴했다. 은퇴한 지금은 배낭여행을 하고 있다. 올해로 오년째다. "오빠 안 가본 곳이 거의 없을 텐데 또 여행을 해요?" 하고 내가 물으면 "저희들이 보여주고 싶은 곳을 대접받으면서 다니는 것이 어디 여행이냐? 자기가 보고 싶은 곳을 발로 밟으면서 하는 것이 여행이지." 한다. 오빠도 아버지 아들이구나! 오빠와 나는 미취학 때 중국 목단강에서 금강산까지 아버지와 여행한 적이 있었다.

오빠가 이런 사회인이 되기 위해 피나는 노력을 했다고는 여겨지지 않는다. 그리고 야망을 가지고 누구와 경쟁을 했을 사람은 더구나 아니다. 경쟁자가 있으면 양보하고 비켜가는 그런 사람이다. 오빠는 모든 사람에게 먼저 양보하고 먼저 사과하고 먼저 웃는다. 그렇지 않은 대상이 있다면 단 한 사람 바로 나다.

그것은 내가 인간(사람) 그를 너무 많이 알고 있기 때문이다. 그래서 내 쪽에서 먼저 비실대야 한다. 오빠를 다시 조명해보면 어머니 쪽보다 아버지 쪽을 더 닮았다. 오빠는 이런 말을 했다. "사람들은 어떤 것을 기준해서 성공했다 아니면 실패한 인생이다라고 하는지 모르겠다. 그러나 나는 성공했다고 말하고 싶다. 우선 내 아이들이 나를 좋아한다. 그리고 내리 이년째 학생들이 뽑는 최우수 교수에 뽑혔어. 이것이 내 인생의 평가표다."

아이들이 사랑하는 아버지! 학생들이 존경하는 스승! 그것만이 인생 성패의 기준이라고 여기는 오빠다. 멋져! 정말 멋진 내 오빠다.

나는 지금도 오빠가 어렵고 두렵다. 꿰뚫어 보는 눈이 무섭다. 그러나 그 눈은 내게만 보내는 특별한 눈길이다.

나의 모든 것을 알려고, 도우려고, 보호하려고, 위로하려고…… 마치 그 옛날 나의 아버지처럼. 침묵 속의 나를 읽으려는 눈이다.

오빠는 내가 대학 일학년 때 미국으로 유학을 갔다. 그러기에 내가 기억하는 오빠는 그때까지다. 오빠는 자기가 좋아하는 책 속에서 얻은 진리와 지식과 사상을 밑거름으로 성장했고 그러한 인물을 필요로 하는 사회에서 모셔가는 사람이 됐다. 오빠 사랑해요. 어쩌면 그리도 아버지를 닮으셨어요. 어머니의 아들도 아버지의 선견지명으로 길러진 것이다.

그 집에 다시 태어나고 싶다

나는 어젯밤 늦게 자리에 들었다. 하지만 아버지 생각으로 새벽까지 잠들지 못했다. 그러나 아침이 되어도 피곤하지 않다.

그 시간이 해피엔딩의 영화를 보는 것처럼 재미있고 즐겁기 때문이다. 되감기를 해서 다시 보고 싶은 그런 영화 말이다. 어느 날 용주(둘째 딸)가 내게 말한다. "엄마는 다른 아줌마하고는 달라." "어떻게." "뭐라고 꼬집어 말할 수는 없지만 많이 달라. 아마 할아버지가 오냐오냐 하고 그렇게 응석바지로 기르지 않고 좀 더 다른 지도를 하셨더라면 훌륭한 사람이 됐을 거라는 그런 생각을 해봤어."

"그래?"

그렇다. 대부분의 사람들은 자식들이 훌륭한 사람이 되기를 바라시며 사랑의 매를 든다. 그렇게 해서 성공한 사람들도 많이 있다. 그러나 그것이 사랑의 매라고 감사하게 생각하고 부모님을 사랑하는 사람이 얼마나 될까?

우리 형제들처럼 부모님을 기억하고 그리워하면서 사는 사람들이 더러 있기는 있는 걸까?

나의 막내딸 핸드폰 표지는 내 사진이다. 사진 아래 부분에 "당신처럼"이라는 문구가 적혀있다. "승희야 이게 무슨 뜻이냐?" "응 그것 그냥" "무슨 뜻이야?" 승희는 계면쩍은 웃음을 띠고 "엄마처럼 살고 싶다고요." 하고 말꼬리를 흐린다. 뭉클하며 진한 감동으로 가슴이 메어온다.

지난해에 큰딸을 보러 싱가폴에 갔었다. 딸은 싱가폴 대학 교수다. 큰딸애도 나를 좋아한다. 오빠 말을 빌자면 내 인생도 괜찮은 것이 아니었나 싶다.

남들이 말하는 훌륭하고 성공한 사람은 어떤 사람일까? 무엇이 다르고 어떤 것에서 더 행복을 느끼는 걸까?

이 나이가 되도록 늘 그리운 부모가 계시고 나를 사랑하는 아이들이 있으니 이만하면 됐지 않는가. 나는 우리 부모에서 받은 것처럼 아이들을 그렇게 길렀다. 다른 방법은 모르기도 하거니와 그것이 가장 편하고 쉽기 때문이다.

우리 형제는 5남매지만 오빠가 유학을 가면서 또 하나 둘 결혼을 하면서 뿔뿔이 헤어졌다.

오빠는 비엔나에서 여동생은 필리핀에서 작은 여동생은 텍사스에서 그리고 막냇동생은 토론토에서…… 이렇게 서로가 멀리 떨어져서 살고 있다.

유학을 가서 돌아오지 않았거나 이민을 간 경우다. 이래저래 전화상으로나 간혹 소식을 듣는 실정이다. 부모님이 안 계시고 사는 것에 매이다 보니 누구를 탓할 수 없이 그렇게 됐다.

내가 이렇게 부모님의 사랑을 받고 기억하고 싶은 시절에 막냇동생은 아주 어렸었다.

애기였으니 어울리지 않았다. 그래서 추억거리가 없다.

셋째는 조금은 우리와 비슷한 추억을 가지고 있었다. 형제들이라 해도 모두 같은 추억을 갖고 있지 않다는 것을 알았다.

오빠와 내가 알고 있는 것을 동생들은 모르고 동생들이 기억하고 있는 것을 오빠와 내가 모를 수 있다. 더군다나 동생들이 어려서 오빠와 헤어지고 오랜 세월이 흘렀으니 서로 같은 추억이 있을 리가 없다.

어렴풋이 공통되는 이야기는 금순이 이야기다. 동생들도 금순이 언니에 대한 것은 기억하고 그리워하고 있었다.

지난해 넷째와 나는 치앙마이에서 만났다. 그도 칠십이 넘는 할머니다. 3남 1녀를 모두 출가시키고 손자들도 보았다. 35년 근속한 직장에서 은퇴를 하고 언니인 나를 만나러 온 것이다.

동생에게는 언니가 하나 더 있으니 나는 큰언니로 불린다. 두 달을 같이 보냈다.

형제이기 때문에 서운했던 것들은 만나는 순간 모두 사라지고 철없던 어린 시절로 돌아가 추억담으로 시간을 보냈다. 동생이 내게 묻는다. "언니 언니는 어머니와 아버지 가운데 누가 더 좋아?"

"글쎄 넌 어느 분을 더 좋아하니?" "나는 아부진데……"

"어머 언니가 어떻게 그런 말을 해. 어머니가 언니를 얼마나 위하고 기대를 많이 했는데…… 오히려 오빠한테 보다 언니에게 더 공을 들였어." 한다.

"그래 그건 알지만 나는 아버지가 좋아 엄마한테 밀리고 사람들한테 잘 속고…… 그런 아버지가 더 좋아." 동생은 말한다. "나는 당연 엄마야. 엄마는 나의 종교나 다름없어. 언니 이런 일이 있었어. 우리가 부암동에서 살 때였어. 효자동에서 부암동으로 넘어가자면 큰 고개가 있어 언니 기억해?" "응 기억하고 말고." "내가 어느 날 학교가 끝나고 친구하고 어울리다가 늦어서 집으로 갔어. 버스도 끊긴 지 오래됐어."“왜 그렇게 늦었는데?”“같은 반 친구가 군대를 가게 돼서 송별회를 하다가 늦어졌어. 나는 파티도 끝마치지 않고 자리를 뿌리치고 나와 택시를 잡아타고 집으로 가고 있었어. 막 고개를 다 올라와서 내리막으로 접어들어 차가 빠르게 내려가고 있었어. 그런데 웬 여인이 차마다 손을 들어 세우며 사람을 찾는 거야. 어머니였어. 나는 의자 밑에 숨어서 운전사에게 빨리 가세요. 빨리 가세요. 하고 소리쳤어. 그때는 엄마에게 잡히면 죽을지도 모른다는 생각이 들었어. 내가 집에 도착하고 한 시간쯤 지난 뒤에 어머니가 돌아오셨어."“너 맞지. 아까 그 택시 안에 있었지?”“엄마 죄송해요. 어떤 정신 나간 사람인줄 알고 무서워서 그랬어요. 하고 말했어. 어머니는 꽤 오래 호흡을 가다듬으며 진정하려고 애를 쓰셨어. 그리고 내 손을 꼭 쥐며 무사하니 됐다. 한마디 하시고 방으로 들어가셨어. 그 후에도 그 일에 대해서는 아무 말씀도 안 하셨어. 집에 돌아오니 아버지는 세상 모르고 주무시고 계셨어. 딸이 안 돌아오니 안절부절 못하시다가 그 무서운 고갯마루를 혼자 걸어서 넘어오시면서 택시마다 손을 흔들어 세우시던 어머니를 나는 잊을 수가 없어. 내리막길에서 차를 세우는 것은 위험한데 말야…… 언니 나 그집에 다시 태어나고 싶어. 그 어머니 그 아버지, 오빠 그리고 언니, 작은언니 또 영호(막냇동생) 모두가 다시 한번 그렇게 태어 날 수 없을까?”

깊이 묻어둔 회한의 눈물이 목줄을 타고 흘러나왔다. 껵껵 간장을 저며내듯 가슴을 끌어안고 신음하며 운다. 나도 울었다. 우리는 서로 달래주지 못했다. 그저 서로의 울음을 가슴으로 받아주며 울도록 놔둘 수밖에 없었다.

"나 그집에 태어 나면 잘할 거야" "그래, 그래 알았다. 이제 다시 태어나면 네가 언니해라 내가 동생해 줄게…… 언제나 언니만 호강했다고 속상해 하지 않았니? 그러니 이번에는 네가 언니로 태어나라." "아냐, 아냐" 동생은 눈물로 범벅이 된 얼굴을 쳐들고 "아니야 그래도 언니가 언니해." 한다. 그리고 우리는 다시 울었다. "그래 그리 됐으면 좋겠다. 딸 노릇도 잘해 보고. 언니 노릇도 잘해 볼 수 있게……" 이제까지 살아왔던 세월 속에서 인연을 가졌던 모든 사람들에게 최선을 다하지 못했던 것, 그것이 속상하고 미안하다.

가을에 피는 갈잎 꽃

골인 점에 다다른 인생

우리 내외는 산책을 나왔다. 군부대 쪽으로 가고 있었다. 부대 정문 앞에 대문이 독특하고 아름다운 집이 있다. 조리개를 맞추고 한컷 찍으려는데 남편이 재빨리 대문 앞에 서서 포스를 취한다. 좀 더 걸었다. 리조트 앞에 꽃들을 장식해 놓았다. 카메라를 들이대니 또 남편의 모습이 잡힌다.

'응? 이게 어떻게 된 일이야? 남편이 사진을 찍으라고 포즈를 취하다니?' 남편은 사진 찍히기를 아주 싫어한다. 그래서 증명사진 외의 사진은 아이들 결혼 때 웨딩 분위기의 가족사진에서 볼 수 있는 것이 전부다.

이것저것 둘러보니 그동안 많은 것이 이미 변했고 변해가고 있었다. 우리 부부는 50여 년을 같이 살아오면서도 함께하는 것이라고는 별로 없다. 생각과 취미가 다른 것은 그렇다 치더라도 생활습관도 전혀 다르다. 남편은 일찍 자고 일찍 일어난다. 나는 늦게 자고 일찍 일어난다. 남편은 몸에 좋다는 것을 선호하고 나는 입에 맞는 것만 먹는다.

남편은 주일이면 어김없이 성당엘 가고 나는 가지 않는다. 젊었을 때는 내가 성당엘 다녔고 남편이 집에 있었다. 우리는 영화를, 음악을, 운동을, 텔레비전을, 여행을, 병원을, 성당을…… 같이 가지 않는다. 부부모임을 같이 하지 않는다. 식사도 가족과 함께 하는 적이 드물다.

그러나 별로 투정없이 불편하지 않게 여기까지 왔다. 결혼 전에 남편은 오페라 티켓을 보내오고 레스토랑에서 풀코스의 디너도 사주었다. 바람이 부는 날 광나루 다리를 건널 때는 외투를 벗어 내 어깨를 감싸주던 다정하고 멋진 청년이었다.

나는 그런 그에게 어울리는 삶을 그리며 웨딩드레스를 입었다. 그러나 그 멋진 청년은 결혼과 동시에 어딘가로 사라지고 아주 무서운 조선시대의 가부장으로 둔갑해서 내 위에 군림했다.

남편은 소년 과부인 시어머님의 외아들이었다. 애석하게도 남편은 시어머니의 섭정을 벗어나지 못하는 효자였다. 시어머니는 가정이 평안하고 부부가 다정한 것을 본능적으로 견디지 못하신다.

어떤 것이라도 트집을 잡아 며느리인 나를 곤욕스럽게 만들어야 직성이 풀리신다.

아내와 어머니의 의견이 다를 때 남편은 언제나 어머니를 택한다. 남편은 잘잘못은 가리지 않는다. 그럴 필요가 없다.

그는 이미 모든 것을 알고 있다. 그러면서도 언제나 어머니 손을 들어드린다. 효자니까. 그리고 아내는 질 참으니까.

시어머니는 늘 소란거리를 만들어 남편의 화를 돋군다. 기어이 큰소리가 나게 하신다.

그 대부분의 이유는 내게 있었다. 자손 귀한 집에 와서 딸만 셋

낳다는 것과 계집애들을 극성맞게 공부시켜 아비 등골 다 뺀다는 것이다.

남편은 점점 귀가시간이 늦어졌다. 만취가 되어 자정을 넘어 들어왔다.

시어머니 말씀으로는 딸만 있어서 늦게 들어온다는 것이다. 그런지도 모른다. 그러나 그게 왜 내 책임인가.

한동안은 분하고 억울하고…… 그래서 밤마다 울었지만 딸 셋을 둔 여자가 이혼을 하고 독립해 살기는 어려운 세상이었다. 여러 날 고민을 했다.

이혼을 한다면……아이들에게 엄마, 또는 아빠 중 누군가는 없게 된다. 경제적으로 곤란하다. 그래도 나는 감당할 수 있다.

그러나 남편은 어떠한가. 다른 여자와 결혼을 한다 해도 시어머님의 범주에서 결코 벗어나지 못한다. 그리고 어느 여인이라도 이러한 시집살이를 견뎌낼 수는 없다.

남편이 불상하다. 남편도 내가 구해줘야 한다. 그러기 위해서는 함께 살면서 남편을 시어머니에게 줘버리는 방법이 있다.

나는 참고 견디기로 했다. 즐기면서 참기로 했다. 그리고 내 가정과 내 딸들과 내가 행복하게 살아갈 수 있는 길을 찾았다. 그것은 의외로 너무나 간단하고 쉬운 것이었다

나는 그분들에게 트집 잡힐 거리를 없애는 방법으로 대화를 줄였다. 그리고 "네" 한마디만 한다.

남편 또는 시어머니가 오라면 오고 가라면 가고 앉으라면 앉고 죽으라면 죽는 시늉을 한다. 나는 행동으로 하고 대화는 좀처럼 안 한다. 대화 가운데서 어머니는 트집거리를 찾아내시기 때문이다.

나는 시어머니가 계획하시는 것, 남편이 맞장구치려는 것, 그리고 죄 없는 딸들과 아내에게 화풀이를 해서 효도하려는 것, 이러한 삼류 각본을 모두 꿰뚫고 있기에 놀라지도 않고 걱정도 않는다. 나에게는 언제나 번득이는 지혜가 있었다.

(孫子兵法에 知彼知己면 百戰不殆라는 말이 있다. 상대를 알고 나를 알면 백번을 싸워도 위태롭지 않다는 孫武의 유명한 병법이다.)

시어머니께서는 며느리가 놀라지도 겁먹지도 않는 것이 괘심하셨으리라 그러나 "네" 하며 첫 마디에 복종하는 며느리를 당신인들 어찌하겠는가?

참는 것에도 한계가 있는 법이다. 지친 쪽은 남편이다. 남편은 가정과 어머니를 함께 멀리했다.

어머니에게는 자식된 도리로 생활비를…… 가정에는 가장의 책임으로 생활비를…… 그리고 자신은 친구와 술로 막힌 숨통을 튼 것이다.

나는 비열한 수법으로 남편을 다시 효자로, 며느리인 나 자신은 효부로, 시어머니를 현모로 그리고 가정은 스위트 홈으로 포장했다.

시어머님은 만족하시고 남편은 편해졌다.

나도 아이들도 모두 편하고 만족하다. 남편(아버지)은 내 남편, 아이들의 아버지. 그러니 같이 어울려야 한다는 고정관념을 버렸을 뿐인데 생각보다 초라하지 않고 굴욕적이지도 않을 뿐더러 행복하고 즐거웠다.

나는 딸들이 있어 행복했고 책이 있어 좋았고 남편과 시어머니하고 말을 섞지 않아서 편했다.

남편도 그랬으리라 짐작됐다. 친구와 술을 좋아하니 가정에 얽매이지 않고 아내의 잔소리도 없고, 어머니와 아내의 다툼도 아랑곳하지 않게 됐다.

그러한 우리 내외에게 이 나이에 와서 함께할 수 있는 일이 무엇일까? 아이들이 제 갈 길로 가고 시어머님도 84세로 저세상으로 가셨다.

남편이 슬그머니 카메라 속으로 들어오고 아내인 내가 찍는다. 걸음이 빠른 남편은 뒤처져서 어슬렁거리는 아내를 무섭게 쏘아보던 사람이었다.

그런데 이제는 보조를 맞춰 걷기도 하고 앞서 걷다가 슬그머니 기다려 주기도 한다. 무엇이 이 사람을, 아니 우리를 이렇게 변하게 했을까?

굳이 든다면 그것은 연륜과 환경인 것 같다. 각박하고 긴장된 서울 살림을 버리고 태국의 북쪽 치앙마이로 온 지 5년 됐다. 태국의 자연은 애써 가꾸지 않은 그대로의 자연이다.

사람들 역시 심성대로 소박하게 살고 있으니 그 또한 자연이다. 한세상을 자기 고집대로 산 사람들이 이렇게 맥없이 떼 한번 써보지 못하고 앙탈도 부려보지 못한 채 용해되어 가는 것은 무엇 때문일까.

인내심 하나만 믿고 버텨 온 반세기 속에서 오로지 남은 것은 자존심이라고 우겨왔던 고집이었는데…… 언제 이렇게 됐어, 무슨 조화야?

이제 우리 부부는 모서리가 닳아버린 돌처럼 둥글게 됐다. 아무렇게나 끼어 맞혀도 천연덕스럽게 맞추어진다. 말이 없어도 통하고 무슨 일을 한다 해도 그저 웃으며 넘어간다.

발길이 집을 향하면 이제 집으로 가려나 보다. 가게 앞에 머무르면 무엇을 사려나? 그것은 자연의 힘이었다. 반항적으로 날카롭거나 아니면 굴욕적으로 비굴해지는 삶으로 위축됐던 신심이 자연의 넉넉한 시 공간에서 자연 치유된 것이다.

문득 아이들에게 미안한 생각이 든다. 이렇게 젠틀한 아버지를 딸들은 알지 못한다. 목소리 크고 눈 부라리고 화를 잘 내며 술 좋아서 가정적이지 않은 아버지로 착각하는 아이들이다.

'얘들아 아버지 많이 변하셨다.'

우리는 절망의 위기에서 각자의 방식대로 책임과 도리에 충실하며 살아왔다. 남들 하고는 다른 믿음과 연민이 서로에게 쌓여갔다.

아이들은 모두 공부를 마치고 가정을 꾸리고 사회인으로서 자기의 일을 하고…… 나 자신은 시집살이를 소제로 책을 쓰면서 작가가 됐고 가정을 버릴 것인가? 모두를 끌어안을 건가의 기로에서 여행을 배웠다.

지금은 친구처럼 된 남편이 본래의 모습으로 돌아오고…… 내가 아내로서의 주장을 포기했던 것이 남편과 아이들에게 큰 상처를 주지 않은 결과가 돼서 기쁘다. 남편을 효자로 남아있게 해서 기쁘다. 시어머니가 소원대로 사시다 가셔서 다행이다.

무엇보다 나를 다시 찾고 하고 싶은 일을 해서 행복했다. 나는 치앙마이의 가을 나무를 보고 있다. 그것은 갈잎이 만발한 가을 나무다. 또르르 말린 가랑잎이 마치 꽃송이처럼 달려있다. 갈색 꽃처럼 보인다. 분명 꽃이 아닌데 꽃인 척 달려있다. 인생의 봄, 여름이 없던 나처럼 갈잎 꽃은 늦가을에 만들어진다. 아직도 여자인 척하는 지금의 모습처럼 말이다.

돌아올 때 보니 대문이 예쁜 그 집은 레스토랑이었다. 문을 밀고 들어가 보았다. 레스토랑은 잘 정돈 돼있고 재즈가 흐르고 있었다. 남편이 차를 주문했다. "아이스커피, 당신은 뭘 마실 거야. 나도 같은 것, 당신은 뜨거운 것 좋아하지 않아?" "응 그래도 오늘은 찬 것 할래……" 남편이 내게 무엇을 마시겠느냐고 물은 것도 처음이고 따뜻한 커피를 좋아한다는 것을 알고 있었다는 것도 놀라운 일이다.

나는 다시 올 거다. 이곳에 어울리는 차림을 하고 너와 지붕 아래 놓인 저 테이블에서 남편과 아침을 먹어야지, 결혼 이전의 그 어느 날처럼……

2부

금순 언니

금순 언니

금순 언니는 아홉 살 때 우리집으로 왔다는데 나는 기억하지 못한다. 금순 언니가 나를 업고 창신동 돌산으로 또 학교 운동장으로 다니던 언니 나이 열세 살 그리고 내 나이 네 살 때가 기억의 시작이다. 언니는 스물두 살에 시집을 갔다. 나는 열세 살이었다……시집가기 사흘 전 처음으로 언니가 고향 이야기를 해줬다. 언니가 들려준 얘기는 대강 이러했다.

언니는 강화도 교동면 대룡리가 고향이다. 인천 월미도에서 강화 교동까지는 발동선으로 일곱 시간이 걸린다. 아버지는 면서기로 계셨는데 밀주사건에 연류되어 옥고를 치렀다. 억울한 누명을 쓴 것이라고 한다. 아버지는 분함과 옥고의 후유증으로 고생하다 돌아가셨다.

언니가 다섯 살 때였다고 한다.

긴 병수발에 논도 밭도 다 팔아 없어졌다. 집 한 칸도 남기지 않고 세상을 뜨신 것이다. 지금은 남의 집 행낭채에서 살고 있다. 거기서는 멀리 연백이 보인다고 한다. 강화 교동은 가뭄이나 태풍이 없는 지대라서 언제나 농사가 잘된다. 서울 가까이의 곡창지대다. 요즘은 고시히카리라고 불리는 최우수 품종의 쌀이 나오는 곳이다. 전국적으로 풍년이 들어 쌀이 넘쳐난다. 그러나 이곳 교동의 쌀은 일찌감치 좋은 값에 팔린다.

금순이는 교동초등학교를 다녔다. 2학년 여름방학이었다. 광산에서 덕대로 일하고 있는 외삼촌이 식모를 구하려고 교동에 오신 것이다. 사장(광산 주)님 댁에 아이를 볼 사람이 필요하다고 했다. 마님이 첫아들을 낳고 두 돌이 채 안 되어서 곧 동생이 태어나기 때문이라고 한다. 살림을 하는 식모는 있지만 애들과 놀아줄 사람을 구한다는 것이다. 교동에서도 넉넉지 못한 집 아이들은 집을 떠나 도시로 나간다. 여자아이들은 가사를 돕는 일로 도시에 나간다. 그 시절에는 예사로 있던 일이다.

금순이 어머니는 여기저기에 수소문을 해보지만 마땅한 아이가 없었다. 건넌마을 광모 동생 순자도 인천으로 나갔고 소금집의 막내딸 정애는 화문석을 짠다고 한다. 진천이 아버지가 삼촌에게서 담뱃값을 받아 넣고 자전거를 끌고 나갔다. 자전거로 동네 한 바퀴를 돌며 알아봐 주겠다고 한다. 삼거리 건너까지 알아봤지만 벌써 인천으로 다 나갔다. 일할 만한 아이는 눈을 씻고 찾아봐도 없다고 한다.

삼촌은 실망한 듯 대청마루에 대자로 누웠다. 낭패한 기색이 완연하다. "쇠똥도 약에 쓰려면 없다더니……" 재작년까지만 해도 눈에 밟히는 게 계집아이들이었다. 삼촌은 교동에만 내려가면 계집애들은 얼마든지 있어요. 장담을 하고 왔다. 그런데 막상 구하려니 만만치 않다. 금순이가 밥 먹은 자리를 걸레로 닦고 있을 때다. 외삼촌이 슬그머니 다가온다. 어머니 몰래 속삭인다. "너 서울 안 갈래? 학교도 보내주고 용돈도 줄게……" 넌지시 금순이의 속을 떠본다. 금순이는 싫어요. 한마디로 거절하고 부엌으로 나왔다. 삼촌이 앉아있는 뒷마루를 무섭게 째려본다. 사람을 어떻게 보고하는 소리야? 도시 사람들은 시골 사람들을 자기네 하인처럼 생각하나 봐…… 금순이는 외삼촌이 미웠다. 누구를 식모로 부리려고? 금순이는 물항아리에서 냉수를 한 바가지 떠 단숨에 들이켰다. 턱으로 떨어지는 물을 행주치마로 닦는다. 금순이는 몽당 수수비를 털어 깔고 앉아 아궁이에 군불을 집힌다. 잘 마른 솔가지를 얼기설기 의지해 놓는다. 관솔에 불을 붙여 솔가지 사이에 넣는다. 메케한 연기와 풋풋한 솔 내가 부엌 가득히 퍼진다. 아궁이의 불길이 거세게 타오른다. 금순이의 얼굴이 화끈하다.

금순이는 외삼촌의 말을 다시 새겨본다. 그리고 도시로 나갔던 동네 친구들을 떠올려본다. 놀랍도록 달라진 모습들이다. 원피스도 세련되고 구두도 신고 있었다. 머리에 예쁜 핀도 꽂고 손거울도 가지고 있다. 서울로나 갈까? 그러고 보니 외삼촌이 나를 식모로 데려가는 것은 아니다. 학교를 보내준다고 하지 않나? 금순이는 잠시 오빠를 생각해본다. 공부도 우등을 했는데 중학교를 가지 못한다.

면사무소의 급사로 일하고 있다. 금순이도 화문석 짜는 곳에서 일을 배우라는 소리를 귀가 따갑도록 듣는 요즈음이다. 금순이는 어떻게 하던지 초등학교는 꼭 마치고 싶다. 방학이 끝나면 3학년이고 그러니까 4년만 참고 견디면 졸업을 하게 되는 것이다.

사실 금순이가 화가 났던 것은 서울로 가자고 한 것 때문이 아니다. 쇠똥도 약에 쓸려면 없다더니…… 하는 그 말에 화가 났던 것이다. 누가 쇠똥이야? 교동 애들이 쇠똥이야? 그렇다면 나도 쇠똥이란 말이잖아? 금순이는 외삼촌이 넋두리로 한 말에 꼬투리를 잡아 화를 낸 것이다. 실은 외삼촌은 너그럽고 자상한 분이다. 금순이의 머리에는 서울 갈래……? 하는 외삼촌의 속삭임이 언제까지나 맴돌고 있었다. 이참에 나도 도시 구경도 하고 구두도 신어 봐?

금순이의 마음은 도시로 쏠리고 있다. 터진 고랑에 물줄기처럼 걷잡을 수가 없다. 금순이는 긴 삭정이를 양손으로 잡고 무릎에다 대고 힘을 주니 삭정이가 두 동강이로 부러진다. 아궁이에 넣었다. 몇 개 더 넣었다. 그리고 부엌 바닥에 떨어진 솔가지를 쓸어 넣었다. 닳아진 부지깽이도 함께 불 속에 던졌다. 함석 쪼가리로 아궁이를 막았다. 아이를 봐주고 학교를 다니는 것은 식모가 아니잖아. 결심이 서니 마음이 바빠진다. 항아리마다 물을 길어 채우고 솔가지 나무도 두 짐 져다 놓았다. 금순이는 저금통을 깨서 뱃삯을 치르고 삼촌보다 먼저 배에 올라있었다. 나중에 어머니가 아셔도 외삼촌이 금순이를 꾀어냈다는 소리가 없도록 하려는 것이다.

뭍으로 나가는 사람들이 배에 오른다. 삼촌도 올라왔다. 빨리 떠나야 하는데…… 어머니가 맨발로 쫓아와서 머리채를 잡는 것 같아 불안했다. 속을 태우려고인지 여느 날보다 발동선의 출발이 늦는다. 물때를 맞추기 때문이란다. 이윽고 발동선이 선착장을 쓸며 뱃머리를 돌린다. 배 밑을 훑으며 흰 거품 파도를 만들어낸다. 갈매기 떼가 날아든다. 하늘을 덮을 듯이 많은 갈매기 떼가 내려와 거품 속의 물고기를 쫀다.

금순이는 멀어져 가는 교동을 바라본다. 그리고 "엄마" 하고 불러본다. 외삼촌이 금순이를 발견하고 깜짝 놀라서 다가온다. "너 어디 가니?" "나 삼촌이 말한 그 집에 가려고요. 학교에 보내 준담서?" "그래, 그럼 엄마한테 말씀을 드리고 와야지……" "그러면 삼

촌이 나를 꽤 냈다고 생각하실까봐…… 나 혼자 생각으로 왔다고
하려고……" 금순이는 목이 메 말을 잇지 못하고 고개를 숙인다.
삼촌은 "알았다. 걱정하지 마라. 삼촌이 알아서 할게……"

　인천 월미도와 강화 교동을 잇는 물길에는 발동선 통운호와 갑제
호가 있다. 월미도에서부터 세자면 장봉, 선수, 건평, 외포 그리고
삼산, 마지막 섬인 교동이 종점이다. 시간으로는 일곱 시간이 걸린
다. 두 척의 발동선은 아마 비슷한 시각에 인천과 교동에서 떠나는
것 같다. 가고 오는 두 척의 배가 장봉동에서 엇갈린다. 배에 타고
있는 사람들은 거의가 낯익은 사람들이다. 어디 가시니까? 예 친
정에 좀 가니다. 아짐씨께 안부 좀 전해 주시기요. 예, 알았으우다.
잘 댕겨 오시기요. 가고 오는 뱃머리에서 서로 인사를 주고받는다.
금순이도 교동으로 들어가는 통운호 뱃머리에서 정애 어머니를 발
견하고 인사를 한다. "아주머니, 저희 어머니 만나면 저 외삼촌 따
라 서울 갔다고 말씀해주시기요. 엄마가 섭하실까봐 말 못하고 왔
니다." 했다.

　금순이는 책가방 하나만 싸 둘러메고 외삼촌을 따라 서울로 왔
다. 월미도에서 저녁을 먹었다. 집에 가면 늦을 것이니 예서 먹고
가자 하신다. 외삼촌은 막걸리도 한잔하셨다. "금순아 그 댁은 아
주 점잖고 인정이 있는 분들이다. 너만 잘하고 있으면 네게도 잘해
주실 거야. 그렇지만 언제라도 집에 가고 싶으면 삼촌에게 말해라.
알았지?" 하신다. "네 잘할게요. 난 동생이 없어서 심심했었어요."
라고 했다.

　하인천에서 기차를 타고 서울역에서 내렸다. 다시 전차로 갈아타
고 동대문에서 내렸다. 밤이 늦었다. 외삼촌이 대문을 밀자 삐걱하
며 큰 소리가 났다. 신발 끄는 소리가 나며 식모인 듯한 여인이 나

온다. 사랑채에 자리를 깔아 놨다고 일러준다. 자리가 둘 나란히 깔려 있다. 외삼촌은 금순이를 따뜻한 아랫목에서 자라고 한다. 외삼촌은 자리를 끌어 윗목으로 옮기고 누우셨다. 금순이는 곧 잠이 들었다. 발동선으로 일곱 시간을 왔다. 그리고 기차를 타고 전차를 탔으니 많이 고단할 것이다. 아마 아침에 일어나지 못할는지 모르겠다. 키는 크지만 겨우 아홉 살의 소녀다.

아침이 됐다. 금순이는 외삼촌을 따라 안채로 들어갔다. "안방에서 들어오세요." 하는 여인의 목소리가 들린다. 방으로 들어왔다. 외삼촌이 "교동에 다녀왔습니다. 이 아이는 제 누님의 딸이에요. 나이는 어리지만 속이 깊고 영리합니다. 아기씨들을 맡겨도 잘할 겁니다." 했다. 부인은 네 이름이 뭐냐? 하고 물으시고 "아주 음전하고 조신하게 생겼구나. 우리집에서 아기들하고 같이 놀아주겠니?" 하신다. 금순이는 "네"라고만 대답했다. 이렇게 해서 금순이는 우리집 식구가 됐고 스물두 살에 시집을 갈 때까지 내 언니로 있었다.

어른 같은 아이

금순이는 창신동에 있는 창신초등학교에 편입했다. 학교는 집에서 멀지 않다. 학교의 담장을 끼고 걷다보면 학교의 뒷문이 나온다. 뒷문을 통해 들어가면 교실까지는 바로다. 나는 언니가 학교에서 돌아올 때까지 집에서 기다리지 못한다. 운동장 미끄럼틀 앞에서 놀며 금순 언니가 나올 때까지 기다린다. 나는 모래 속에 손을 넣고 두꺼비집을 만들며 논다. "두껍아, 두껍아. 새집 줄게 헌 집 다오." 하면서 두꺼비집을 짓는 놀이다. 금순이는 수업시간에도 선생님의 눈을 피해 밖을 살펴보는 것을 나는 느낀다. 선생님의 종례 말씀이 끝나자마자 언니는 내게 뛰어온다. "영선아, 심심했지? 언니가 좀 업어줄까?" "괜찮아 언니 힘들어" "아니야, 언니 힘세……" "그러면 저기 저 가게 밑까지만 업고가. 가게 사람이 보면 흉봐……" "언니 책보는 내가 들을 게" 하며 책보를 받아 안고 언니에게 업힌다. 언니는 나를 업고 두어 번 추스려 보며 아직도 제 무게가 나지를 않네…… 한다. 언니는 가끔 나를 업어 보고 무게를 가늠해본다. 왜 이렇게 살이 안 붙는지 모르겠다며 걱정을 한다.

금순이는 흙장난으로 더럽혀진 나를 말끔히 씻기고 옷을 갈아입힌다. 선반에서 달걀을 하나 꺼내 젓가락 끝으로 위아래를 뚫어서 나에게 내민다. 나는 싫다고 했지만 그러면 나하고 놀아주지 않겠다고 한다. 나는 계란을 받아 먹는다. 저녁 밥상에서 두어 숟갈 밥을 뜨다가 다 먹고 일어난다. 나가려는 나를 언니가 재빨리 잡아 앉힌다. 그리고 남은 밥을 마저 먹인다. 구은 굴비의 알을 발라 밥숟갈에 올려 놔 준다. 콩자반을 집어준다. 김치 국물도 떠먹인다. 꼭꼭 씹어서 넘기도록 한다. 두부조림도 집어준다. 밥 한 공기를 다 먹고 이제 됐지? 하고 일어서는 나를 다시 앉힌다. 숭늉 그릇에 있는 누른 밥을 떠먹인다. 그리고 칭찬을 한다. 내 동생 참 예쁘다.

언니는 졸업을 했다. 어머니는 통신부를 보시며 "잘했구나. 산수는 꽤 잘하네……" 하신다. 아버지는 "모르긴 해도 국민(초등)학생이 서울로 유학 온 것은 강화도에서는 금순이 네가 처음일 게다. 남녀 통틀어서 말이다. 고등학교, 대학교엔 있을지 몰라도…… 여보 안 그럴까?" 하며 어머니를 보신다. "글쎄 그럴지도 모르겠네" 아버지는 어느새 방에서 카메라를 들고 나오신다. 역사적인 사건이니 사진을 찍어두자 하시며 졸업장을 든 언니의 사진을 찍어주셨다. 언니는 폴라로이드에서 나온 사진을 들고 기뻐서 어쩔 줄 몰라 한다. 엄마가 아버지께 이르신다. "영인 아버지 금순이도 가끔 찍어주세요. 저리도 좋아하는데……" 하신다.

어머니는 언니를 더 데리고 있고 싶어 하신다. 그래서 중학교에 보낼 생각이시다. 아버지와 의논하셨다. 아버지는 아이가 영리하니 그렇게 하는 것이 좋겠다고 하신다. 금순 언니의 외삼촌인 덕대 아저씨가 오시면 의논하신다 했다. 어머니는 매해 그 댁 식구들의 고무신과 사과 한 궤짝 그리고 안부편지와 돈을 보냈다. 내가 혼자서도 잘 놀고 하니 언니는 부엌일을 거든다. 금순 언니는 일곱 살 때부터 집안일을 했다고 한다. 산에서 나무도 하고 동이로 물도 길었다고 한다. 도토리도 줍고 갯벌에서는 조개와 게도 잡는다고 한다. 나는 그것 모두가 재미있을 것 같아서 언니한테 물어보았다. "언니 어느 것이 제일 재미있어?" 언니는 "재미는 무슨 재미, 뒷동산에서 보는 바다가 생각나, 저녁 바다. 노을 속으로 새들이 날아가는 것이 보고 싶어" 한다.

금순이는 열세 살부터는 집 안팎의 청소와 빨래를 했다. 그리고 열다섯에는 부엌일을 했다. 늘 밥 먹는 식구가 열 명도 넘는 우리 집이다. 안채에서 식구들이 먹고 사랑에서도 드셔야 한다. 식모가 밥을 하면 안방으로 사랑으로 상을 내갔었다. 그러던 금순이가 이제는 부엌을 맡았다. 식모 아주머니가 밥상을 나르게 됐다. 어머니는 어느 누구도 금순이 만큼 엽엽하고 야무지지 못하다고 하신다. 어머니는 금순 언니를 이렇게 말씀하신다. 금순이는 일의 두서를 안다. 그렇기 때문이 일이 빠르고 깔끔하다. 말할 때는 때와 장소를 가린다. 말을 가려서 하며 하지 않아야 할 소리는 단근질을 해도 안 한다. 그리고 어른 아이를 알아서 대접한다고 하신다. 훌륭한 인품이었던 것 같다. 불과 열다섯 살의 아이다. 더구나 멀리 바다 건너 어촌에서 왔다. 그런 언니가 우리 어머니처럼 어렵고 어려운 분에게서 최고의 찬사를 받으니 말이다.

어머니는 금순이를 많이 사랑하셨다. 이런 말은 우습지만 금순이가 시집을 갈 때까지 남편인 아버지보다 더 믿고 더 의지하고 그리고 많은 것을 의논하신 것 같다.

세밑에 덕대 아저씨가 왔다. 어머니가 금순이에 대해서 의논을 하신다. 금순이가 원한다면 중학 공부를 시켜주고 싶다고 하신다. "사장님과도 의논이 됐어요. 학교에 다니면서 지금처럼 아이들하고 놀아주면 됩니다." 하셨다. 덕대 아저씨가 금순이에게 물어보고 오겠다며 부엌으로 갔다. 덕대 아저씨가 아주 의외라는 듯이 머리를 절레절레 흔들며 들어온다. "중학교 가는 것은 싫다 네요." 한다. 어머니도 의외라고 생각하시는 것 같다. 영선아, 가서 언니 불러와라 하신다. 언니가 들어와 무릎을 꿇고 앉았다. "너 중학교에 가기 싫다고 했느냐?"고 물으신다. 언니는 고개를 숙이고 작은 목소리로 "네" 하고 대답했다. "왜 가기 싫으냐? 요즘은 여자들도 공부를 해야 하는 시대다. 아버지가 너를 학교에 보내주라고 하셨다. 집안 살림은 걱정 말고 중학교에 다니거라." 하신다. "금순이는 아니야요. 보통학교 나온 것만 해도 너무 고맙습니다." 한다. "안다. 그러니 중학교까지만 시켜주마 알겠느냐?" 하니 금순이는 다급한 마음에 손사래까지 쳐가며 울먹이며 말한다. "중학교는 가고 싶지 않아요." 어머니는 조금 언성을 높이신다. "그러면 까닭이나 듣자." 금순이가 말한다. "저희 오빠는 초등학교를 나와서 면사무소의 급사로 일하고 있어요. 제가 오빠보다 공부가 높으면 오빠가 살아가기 어려울 거 같아요." 한다. 오빠의 마음을 헤아리는 것이다. 어머니는 한참을 그대로 앉아계셨다. "알았다. 나가봐라." 모두들 나가라 하신다.

언니는 우리집에 있는 동안 식모로 일했다. 일도 잘하지만 집안 살림을 맡길 수 있는 사람이 금순이 뿐이어서 그렇게 된 것 같다. 그러나 어머니는 금순이에게 학교 공부가 아닌 많은 다른 것들을 가르치셨다. 양제를 가르치시고, 손뜨개를 가르치시고, 과자나 카스텔라 만드는 것을 가르쳐 주셨다. 또 카레라이스도 가르쳐 주셨다. 그리고 아버지는 부기와 주판과 암산을 가르치셨다. 암산과 주판은 3급 정도라고 하셨다.

금순 언니가 초등학교를 마쳤을 때는 완전히 시골티를 벗은 도시 처녀였다고 하신다. 16살 때는 큰 살림을 혼자서 해냈다. 아무도 일러주는 사람이 없어도 못하는 것이 없다고 하셨다. 언니에게는 특별한 눈썰미가 있는 것 같다고도 하신다. 금순이는 열일곱, 열여덟 살 때는 많은 사람들이 탐내는 처녀가 됐다. 키도 늘씬하고 얼굴도 반듯했다. 언니가 스무 살이 됐다. 나는 열한 살이다. 어머니는 모든 것을 금순이에게 맡기신다. 음식도 재료만 내 놓으면 맛있게 보기 좋게 상에 올린다.

금순 언니는 물지게도 지고 장작도 팬다. 식모나 춘섭 아저씨가 해야 하는 것도 자기 앞에 닥치면 자기가 한다. 이것 좀 해주세요. 하는 소리를 언니에게서는 들을 수가 없다. 제 손에 닿았던 것은 제 손에서 끝낸다. 말 수도 없다. 그런 금순 언니가 시집을 간다. 우리집에 매파가 드나든다. 금순 언니에게 청혼이 온 것이다. 신랑은 우리도 잘 아는 돈암시장에서 과일 도소매를 하는 최씨 아저씨다. 우리도 거기서 과일과 야채를 사다 먹는다. 언니가 물건을 사러 다니기 때문에 자연 알게 됐다. 어머니는 언니를 불러서 그 청년에 대해서 물어보신다. 언니는 물건을 사러 다니기 때문에 인사를 주고받는 사이라고 말씀드렸다. 어머니는 매파에게 아직 혼사에 대해서는 생각해보지 않았으니 지금은 대답할 수 없다고 하셨다.

언니가 우리집에 들어올 때 어머니는 스무 살에 시집을 보내주신다고 약조를 하셨다. 그러나 스물한 살인 지금까지 어머니는 금순이를 시집보내실 생각을 하시지 않는 것 같다. 어머니뿐 아니라 금순이의 본가에서도 시집에 대해서는 아무 말이 없다. 금순이의 결혼에 연관되는 이야기는 누구도 하지 않는다. 그런 얘기는 왠지 어머니의 심기를 불편하게 하는 말들이라고 생각을 하는 것 같다. 언젠가 순임네 할머니가 금순이를 보고 "아이고 박꽃이 무색하네…… 어떤 총각이 데려갈는지…… 금순이를 데려가는 사람은 복덩이를 데려가는 것이지…… 고운 맵시 가시기 전에 보내야지." 하셨다. 어머니는 "갈 때 되면 보냅니다. 형님이 걱정 안 해도 됩니다." 하며 엉뚱하게 화를 내신 적이 있다. 박꽃처럼 예쁘다든가 복덩어리라는 말은 몰라도 고울 때 보내야지 하는 말이 거슬린 것 같다. 언젠가는 보내야 한다는 것을 어머니도 알고 계시다. 그러면서 저토록 화를 내시는 까닭은 무엇일까?

사람들은 금순이의 장래에 대해서는 무관심하다. 늘 일 잘하고 건강한 몸으로 있는 것이 금순이다운 것이라고 생각한다. 이 집과 금순이를 따로 떼어놓고 생각해보는 사람은 없는 것 같았다. 그런데 오늘 계순네서 매파를 보낸 것이다.

이것은 충격이었다. 우리에게서 언니를 데려간다는 것은 생각해보지도 못한 일이다. 언니가 없는 집은 우리집이 아닌 것처럼 말이다. 학교에서 돌아와 대문을 들어서서 찾는 것은 언니였고 누나였다고 기억된다. 아버지도 어머니도 역시 "금순아—" 하고 부르시며 중문을 들어오신다. 그러면 누구보다도 먼저 달려 나가는 사람은 금순 언니다. 그러니 어머니의 충격은 우리보다 더하셨으리라 생각된다.

초점 없이 한 곳을 바라보시는 망연자실한 모습을 아버지가 오며 가며 살피신다. 조용한 시간에 두 분이 말씀을 나누신다. "지금 당장은 아니더라고 금순이가 몸을 뺄 수 있게 사람을 들입시다. 찾아

보면 있을 거요." 아버지는 일손을 대비시키자는 말씀이다. 어머니는 긴 한숨을 쉬신다. "사람은 구하자면 있지요. 사람 사는 세상, 사람 없겠어요. 저것이 중학교만 나왔어도 이렇게 답답하지는 않는데…… 중학교도 못 나오고 남의 집에서 잔뼈가 굵은 아이를 누가 제대로 대접을 하겠어요." 어머님의 생각은 여기에 있었다. 어머니는 그런 생각으로 가슴이 무너지시는 것이다.

울 언니 시집가요

어머니는 정릉에 살고 있는 수복네를 들라고 하셨다. 수복이 부모님들이 오셨다. "마님 저희들 왔습니다요."

어머니는 두 사람에게 자리를 권하며 말씀하신다.

"수복이네 요새 일은 많은가?" 수복이 아버지가 대답한다. "하루 걸러 밥을 짓는 형편입지요." "왜 그리됐는가?" "자동차가 나오면서 모두 자동차(트럭)를 쓸라해서요." "응, 짐차가 많이 나왔지……"

한참 만에 어머니가 말씀을 이으신다. "내가 행낭채를 내어 줄 터이니 여기 와서 나를 도와주며 같이 사는 것이 어떻겠나? 수복 엄마는 안살림을 하고 수복 아버지는 하던 일을 하면서 가끔 일을 도와주면 되네……" 하신다. 수복네는 지금 정릉 골짜기에서 움막처럼 허술한 집을 세 들어 살고 있다. 아들 하나 있던 수복이는 재작년 홍수 때 사고로 잃어버렸다. 지금은 두 내외뿐이다.

수복네가 들자 어머니는 언니를 불러 행주치마를 벗기셨다. 행주치마를 두른 지 12년 만이다. 언니는 "어머니, 나 시집 안 가요. 안 가요." 하며 행주치마를 잡고 놓지 않는다. "나 도련님하고 영선이 못 보면 못 살아요." 하고 울었다. 기저귀를 갈아주며 등에 업어 기른 오빠와 나 영선이다. 아홉 살에 와서 스물한 살이 되었으니 십이 년의 긴 세월이다. 어머니는 우신다. "네 마음은 내가 다 안다." 그러니 이르는 대로 하라신다. 어머니가 한번 작심한 것을 되돌리지 않으신다는 것을 누구보다도 언니가 잘 알고 있을 것이다. 그리고 우리에게는 "이제부터 금순 언니라고 부르지 말고 그저 언니라고만 불러라. 영인이도 누나라고 하고…… 알겠니?" 수복이 어머니에게는 아가씨라고 부르게 하셨다. 언니는 낮에는 바느질을 배우고 저녁에는 공세리 아저씨에게 천자문을 배운다. 공세리 아저씨는 천자문은 물론 글씨도 아주 명필이다. 아저씨가 오신 후에는 해마다 대문에 붙이는 입춘대길 건양다경은 아저씨가 쓴다.

아버지는 그것을 보시고 안진경체라고 하셨다. 어머니께서 천자문을 떼면 웬만한 중학교 나온 것보다 나으니 열심이 배우라고 하셨다. 나도 귀동냥으로 배웠다. 나는 글자는 몰라도 소리로는 다 욀 수 있다. 하늘 천 따지, 검을 현 누를 황, 집우 집주, 넓을 홍 거칠 황, 날일 달월…… 이렇게……

언니는 어머니가 다니시는 미장원에도 두 번 갔었다.

계순네 집에서 매파가 또 다녀갔다. 가부간에 답을 달라고 한다. 어머니는 멀찌감치 미뤄 놓으신다. "스물다섯 살에 보냅니다. 그리 전하세요." 했다.

매파는 나가면서 처녀귀신 만들려면 무슨 짓을 못해서…… 하며 대문을 냅다 닫고 갔다. 두 번째 매파가 다녀 간 후에 어머니는 언니를 시집보내기로 마음을 굳히시는 것 같았다. 어머니는 춘섭 아저씨를 부르신다. "행낭에 수도를 놓아야 하니 안암동 대성수도상회에 가서 사장님을 오시라하세요." 하신다. 아저씨가 자전거로 다녀왔다. 한 시간도 채 안되어서 오토바이 소리가 나며 수도상회의 박 사장이 들어오신다. 수도상회는 수도와 펌프가 전문이다.

수도 아저씨는 작년에도 우리집에 오셨었다. 아버지가 뒷마당에 쓰지 않는 우물을 메우시고 그 자리에 펌프를 놓으셨다. 더위를 많이 타는 어머님을 생각하신 것이다. 한 여름에는 시원한 지하수가 좋지…… 목물을 하는 데도 펌프물이 시원하고…… 겨울에 수도가 얼면 비상용으로도 필요하다며 놓으신 것이다. 그런 일로 알게 된 수도상회다. "안녕하셨습니까? 자주 찾아뵙지 못해서 죄송합니다." 어머니는 웃으시며 "장사는 잘 되지요?" 하고 물으신다. "네, 뛰는 것만큼 버는 장사니까요. 수도는 어디에 놓으시려고요?" "행낭에 놓고 싶어요." 박 사장은 앞마당을 파고 파이프를 연결하여 행낭에 수도를 설치했다. 행낭채 부엌문에서 서너 걸음 떨어진 곳이다. 수도의 높이는 1.2미터 정도이다. 너비 30센티의 녹색 널판자 녁 장으로 파이프를 둘러쌌다. 그리고 수도꼭지만 나오게 했다. 녹색 기둥 수도다. 어머니는 보시고 "예쁘기도 하다. 그런데 부엌에 놓지 않고?" 하시며 박 사장을 보신다. 수도 사장님은 "예, 부엌이 좀 어두워서요. 수도는 훤한 곳이 좋습니다. 부엌에서 서너 걸음이니 그리 멀지도 않고요." 한다. 수도가 많이 보급되지 않았던 1940년대 서울에는 동네마다 공동수도가 있었다. 수도의 크기는 우리집의 것보다 좀 더 크지만 모양새는 같다. 녹색으로 칠한 것도 같다. 수돗가에는 물통들이 늘어서 있다. 물이 쏟아져 들통에 차면 들어내고 새 들통을 놓는다. 순서대로 물을 받아 물지게로 져 나른다. 직접 지게를 지는 사람도 있고 길어다 주는 물을 사 먹는 사람도 있었다. 언니는 물지게도 잘 진다. 집의 수도가 얼어서 물이 나오지 않을 때 얼음 빙판인 공동수도에서 세 번이나 물지게로 날라 왔다. 그다음부터 금순이는 억순이라고도 불렸다. 박 사장은 어머니께 "아주머니 겨울에는 여기를 열고 등겨나 집단 같은 것을 넣어주시면 파이프가 얼지 않습니다. 안 쓰는 옷이나 담요 같은 것도 좋고요⋯⋯" 하고 수도판자의 한쪽을 열어 보여준다.

어머니는 수고비를 계산해주고 마루에 좀 앉으라고 하신다. 그리고 언니를 불러 차를 내오라고 하셨다. 어머니가 물으신다. "박 사장님은 고향이 어디세요. 경기도 말씨는 아닌 것 같은데⋯⋯" "저는 제천이 집입니다. 서울서 공부를 하고 눌러앉아보려고 장사를 시작했어요." "강원도 분이시구나. 애네들(우리 집안)은 춘천인데⋯⋯ 산 좋고 인심 무던하고⋯⋯ 나이는 어떻게 되셨고요." 박 사장은 어머니 말씀에 겸연쩍어 한다. "아주머니 말씀을 낮추세요. 아직 장가도 안 간 사람입니다. 금년 스물여섯, 용띱니다." 한다. 언니가 실백을 띄운 따끈한 오미자차를 손님 앞에 내려놓고 어머니에게는 국화차를 드린다. 박 사장은 언니를 보고 깜짝 놀라는 것 같다. '이 처녀가 누구야 이집에서 부엌일하던 처녀가 아닌가.' 박 사장은 자기 눈을 의심하는 듯 들어가는 언니의 뒷모습에서 눈을 떼지 못한다. 어머님이 또 물으신다. "부모님은 계신가요." 하니 박 사장은 무언가 심상치 않은 느낌이 드는지 얼굴이 귀밑까지 벌게지며 "말씀을 놓으세요." "그래도 사장님이신데⋯⋯" "아닙니다. 제발 말씀을 놓으세요." 거푸 정중하게 말씀 놓기를 청한다. 어머니가 웃으시며 "내가 좀 엉뚱한 것을 물었나? 거북했다면 용서하고, 자 차 들어요." 하신다. "어머니는 제천에 계십니다. 동생이 장가를 가서 모시고 있습니다. 제가 장가를 가면 모셔야죠." 한다. 박 사장은 긴장이 됐던지 수건을 꺼내서 손바닥의 땀을 닦고 차를 마신다. 어머니께 무언가 여쭈려는 듯 하다가 만다. 어머니가 먼저 말씀을 하신다. "작년에 우물을 메우고 펌프를 놓았을 때도 일하는 것이 마음에 들었고요 오늘 수도도 잘해줘서 고마워요. 누가 수도를 놓겠다면 연락해도 되겠죠?" "그래 주시면 감사하지요." "오늘 수고 많았어요."

신부수업

언니는 어머니에게서 요리도 배우고 바느질도 배운다. 무엇이든지 다 잘한다고 했지만 바느질만은 시원치 않다. 나만큼도 못한다. 동정을 다는 것과 치마의 말기(허리)를 잘못 달아서 어머니께 혼이 난다. 어머니는 달아놓은 동정과 치마를 사정없이 뜯어놓고 다시 달게 하신다. 몇 번이라도 어머니 마음에 드실 때까지 해야 한다. 동정을 달 때는 인두와 인두판이 있어야 한다. 하얀 종이를 받치고 달은 인두로 눌러가며 실밥이 밖으로 나오지 않게 붙여야 한다. 오른쪽과 왼쪽으로 내려온 동정니가 앞가슴에서 서로 물리도록 다는 것이다. 치마 말기 다는 것도 그리 쉽지는 않다. 한복 치마는 허리에 두르지 않고 가슴 위로 높이 치켜 입는다. 치마는 주름을 잡아 말기에 단다. 말기는 가슴둘레보다 한 뼘 정도 여유 있게 한다. 치마폭이 벌어시지 않고 잘 여미어시도록 하기 위해서나.

모시치마는 열두 폭으로 만든다. 발이 곱고 감이 얇아서 주름도 잘잘하게 잡는다. 잣주름이라고 한다. 주름의 간격이 일 센치를 넘지 않는다. 주름이 접힌 곳을 정확히 바늘로 집어서 꿰맨다. 바느질 실이 보일 듯 말 듯하다. 주름의 간격이 똑같아야 하는 것은 물론이고 치마의 주름과 말기의 길이도 딱 맞아 떨어져야 한다.

해진 버선을 깁는 것은 더욱 어렵다. 다대(버선 깁는 헝겊 조각)를 적당한 크기로 오려 해진 버선볼에 댄다. 움직이지 않도록 굵은 실로 시침질을 해 놓는다. 버선을 깁는 바늘과 실은 아주 가는 것이다. 바늘 끝으로 다대 위에 줄을 그어가면서 다대 천을 접어 넣고 감친다. 버선과 다대의 섬유 결을 따라 꿰맨다. 노닥노닥 기운 버선은 진솔버선 못지않게 예쁘고 정이 간다. 기운 버선 한 짝으로도 여인의 솜씨와 정성 그리고 심성까지를 들여다 볼 수 있다. 언니가 버선을 깁는다고 바늘과 실을 찾아 들었다. "금순아, 너 이것으로 버선을 기울려고 하냐? 몽둥이 바늘로 어떻게 버선을 기워? 다로기를 만들려면 몰라도." 하신다. 다로기는 털이 붙어있는 동물의 가죽으로 만드는 긴 버선이다. 털이 안으로 들어가도록 만들어서 발을 따뜻하게 한다. 포수 큰아버지가 작년에 해다 주셨다. 버선을 만드는 것도 쉽지 않다. 버선은 버선코에서 바닥과 뒤축까지는 완만한 두 개의 반원을 이어 붙인 것이다. 그리고 버선코에서 발잔등을 타고 종아리 아래까지의 앞면도 역시 휘어진 활처럼 은은한 곡선이다. 어머니는 언니의 발을 종이에 올려놓고 크기를 재신다. 그리고 어머니 버선본과 비슷한 모양으로 그리셨다. 그리고 버선본에 황금순이라고 쓰셨다. 언니의 성이 황씨인 것을 처음 알았다.

웃긴다. 황금순, 황순금, 순황금 언니는 아주 부자로 살 것 같다. 이름 석 자를 아무렇게 나열해도 누런 황금이 연상된다. 곡선은 우리나라의 문화와 정서를 대표하는 간판격인 선이다. 튀지도 않으면서 언제까지나 부드럽고 정갈하고 매듭이 없는 선이다. 어머니는 오늘부터 혼수를 하신다고 침모를 부르셨다. 언니에게 규수 수업을 하는 것은 당연하다. 하지만 혼처도 정하지 않았는데 혼수를 하는 것에는 너무 서두르는 게 아니냐고 들 하신다. 그러나 어머니는 "일손이 있을 때 하나씩 해 놓아야 해요. 바빠지면 일도 거칠어지고…… 찬바람 나면 마루에서 하기도 어렵고요." 하신다. 어머니는 작심한 마음이 흔들릴까봐 쐐기를 박는 심정으로 혼수를 만드시는 것 같다. 어머니는 채워두었던 반다지를 여셨다. 그리고 모아두었던 필목을 꺼내신다.

비단들이 쏟아져 나왔다. 양단 이불감과 고급 한복 옷감들이다. 내가 보기에는 모두 비슷한 비단인데 어머니는 가려 부르신다. 양단, 호박단, 법단, 모본단, 공단, 자미사, 숙고사, 인견, 유동 별것이 다 있다. 모시, 생모시, 항라 같은 것도 나왔다. 나는 호박단을 제일 좋아한다. 여느 비단처럼 두껍지 않고 색감도 은은하고 무늬도 조촐하다. 어머니는 정초에 선물로 들어온 것과 어머니가 새 옷을 지으실 때 포목점에서 마음에 드시는 것이 있으면 한 감씩 사서 모아두셨던 것이다.

모두 꺼내 보신 것은 어머니도 오늘이 처음이시다. 우리나라의 어머니들은 딸을 낳아 열 살이 되면 그때부터 혼수가 될 만한 것은 아끼고 깊이 간수하신다. 그래서 혼사 때에는 부족함이 없이 해 보낸다.

어머니는 금순이를 스무 살 때 시집보내겠다고 한 약조를 잊으시지 않으셨다. 만일 잊으셨다면 어떻게 이토록 많이 모아 두실 수가 있었을까? 어머니는 아무리 살림이 어려워도 시집가는 딸을 입던 채로 보내는 경우는 없다 신다. 혼사에서 반드시 준비해야 할 것은 시댁 어른의 보료, 그것이 어려우면 방석 네 개로 대신하기도 한다. 세숫대야와 요강, 버선이라고 하신다. 관대 벗김 옷 한 벌과 행주치마도 넣는다고 가르쳐주신다. 언니는 대갓집의 혼수 수준이다. 이불이 네 채다. 겨울용 솜이불, 봄 가을의 뉴똥 차렵이불, 누비이불, 삼베 홑이불, 그리고 예단으로 시어른의 보료와 이불 두채를 한다. 어머니는 또 언니의 나들이옷을 철 따라 두 벌씩 하신다고 했다. 양단 모본단은 겨울용이고 자미사 숙고사는 봄 가을용이다. 여름 옷으로는 항라와 모시가 있고 인견으로 속옷들을 짓는다고 하신다. 한복에는 속옷들도 만만치 않다. 속치마, 속바지, 고쟁이 누비바지, 속저고리 등이 있다. 행주치마도 두 벌 만드신다고 하신다. 겉옷으로 두루마기, 마고자, 베자, 명주로 목도리도 만든다. 어머니가 아끼시는 여우 목도리 가운데 노랑 털의 여우 목도리는 언니에게 주셨다. 여우 목도리는 머리부터 꼬리, 발과 발톱까지 모두 있어야 한다. 목도리를 두르고 여우 턱에 달린 집게 장식으로 꼬리의 잘룩한 부분을 물리는 것이다. 언니는 목도리를 두르고 거울 앞에서 맵시를 보며 좋아한다. 꼬리가 살짝 어깨 뒤로 떨어지게 둘러본다. 어머니는 빠진 것 없이 다 해주신다고 했다. 혼수는 친정집의 가풍과 재력, 딸에 대한 애정을 들어내는 평가표인 동시에 새 각시의 자존심이다. 혼수가 풍족하면 시집살이가 수월하고 혼수가 빈약하면 시집살이가 고달프다. 어머니는 혼수라도 잘해가서 언니의 시집살이가 수월하기를 바라신다. '금순이는 훌륭한 아입니다. 영인이와 영선이도 금순이가 잘 건사해서 이제는 건강해 졌잖아요? 저도 그 애를 보고 반성했습니다. 그래서 무의촌에 가서 어려운 사람들을 도우며 살려고요.' 도립병원을 그만두시면서 김박사가 어머니께 하신 말씀이다. "이제는 내가 할 차례다." 어머니는 언니를 위한 것이라면 무엇이든지 하실 생각이시다. 그리고 그런 분이시다.

침모 둘이 늦도록 일을 한다. 재봉틀도 쉴 새가 없다. 쏟아져 나온 필목과 애장품들을 본 사람들이 입을 다물지 못한다. 언니의 혼수로 내놓은 것에 놀람 반, 부러움 반이다. 이렇게나 많이 하시려고요? 하며 아주머니들이 부러워한다. 어머니는 우리집 개혼인데…… 라고도 하시고 이게 많은 건가 나들이 옷 두 벌씩인데…… 하신다.

오늘은 이불을 만드신다고 하신다. 혼수 이불을 하는 것을 경사로 여겨서 집에서는 떡을 한다. 고물 없는 절편과 기장(술)떡이다. 가까운 이웃집에 돌린다. 그러면 잔손도 빌릴 수가 있다. "오늘 우리집 혼수 이불 만들어요." 하며 떡을 돌린다. 떡을 받은 사람은 설거지 해놓고 가볍는다고 여쭤라. 하는 분도 계시고 그 댁에 누가 시집을 가나? 머리를 갸우뚱 하시는 분도 계시다.

돗자리를 깔고 틀어온 솜을 한 켜 두 켜 잘 펴서 이불 너비로 솜을 포갠다. 솜을 다루는 사람은 발을 벗고 맨발로 일을 한다. 아마 솜이 버선에 달라붙어서인 것 같다. 가늘고 긴 대나무 막대로 자근자근 두들긴다. 반듯하고 촘촘하게 그리고 솜들이 서로 붙도록 잰다. 발이 성근 이불 싸게 천으로 솜을 씌운다. 이제 솜 위에 비단을 놓고 흰 홑청으로 시치면 된다. 한 채는 남색 비단에 다홍으로 깃을 댔고 다른 한 채는 연두색 비단에 색동으로 깃을 댔다. 솜 위에 비단을 덮고 흰 호청으로 시치미를 뜬다. 요도 같은 방식으로 한다. 요는 이불보다 폭과 길이가 짧은 대신에 솜의 두께는 많이 두텁다. 완성된 이불은 다홍색 수실로 군데군데를 떠서 이불이 놀지 않게 한다. 봉순 어머니가 떡 담았던 그릇을 들고 들어온다. 이 댁의 혼사를 축하한다며 도울 일이 있으면 하겠다고 한다. 솜을 두고 있던 침모가 메밀껍질로 베개 속을 넣어달라고 한다. 봉순 어머니는 메밀껍질을 키에 올려 까불어서 베개 속을 넣었다. 긴 베개도 만들었다. 옷감의 자투리는 저고리 두루마기 또는 베자 같은 마름질이 많은 것에서 나온다. 자투리를 같은 크기로 오려서 귀를 맞추어 상보를 만든다. 귀보자기라고도 한다. 어머니는 수의까지는 가르쳐서 보낸다고 하신다.

골무는 반짇고리에 없어서는 안 될 소품이다. 골무는 바느질할 때 손가락을 보호하는 손가락 방패다. 헌겁에 풀을 먹여서 여러 겹 붙여 말린다. 꽉 쪼가리처럼 단단하다. 이것은 방탄심이다. 검지의 한 마디가 덮일 만한 크기의 반달 모양의 골무본을 뜬다. 골무본을 방탄심 위에 올려놓고 그린다. 그리고 가위로 오린다. 이것은 골무의 심지다. 심지의 겉은 예쁜 꽃수다. 하지만 골무의 안쪽은 무명으로 덴다. 무명은 땀을 흡수하는 역할을 한다. 두 쪽을 마주 데고 솔기를 촘촘히 감친다. 감투할미라고도 불리는 골무는 오른손 검지에 낀다. 언니의 혼수 예단은 안방 반다지 위에 쌓인다.

언니의 결혼식

신부수업 들어간 지 육개월이 됐다.

언니가 몰라보게 달라졌다. 억척스럽기만 하던 걸음걸이도 조신해진 어느 날 어머니께서 언니를 부르셨다. "너 말이다. 시집을 간다면 말이다. 돈암시장 최 사장과 안암동 수도상회의 박 사장 중 누구에게 가고 싶으냐? 네 의견을 듣고 추진하련다." 하셨다.

언니는 "제가 뭘 알겠어요. 저는 두 사람 다 모르는 사람이야요. 어머니가 가라시는 데로 가겠어요." "그러냐? 내가 생각하기에는 이렇다. 두 집 다 홀시어머니라는 것이나 또 둘이 다 인물도 좋고 심성들도 무던하니 우열을 가리기가 쉽지 않다. 다만 최씨는 장사꾼이고 박씨는 기술자다. 박씨는 공업학교를 나왔으니 전문기술자라고 할 수 있다…… 나는 박 사장한테로 마음이 기운다. 수도공사 일은 힘은 들지만 안사람들이 관여하지 않아도 되는 직종이다. 더구나 십 년 안으로 서울은 물론 지방에까지 모두 수도를 놓게 될거다. 제대로 공부한 자격 인이 많지 않으니 박 사장은 성공할 것이야……" 하신다. "그리고 최 사장은 채소와 과일상을 하지 않니? 물건을 사고 파는 장사는 크던 작던 온 식구가 매달려야 하는 거다. 그러니 안사람이 힘이 든다는 예기다. 집안일 하랴, 가게일 보랴. 너는 이미 주산 부기도 공부했으니 그것으로 내조를 하는 기술자가 어떠냐?" 언니는 대답이 없이 고개를 숙이고 앉아있다. "대답을 해라. 분명하게……"

"네, 이르시는 대로 하겠어요." 한다. "알았다. 나가봐라" 언니가 일어서며 "그런데 박 사장 댁에서는 청혼이 들어오지 않았잖아요? 그 사람 생각도 모르는데…… 어떻게……" "그런 건 걱정마라. 네 생각을 들었으니 됐다." 하셨다.

그리고 얼마 지나지 않아 박 사장 댁에서 매파가 왔다. 어머니는 가볍게 승낙하시고 돌아오는 일요일에 맞선을 보신다고 하셨다. 언니는 맞선 보고 두 번 데이트하고 양가 상견례를 했다. 상견례는 화신 그릴에서 했다. 식장은 YMCA로 정했다. 겨울을 나면 바로 식을 올린다고 한다.

혼수로 백통대야, 놋요강, 화로, 반짇고리는 동대문시장에서 사왔다. 화문석은 금순이 언니 본가에서 보내왔다. 손재봉틀은 신문사 아저씨가 선물하신 것이다. 학교 아저씨는 혼수에 보태 쓰시라고 봉투를 주셨고 훈장님은 파초를 그린 두 쪽 가리개를 보내셨다. 언니가 무척 좋아했다. 외가에서는 시어머님께 드리라며 은비녀를 해 오셨다.

당시의 부인들은 모두 쪽을 쪘다. 가르마를 반듯하게 타고 머리를 곱게 빗는다. 잔머리가 일어나지 않도록 동백기름을 바르고 참빗질을 했다. 윤이 흐르는 검은 머리를 땋아서 쪽을 찐다. 비녀에는 나무비녀 비취나 옥 같은 돌비녀 그리고 은비녀가 있다. 한국 여인의 멋은 쪽진 머리와 한복, 그리고 외씨버선이 아닌가 싶다.

어머니는 박람회에서 타 온 양은솥도 언니에게 주셨다. "언니가 고맙습니다." 하고 받으니 어머니가 "왜 다른 것은 싫다고 사양을 하더니 이 솥은 마음에 들어? 냉큼 받게……" 하시며 웃으신다. 언니는 "예, 갖고 싶었어요. 고맙습니다." 한다.

나는 할아버지도 같이 가실 것 같아 조금 서운했다.

어머니가 우리집 개혼이라고 하셨기 때문에 가까운 분들은 개혼의 예우로 부조를 하신 것이다. 언니가 시집가기 전날 우리는 옷을 차려입고 앞마당 꽃밭에서 사진을 찍었다. 화신백화점 사진관에서 출장 나온 것이다. 아버지, 어머니와 우리 형제 그리고 언니다. 언니는 내 뒤에서 나의 어깨에 두 손을 가볍게 올려놓고 있다.

당시에는 사진을 찍을 때 펑하며 터지는 마그네슘을 사용했다. 때문에 사진을 찍는 순간 눈을 감아버리는 수가 있다. 아까는 언니가 감았다 한다면 지금은 동생이 아니면 내가 감는다. 그래서 여러 번 찍게 된다. 사진은 크기도 하지만 식구들 모두가 예쁘게 나왔다. 사진의 아랫단에 화(和)라는 화신백화점의 로고가 양각으로 인쇄돼 있다. 아버지가 큰 사진첩 다섯 번째 장에 붙이셨다.

결혼식은 종로의 YMCA에서 했다. 나와 오빠는 아침 한 시간만 공부를 했다. 조퇴를 하고 식장에 갔다. 수송학교에서 식장까지는 멀지 않다. 외할머니와 이모가 와 계셨다. 사순이 언니도 왔다. 동네분들이 금순 언니의 결혼을 보려고 왔다.

금순이의 고향집에서도 어머니와 외삼촌이 오셨다.

신문사 아저씨가 화환을 보내셨다. 아버지가 흰 장갑을 끼시고 언니의 손을 잡고 입장하셨다. 그리고 신부 부모님 자리에 앉으셨다. 언니는 드레스를 입고 면사포를 쓰우니까 엄청 뚱뚱하고 커보였다. 그래도 당시에는 그렇게 신식 결혼식을 하는 것이 아주 유행이었다.

어머니가 선견지명이 있으셨던 것인가 아니면 언니가 복이 많아서인지. 언니가 시집을 간 후 우리집에서는 누구도 언니처럼 갖추어진 결혼을 한 사람이 없었다.

매파가 오고 간 적도 없고 함 사려를 외친 적도 없다. 예단다운 예단을 주고받은 것은 더더군다나 없다.

언니가 시집가고 4년 후에 6·25전쟁이 일어났다. 우리는 부산에서 피난살이를 했다. 오빠는 부산에서 대학에 입학했다. 그리고 서울에 와서는 바로 미국으로 유학을 갔다. 나는 수복해서 대학엘 들어갔다. 급변하는 시대의 조류 속에서 만들어지는 삶의 모습은 시시때때로 변했으니 오빠와 나 그리고 바로 아래의 동생까지는 넉넉한 환경에서 행복했고 그 아래로 두 동생은 근근이 학업을 잇는 실정이었다.

부모님이 돌아가시자 시대적으로 불우한 우리 형제들은 뿔뿔이 헤어져서 각기 다른 사회에서 산 지 40여 년. 조금씩이라도 공통으로 기억하는 것은 부모님과 금순 언니뿐이다.

어머니의 심혈을 기울인 혼례는 언니로서 시작이자 마지막이었다. 신부의 부모님 자격으로 단상 앞자리에 앉으신 것도 금순이 결혼식뿐이었다.

오빠는 유학 중 외국에서 결혼을 했고 우리가 결혼할 때에는 어머님이 돌아가시고 계시지 않았다.

언니의 시집살이

금순 언니네 집은 우리집에서 그리 멀지 않다. 우리는 돈암교인데 그 집은 안암동이다. 안암동 큰 사거리 상가지역이라서 찾기도 어렵지 않다. 신설동으로 가는 큰 길을 계속 내려가면 된다. 걸어서 가자면 조금 멀긴 하지만 빤히 보이는 직선거리에 있다. 언니가 시집가서 이 년이 됐다. 시집간 그해의 아버지 생신 때는 언니와 형부가 술과 고기를 사 가지고 왔었다. 그때 딱 한 번뿐이었다. 우리가 "엄마, 언니 왜 안 와 우리가 한번 가보면 안 돼?" 하고 물었다. 어머니는 "안 된다. 올 때 되면 어련히 오려고……" 어머니는 전찻길을 하나 건너야 하는 그곳을 우리가 갈까봐 늘 이르셨다. 절대로 가면 안 된다고……

참! 내 바로 아래 동생 영난이는 별명이 울보였다. 언니가 보고 싶다고 울고, 늦은 밤에 호떡장수가 만두가 호야호야(찹쌀떡 장수)하며 지나가면 만두 먹겠다고 운다. 동생은 울다가 제풀에 그치고 그쳤다가 다시 운다. 눈물도 나지 않는 공갈울음이다. 우는 자리도 정해져 있다. 방 문설주에 기대서 앙앙 소리만 낸다. 그것도 아

주 느린 템포로…… 그날은 우리가 동생을 달래주지 말고 그냥 울
도록 내버려 두자고 의논이 됐다. 동생이 "언니 보고 싶어!"로 울
기를 시작했다. 과자다 빵이다 고구마다 먹을 것이 있으면 동생은
와서 같이 먹고 다시 제자리에 가서 운다. 시끄러워 죽겠지만 오늘
은 모르는 체한다. 오빠가 달래주지 말라고 눈을 무섭게 떴기 때문
이다. 그러니 동생은 오늘 계속 울어야 할 판이다. 그때 뒷집에 사
시는 할머니가 들어오셨다. 동생은 할머니에게 쫓아가 안기며 "할
머니 나 고만 울가?" 하는 것이다. 우리들은 너무도 놀라고 웃겨서
배꼽을 잡고 웃었다. 오빠는 더 울지 왜, 더 울어. 하고 놀려준다.
그 후로 울보 영난이는 '나 그만 울가'가 됐다. '나 그만 울가'는 지
금도 가끔 운다 그리고 나도 울린다.

　　동생이 저보다 훨씬 무거운 사진첩을 들고 온다. "언니, 금순 언
니 사진 펴줘……" 금순 언니가 있는 가족사진 쪽을 펴달라는 것
이다. 내가 앞에서 다섯 번째에 있어, 하고 가르쳐주지만 그래도
언니가 펴줘. 우리 같이 보자. 한다. 그래 펴줄게 그때의 앨범은 왜
그리 크고 무겁던지…… 사진첩 맨 앞장은 할아버지와 할머니의
누렇게 바랜 사진이다. 할아버지는 갓을 쓰시고 할머니는 조바위
를 쓰셨다. 그리고 두루마기를 입으셨다. 마루에 두 분이 나란히
앉으셨다. 두 번째는 어머니와 아버지의 사진이다. 사진관에서 찍
으신 것이다. 어머니는 외투 차림으로 의자에 앉으시고 아버지는
머리를 올백으로 넘기고 어머니 뒤에 서셨다. 양복 안에 조끼를 입
으시고 회중시계 줄을 늘이셨다. 셋째 장에는 오빠와 내가 사진관
에서 찍은 것이다. 오빠는 늑막염을 그리고 나는 폐렴으로 앓고 허
약해 있을 때 금순이 언니가 섭생을 잘해줘서 우량아가 됐다. 그것
을 기념한다고 찍어두신 것이다. 어쩌나 살이 포동포동 쪘는지 손

목마디가 쏙 들어간 것이 사진에서도 보인다. 그리고 넷째 장은 오빠와 동생 그리고 나 이렇게 셋이 층층대에 앉아있는 것이다. 맨 위층대에 동생 난이가 앉았고 오빠는 내 아래 계단에 앉아있다. 이것은 아버지가 카메라로 찍으신 것이다. 그리고 금순 언니와 같이 찍은 사진이 다섯 번째 장에 있다. 여섯 번째부터는 큰 사진은 없고 아버지의 카메라 사진들이다. 동생 난이는 언제나 언니 사진이 있는 데를 펼친다. "언니, 금순 언니 보고 싶다 그지?" 동생은 사진 속의 언니를 손가락으로 누르며 눈물을 쭈르르 흘린다. 나는 동생을 나무란다. "이제 그만 울어. 사진에 눈물 떨어졌잖아?" 하지만 나도 눈물이 났다. 그러나 언니는 집에 오지 않는다. 명절이 되고 아버지 생신이 됐는데도 언니가 오지 않는다. 동생과 나는 언니가 보고 싶다. 그러나 어머니는 언니네 집에 가지 못하게 하신다.

오늘은 아버지, 어머니 두 분이 같이 출타하셨다. 수복이 어머니에게 좀 늦는다고 하셨다. 어머니가 나가시고 동생과 나는 동시에 눈이 마주쳤다. 그래 오늘 언니네 가보자. "난이야, 우리 언니네 가보자. 근데 멀리서만 보고 와야 한다. 알았지? 응, 가다가 업어 달래면 안 돼. 알지?" "응" "그래 가자." 나는 동생의 손을 꼭 잡고 조심해서 찻길을 건넜다. 이제부터는 위험한 곳은 없다. 그냥 걷기만 하면 된다. 성북경찰서 앞을 지났다. 소방서도 지났다. 난이는 아무런 말도 않고 잘 따라온다. 한참을 왔다. "언니 아직 멀었어?" "이제 거반 다 왔어, 저기 저 전봇대(전신주) 보이지? 그곳만 지나면 돼……" 동생은 힘이 들었던지 길게 숨을 내 쉰다. 우리는 언니네 집에 다 왔다.

언니네 가게 조금 떨어진 골목에서 언니가 나오기만을 기다린다. 한참을 기다렸어도 언니는 보이지 않는다. 동생이 내 손목을 끈다.

더 가까이 가보자는 것이다. 이때 언니가 애기를 업고 문 밖으로 나왔다. 우리는 얼굴만 보고 가자던 약속은 벌써 잊어버렸다. "언니, 언니" 하고 언니를 불렀다. 언니가 돌아보며 우리를 발견했다. 언니가 뛰어온다. "너희 들 어떻게 왔니?" 언니는 동생을 끌어 앉고 볼에 입을 맞추고 내 머리를 쓰다듬는다. "어떻게 왔어. 위험한데 어떻게 올 생각을 했어. 길 잃으면 어쩌려고…… 아이고 신통해라." 언니는 행주치마자락으로 콧물을 닦으며 "어서 들어가자. 난이는 많이 컸구나. 아버지 어머니는 안녕하시냐? 오빠도 잘 있고?" "오빠는 낚시 갔어." 난이가 대답했다. 언니는 쉴 새 없이 이것저것 묻는다. 그리고 따뜻한 아랫목에 우리를 앉힌다. "여기 있거라. 언니가 점심해 올게" 하며 나갔다.

언니가 새로 지은 점심상을 들고 들어온다. 굴비도 있고 콩장도 있다. 계란찜도 했다. 내가 좋아하는 것은 다 있다. 언니는 김장 통무를 잘게 썰어서 내 밥숟갈에 얹어준다. 목이 메고 울음이 복받쳐서 숟갈을 들은 팔이 벌벌 떨린다. 동생 눈에도 눈물이 한가득 차 있다. 눈물 때문인지 밥을 뜬 숟갈이 제대로 입을 찾지 못한다. 동생의 입이 씰룩거린다. 기어이 눈물 한줄기를 쏟는다. 언니가 손등으로 닦아주며 언니도 행주치마로 눈물을 닦는다. 언니가 굴비에서 살을 발라 난이 입에 넣어준다. 나는 울며 밥을 먹으면 턱이 아프다는 것을 그때 처음 알았다. 밥은 먹어야겠는데 울음을 참으려니 귀밑의 턱 아귀가 많이 아팠다. 숭늉을 마시고 상을 물리려 할 때 방문이 열리면서 할머니가 들어오셨다. 언니는 금세 얼굴이 사색이 되어 어찌할 바를 모른다. 할머니가 얘들이 누구냐고 물으신다. 언니는 "인사드려라 할머니시다." 해서 동생과 나는 일어나 절을 했다. 할머니는 곱지 않은 눈으로 우리를 보신다. 그리고 놀다

가거라 하시며 밖으로 나가셨다.

언니가 상을 들고 나갔다. 동생과 나는 영문을 몰라 서로 얼굴만 쳐다보고 있었다. 빨리 집에 가고만 싶었다. 언니가 들어오지 않아서 부엌으로 나가 봤다. 언니는 아궁이 앞에 앉아서 울고 있었다. "언니 울어? 언니 우는 거야?" 언니는 "아니야, 연기 때문에 눈물이 난 거야." 한다. 그래도 언니는 운 것이 틀림없다. 코끝이 빨갛다. 코끝이 빨간 것은 언니가 울었기 때문이다. "언니, 우리집에 갈래……" 언니는 "그래, 언니가 바래 다 줄게" 하며 일어섰다. 언니는 동생을 불러 신발을 신긴다. 동생의 신발은 빨강색 가죽구두였는데 똑딱 단추로 고정하는 끈이 달린 것이다. 언니는 엎드려서 구두끈을 찾아 단추에 끼우려고 한다. 언니의 어깨가 들썩인다. 한손으로 눈물을 닦고 한 손으로 신을 신기려고 하니 마음대로 되지 않은가 보다. 구구 두 짝을 신기는데 한참 걸렸다. 언니가 할머니께 인사해야지 해서 안방 문 앞에서 "할머니 안녕히 계세요." 했다. 그러나 대답이 없다. 언니가 그냥 가자고 한다. 우리는 밖으로 나왔다.

언니가 난이야 언니가 좀 업어보자. 언니가 동생을 업었다. 두어 번 추스러 보고 궁둥이가 제법 토실하구나 한다. 언니는 난이를 업고 잰걸음으로 걷는다. 내가 조끔씩 뛰어가서 걸음을 맞혀야 한다. 언니가 양과자점 앞에서 동생을 내려놓고 양갱 한 상자를 사서 들고 나왔다. 동생에게 주며 나누어 먹어라. 오빠도 주고 한다. 언니가 다시 동생을 업고 잰걸음으로 걷는다. 나도 빨리 따라간다. 위험하다는 큰 길을 건너서 언니는 동생을 내려놓았다. 언니는 "이제 안암동에는 오지 마라. 위험하고 그리고 머니까. 언니가 자주 갈게 알았지? 엄마 걱정 끼치지 말고……" 언니는 다시 나를 끌어안아

주며 두 손을 모아 쥐고 "영선아, 미안하다. 영선아, 미안하다. 미 안하다 영선아……" 무슨 영문이지 모를 미안하다 라는 같은 말을 세 번씩이나 했다. 언니는 우리집이 빤히 보이는 곳에서 되돌아갔 다. "언니 잘 가." 내가 손을 흔들었을 때 언니는 벌써 멀어져 아주 작게 보였다. 언니의 그 멀어진 모습, 허둥대는 동동걸음, 엎드려 흐느끼며 동생 구두 신기던 것, 마지막 말, 영선아 미안해를 나는 오래도록 잊지 못했다.

우리는 어머니에게 말하지 않으려 했지만 양갱 상자 때문에 실토 를 하게 됐다. 언니가 다시는 오지 말라고 한 말도 했다. 할머니 때 문에 언니가 울었다는 말도 했다. 어머니는 듣고만 계신다. 한참 만에 무릎을 짚고 일어나시면서 "위험한 찻길을 건어서 갔으니 언 니가 놀랬겠다. 다시는 가지 말거라." 하셨다.

그렇게 잊혀갔다

수복이 아버지가 광나루에 나갔다가 수박 두 덩이를 사왔다. 목침 만한 얼음덩이도 같이 내려놓는다. 수복이 아버지는 얼음을 잘게 쪼개고 수복이 어머니는 수박을 썰어 씨를 발린다. 수복이 어머니가 발린 수박에 설탕을 치고 얼음을 띄워 화채 한 그릇씩을 돌렸다. 옛날에는 수박의 당도가 그리 높지 않았다. 그래서 그냥 먹는 것보다 화채를 만들어 얼음을 띄워 시원하게 마신다. 식구들이 모두 침상에 모였다. 수복이 집에 마실 온 봉순이 엄마도 마루 끝에 걸터앉았다. 매미들이 기성을 부리는 한참 뜨거운 날이다. 모두 앞가슴 옷을 털며 화채 한 그릇으로 더위를 쫓는다. 일어서려는 봉순 엄마를 어머니가 손짓으로 다시 앉힌다. "내 할 말이 있는데 잠깐 앉지." 하신다. 봉순 엄마는 "나 죄진 것 없는데 무슨 말씀인지……" 하며 수복이네를 쳐다본다. "봉순 엄마, 우리집 얘기를 금순이 시댁에 하지 말아요." 하신다. 봉순이 엄마는 "내가 뭔 말을 했다고 그러세요. 이 댁 얘기라면 벌써 다 알고 있던데……" "그래요? 뭘 알고 있던가요?" 저 저 하며 말을 잇지 못한다. 어머니는 "알았으니 그만 둡시다." 어머니가 자리를 차고 일어나시니 봉순 엄마가 당황해하며 "내 아는 대로 여쭐게요." 봉순 어머니의 이야기는 대강 이러하다.

봉순 어머니의 친정은 제천이다. 금순이 시댁과 이웃이라고 했다. 시골의 작은 동네는 어지간하면 그 집에 숟가락이 몇인지도 안다고 한다. 누구네 제사가 언제이며 누구네 환갑이 언제쯤이라는 것도 알고 지낸다. 말이 많고 소문이 빠른 것이 시골이다. 박대식이가 부잣집에 장가를 갔다는 것은 동네가 떠들썩하게 다 안다. 작은아들도 작년 그렇게 참한 색시를 맞아 장가를 갔다.

대식이 어머니는 과부가 됐지만 팔자는 늘어진 셈이다. 큰아들의 각시는 서울 부잣집 딸이라고 했다. 인물도 좋지만 해 가지고 온 혼수가 훌륭하다. 어느 것 하나 허접한 것이 없다. 모두가 좋은 것이고 값진 것이다. 재봉틀도 가져왔고 시어머니 은수저도 해 왔다. 흥부 박에서 쏟아져 나온 보물인가? 시어머니는 체통을 주체하지 못하고 입이 함지박만 하게 벌어졌다. 웬 이렇게도 알뜰하게 챙겨 주시다니 고맙고 고맙구나. 하셨다.

시어머니는 뒷짐을 지고 팔자걸음으로 온 동네를 돌아다닌다. 보는 사람마다 잡고 참견을 한다. 동네 사람들이 하나 둘 모이면 한마디씩 한다. "아이구 저기 온다. 저 걸음 좀 봐 거드름을 피는 꼴이라니 눈꼴이 시어서……" 모두들 한마디씩 수근거린다. "아들이 벼슬이나 한다면 정말 사람 잡겠네……" 처음에는 대식이 어머니와 어울렸던 사람도 이제는 다 등을 돌렸다.

이번 사단의 원인은 비녀. 대식이 어머니는 삼십 년이나 넘게 찔러왔던 옻칠 나무비녀를 빼고 며느리가 해 온 은비녀를 했다. 반짝거리는 은비녀는 당신 머리에 딱 맞고 예쁘다. 제천에서 은비녀를 한 사람은 면장님 어머니 한 분이다. 이제 제천에 은비녀가 둘인 셈이다. 시골 사람은 쪽을 올려서 뒤통수 조금 아래에 찐다. 밭에서 일할 때 쪽이 내려있으면 목덜미에 땀이 나기 때문이다. 그러나 도시의 아낙네들은 저고리 깃고대가 보일락 말락 하게 쪽을 찐다. 금순이 시어머니가 서울식으로 쪽을 내려쪘던가 보다. 서울 여자처럼 쪽을 찐다는 것이 너무 내려와서 등에 달리게 생겼다. 사람들이 한마디씩 한다. 서울 쪽 찌다가 쪽 떨어지겠네…… 쪽을 아주 업고 다니네…… 하며 수근대는 것을 금순이 시어머니가 들으셨다. 금순이 시어머니가 발끈 성을 내며 남이야 은비녀를 꽂든지 금비녀를 꽂든지 무슨 참견이야. 내 복에 있으면 하는 거고 없으면 못하는 거지…… 하고 화를 낸 것이 발단이었다. 쪽이라는 소리만을 들으시고 비녀라고 비약한 것이다. 응? 우리가 비녀 얘기는 꺼내지도 않았는데 무슨 비녀요? 하고 되물으니 내가 이 두 귀로 다 들었는데 아니라고 시치미를 떼? 하며 삿대질을 하셨다. 사람들은 에이 이참에 한번 해줘야겠다고 작심을 했던 건지 모두 한마디씩 한다. 부잣집 며느리를 보더니 사람이 사람으로 보이질 않나? 허지 않은 소리를 했다고 하니? 부잣집 딸은 무슨 딸, 그 집 딸이 아니래. 그래 조카랬지? 조카도 아니래요. 아홉 살 때 애 봐 주려 들어갔대 나 봐. 누가 그래?…… 잘 아는 사람이 있어, 이래서 며느리의 본색이 들어나고 시어머니는 그길로 서울로 올라와서 아들 며느리에게 한바탕 한 것이다. 아들이 잘못했습니다. 먼 촌 조카되는 것은 맞아요. 그리고 아이 봐준 것도 맞고요. 그러나 이제 우리 집사람이 됐으니 어머니가 참으시고 이해를 하세요 했다. 그러나 시어머니는 길길이 뛰면서 네가 어디가 못나 남의 집 식모를 데려와야 하느냐 말이야 하면서 땅을 치고 우신다. 아들이 말리다 못해 그럼 내일 보내겠으니 어머니가 가져간 놋대야, 요강, 은수저, 은비녀, 예단 이불을 보내주세요. 모두 싸다주고 이 사람도 보낼게요 했다 한다. 시어머니는 그제야 겨우 진정을 하고 동네 젊은 것들이 하도 약을 받혀 참을 수가 있어야지…… 나 이제 제천에 안 갈란다. 그리고 언니에게는 너의 친정과는 왕래도 하지 마라. 친부모도 아니라면서 알겠니? 대답을 해라 어서…… 그래서 예 하고 대답했다 한다. 시어머님하고 약조를 했기 때문에 돈암동엘 못 간다고 했다는 이야기다. 그리고 꽤 오랜 세월이 흘렀다. 언니와의 일들은 모두 옛이야기가 됐다.

언니네 집은 날로 부자가 됐다. 단층이던 집을 헐고 이층으로 집을 넓혔다. 아래층은 점포로만 쓴다. 수도, 파이프와 부속품들이 산처럼 쌓여있다. 짐차도 두 대 차고에 있다. 집집마다 수도를 놓고 우물과 펌프는 자취를 감추었다. 수도공사는 밤낮을 가리지 않고 일이 계속됐다. 형부는 수도 기술자다. 전문교육도 받았고 경력도 대단하다. 사람도 근실하고 겸손하기까지 하다. 우리는 간간히 물어다 주는 소식으로 언니네가 성공한 것을 알 수 있었다.

오빠가 미국으로 유학간 지 25년 만에 귀국을 했다. 박사학위와 조카를 안고 우리집에 왔다. 오빠의 눈은 지금 어지럽다. 서울은 그 어느 한 곳도 변하지 않은 곳이 없다. 도시계획 때문에 어디가 어딘지 모르겠다고 한다. 나도 25년 만에 오빠를 만나니 서먹서먹하다. 점심을 마친 오빠가 어디를 다녀오겠다며 밖으로 나간다. "아니 25년 만에 온 사람이 어디를 가려고 해요? 얼마나 많이 변했는데……" 모두가 말렸다. 그러나 오빠는 나갔다. 유학 갈 때 김포공항에서 언니에게 '공부 끝마치고 오면 꼭 찾아갈게' 하고 약속했던 것을 지키려고 나간 것이다. 나도 가끔 언니의 집 앞을 지날 때는 본능적으로 유심히 살펴본다. 그러나 번번이 찾지를 못했던 언니의 집이다. 그날 오빠는 금순이를 만났다 한다. 떠날 때 금순이네 집 앞의 우체국에서 발걸음으로 재어놓았다고 했다. 오빠는 고개를 숙이고 걸음을 헤는 버릇이 있었다. 그때도 우체국 앞에서 헤면서 걸어 언니의 집까지 갔었기 때문에 기억을 더듬어 근처에까지 갔다고 한다. 집 근처에서 두리번거리는 것을 언니가 보고 쫓아와 만났다고 한다. 오빠는 금순이에게 박사가 돼서 돌아왔다고. 그리고 이 모든 것이 금순이 누나의 덕이라고 말했다 한다. 언니는 오빠를 잡고 많이 울었다고 했다.

금순이는 아들 셋을 두었다. 하나는 재무부에 다니고 하나는 은행에 근무한다고 한다. 그리고 막내는 유학 중이라고 했다. 오빠는 "금순이는 잘 있던데…… 애들도 모두 효자고……" 한다. 내가 "오빠는 할머니가 다 된 사람의 이름을 함부로 그렇게 불러요?" 하니 "뭐 어때 우리에게 금순이는 영원한 금순이야. 금순이도 그렇게 생각할 거고……" 오빠는 그러면서도 옛 생각이 나는지 물기 어린 눈을 감아버린다.

금순이는 아들이 생기자 우리집과의 왕래를 끊은 것이다. 엄마가 식모로 있었다는 것을 알리기 꺼렸던 것 같다. 시어머니와의 약속도 있고 아이들이 자라서 어떻게 되는 삼촌이며 이모냐고 묻는다면 난처할 것을 생각하고 왕래를 끊었을 것 같다.

그러나 세월은 잘도 흘러가고 서로의 그리움도 그렇게 엷어져 갔던 것이다.

재회

　　한 20년쯤 됐나, 아니 더 되었나보다. 그래 24년 전이다. 남편의 생일날이다. 사촌 언니가 웬 할머니 한 분을 모시고 왔다. "애 영선아, 금순 언니다. 네가 그렇게 보고 싶어 하던 금순 언니야." 한다. 할머니는 나를 가리키며 "이 애가 영선인가?" 목소리가 안 나오는지 손을 휘저으며 묻는다. 금순 언니, 내 성장기간 동안에 가장 다정하고 고마웠던 사람이다. 엄마보다 더 따뜻했다. 모든 살림을 금순이 혼자서 다 해냈다. 새벽에 일어나 밥하고, 물 긷고, 도시락 싸고, 빨래하고, 나 업어주고, 동생 목욕시키고, 오빠 매미 잡아주고, 내게 실뜨기 가르쳐주고, 공기놀이하고. 이 할머니가 그 꽃 같던 금순이라니…… 사순이 언니는 가운데 큰아버지(포수)의 딸이다.

　　금순 언니하고는 이웃이란다. 형부(사순이 남편)가 안암동 소방서에 근무하게 되면서 한동네에 살게 된 것이다. 사순 언니가 내게 묻는다. "영선아, 너 한성여고 뒷산에 간적 있니? 응?" "나 그리로는 갈 일이 없는데…… 간적 없어요." "분명히 너라고 하던데……" "뭔데 그래? 나는 간적 없다니까……" "아 아니면 됐다." 사순 언니는 뭔지 더 얘기를 하려다가 만다.

금순이는 나를 불러 바싹 당겨 당신 앞에 앉힌다. 그리고 네가 정말 영선이냐? 언니는 내 볼을 쓰다듬으며 눈물을 흘린다. 무엇인지 더 할 말이 있는데 말을 못해 괴로운 표정이다. 사순이 언니는 "영선아, 그냥 괜찮다고만 해라. 너에게 사과하고 싶은 게 있단다." 나는 "언니 괜찮아요. 언니가 내게 사과할 것이 뭬 있어. 내가 언니에게 사과를 해야지…… 내가 많이 힘들게 했잖아." 금순 언니는 또 손을 내저으며 가슴을 두드리며 미안하다고 한다. "언니 알았어요. 다 지나간 일이잖아요?" 나는 사순이 언니에게 "금순이 언니가 왜 이래? 왜 말을 못해? 어디가 아픈 거야?" "그래 언니가 많이 아프다. 그래서 너를 보러 온 거야. 오늘 아침 네 형부(금순 언니 남편)가 나를 불렀어. 금순이를 데리고 너를 보러가 달라는 거야…… 금순 언니는 후두암 말기란다. 어제 의사의 진단으로 한 달이 기한이라고 하더래…… 네 형부가 언니더러 먹고 싶은 것, 가고 싶은 곳, 보고 싶은 사람, 모두 들어 줄 테니 여기에 적으라고 종이하고 연필을 줬데…… 금순 언니가 영선이 이렇게만 썼다나봐. 또 다른 것은 없냐고 물었더니 없다고 고개를 저었데……" 사순이 언니가 손수건으로 눈가를 닦는다. 목이 메여 말을 잇지 못한다. 그래서 형부가 미국에 사는 막내는 보고 싶지 않냐고 물었는데. "뭐래요?" "저 사람이 그냥 영선이라고 쓴 종이만 흔드는 거예요. 얼마나 처제가 보고 싶으면 석이(막내아들)까지 제쳐놓고 찾겠어요."

형부는 또 이런 말도 했다. 너는 오래 돼서 잊었는지 모르지만 "처제가 고등학생일 때였을 거예요. 한성여고 뒷산에서 넘어져있는 것을 내가 손수레에 태워서 집에까지 데려다 준 적이 있어요. 눈 오는 날이구요. 밤이었어요. 지금까지 저 사람에게도 이야기를 못했어요. 보고 싶어 할까 봐서요. 지금은 어차피 가야 할 사람인 것 같아요. 의사가 한 달이 기한이라 했어요. 처제에게 미안하다고 전해주세요. 집 앞까지 가서 어머니도 뵙지 않고 왔으니…… 벌 받은 거죠." 했다는 것이다. "아 생각난다. 숙현이를 바래다주고 돌아오는 길이었지…… 눈이 내리고 어두워졌는데 길을 찾아 헤매다가 넘어져서 다리를 삐었던 일이 있었어…… 그리고 짐수레를 끌고 오던 사람이 나를 집에까지 데려다 줬는데 어머니를 모시고 나오니까 보이지 않았어…… 벌써 가고 없었어. 맞아 그런 일이 있었어. 맞아 나는 그날에 있었던 일이 어제의 일처럼 모두 기억이 났다. 아 그 사람이 형부였다고?"

　고등학교 졸업을 앞둔 그해 겨울이었다. 동대문 밖 창신동에 사는 친구 채숙현(시카고 거주)이 우리집에 놀러왔다. 숙현이는 점심을 먹고 세 시쯤 돌아갔다. 나는 친구를 배웅하러 나왔다. 창신동을 가려면 버스로 종로 4가까지 가서 다시 동대문 방향의 버스를 갈아타야 한다. 친구는 버스를 타지 않고 걸어서 가겠다고 한다. 한성여고 뒷산만 넘으면 바로 창신동이란다. 그리 멀지도 않으니 걸어가겠다 한다. 나는 친구를 바래다주려고 한성여고 뒷산에까지 왔다. 산동네는 판자로 지은 허술한 집들이 여기저기 있고 흙벽돌로 지은 교회가 있었다. 교회의 마당에서 아이들은 팽이를 치며 놀고 있다. 하늘에서 눈이 조금씩 내리기 시작했다. 그러나 추운 날씨는 아니다. 이 얘기 저 얘기 하며 걷다보니 거짓말처럼 숙현이네 집에 오게 됐다. "정말 가깝구나. 이렇게 가까운 지름길이 있는 줄 몰랐네……" "너 자주 놀러 와라 갈 때는 내가 바래다 줄게." 했다. 친구네 집을 나와 나는 오던 길로 다시 되돌아가려고 산등성이로 올라왔다. 그런데 그동안 눈이 내려 길은 하얗게 덮였다. 팽이 치던 아이들도 모두 들어가고 아무도 보이지 않는다. 날은 어두워졌다. 멀리 교회당에서 종소리가 들려온다. 이제 산동네 집들은 어둠에 묻혀서 보이지 않는다. 나는 무섭기도 하고 마음도 급해져서 이리 뛰고 저리 뛰다가 미끄러지고 말았다.

다리를 삐었는지 일어설 수가 없다. 막막하기만 했다. 이때 손수레에 무엇인가를 싣고 오던 사람이 나를 발견하고 급히 뛰어오는 것이다. "어디 다쳤어요?" 하며 나를 부축해준다. "내 조금 발을 삔 것 같아요." "걸을 수 있어요?" 나는 걸어보려고 했지만 걸을 수 있을 것 같지 않다. 그 사람은 나를 업으려고 했다. 그러나 나도 그 사람도 옷을 많이 껴입은 탓에 업지를 못한다.

그 사람은 손수레에서 물건을 내려놓고 나를 태우고 산등성이를 내려간다. "학생 집이 어디에요." "돈암교에요." 산 아래까지 내려왔다. 아저씨는 자기는 더워서 벗는다며 그의 웃옷으로 내 무릎을 싸준다. 산 아래까지 내려왔다. "여기 내려 주세요. 택시를 불러 타고 가면 돼요." 했다. 아저씨는 "택시 잡기도 쉽지 않아요. 집에까지 데려다 줄게요." 한다. 아저씨는 입에서 허연 김을 헉헉 내뿜으며 눈길을 걸어간다. 이제 집에 다 왔다. "아저씨 집에 다 왔어요." "학생 집이 어디에요. 문 앞까지 데려다 줄게요." "저기 저 집이에요. 문이 조금 열려있는 집요." 순간 아저씨는 "저 집이 학생 댁이라고요? 아가씨네 집예요?" "네……" "그럼 학생 경기고등학교 다니는 오빠 있어요?" "네" "동생은요." "동생도 있어요." 아저씨는 힘이 들었던지 크게 숨을 쉬며 수건을 꺼내 얼굴의 땀을 닦는다. 나는 "여기 잠깐 계세요. 제가 엄니 모시고 올게요. 어머님께서 인사하실 거예요." 하고 집으로 들어갔다. 어머니는 내 말을 들으시고 "아이고 고마우셔라 여기까지 너를 데려다 주시다니……" 하며 급히 밖으로 뛰어나오셨다. 그런데 아저씨가 보이지 않는다. 엉? 어디를 갔을까? 사방을 둘러 봐도 보이지 않는다. 어머니는 "이상한 일도 다 있구나…… 인사를 해야 하는데 왜 그냥 갔을까? 금방 나왔는데……" 아무리 둘러보아도 아저씨는 가고 없다.

사순이 언니 얘기로는 그분이 형부였다는 것이다. "너의 집 앞에까지 가서야 네가 영선이라는 것을 알았다고 했어." 한다. 우연치고는 기적 같은 우연이다. 금순이 언니는 시어머니와의 약속 때문에 우리를 만나지 못한 것을 사과하고 싶어 했다는 것이다. "금순 언니는 사순이 언니를 만날 때마다 영선이 너를 물어봤어. 잘 사냐고 건강하냐고 다른 동생들도 묻기는 했어도 너를 많이 궁금해 했어. 그리고 늘 영선이 한테 미안해 라고 했어." 언니는 그랬을 거야. 안암동에는 오지 마라 내가 보러 갈게. 한 약속을 지키지 못해서 괴로워했을 것 같다.

나는 한 달 후에 언니의 부고를 받았다. 나는 며칠 동안 언니를 생각하며 지냈다. 이러한 인연은 어떻게 만들어지는 걸까? 나와의 약속을 지키지 못한 것, 그것 때문에 죽음을 목전에 두고 마지막 걸음을 했던 것일까? 그런 것 같지는 않다. 금순이는 내 언니 이전에 부모님이 사랑한 딸이었다. 어머니가 금순이의 결혼을 우리집 개혼이라고 하신 것으로 미루어 그분들의 사랑이 극진했음을 알 수 있다.

금순이 언니는 내가 태어나기 삼 일 전에 우리집에 들어와서 오빠와 나 그리고 동생을 친동생같이 사랑해 주었다. 내 어린 시절은 그분의 그림자 없이 있는 것이라고는 하나도 없다. 내 어린 시절 전부에 들어있는 금순이, 그분이 떠났다. 어머니, 아버지, 이모, 고모, 금순 언니, 이제 하늘나라에는 나를 기억하고 나를 귀여워해

주던 사람들이 이 지구상에 보다 훨씬 많이 계시다. 그분들은 거기
서도 나를 사랑해 줄 분들이다.

| 해설 | 정연희 소설가, 대한민국 예술원 회원

한 세대의 다감한 증언

한 세대의 다감한 증언

팔십 중반을 넘긴 우리는 지금도 '영선아!' 연희야!'를 부른다.
1948년, 숙명(淑明)여중에서 만났으니, 부모 형제 다음으로 오랜
세월을 익힌, 72년 세월의 인연이다. 세상이 달라져 어이없을 만
큼 나이 들어, 온갖 풍상, 질고의 격랑에 떠밀려 내려오던 동안, 우
리 내면의 깊은 주름에는 우리만의 사연 또한 남다를 수밖에 없다.
학교라는 공동체, 내가 소학교에 입학한 후, 소학교 동창, 중학교
동창, 대학동창들을 헤아리면 수백 명에 이르지만, 이 나이에 이르
기까지 그 많은 학교 친구들 중, 영선이 거쳐 온 삶의 행보(行步)에,
'연희야!'가 그중 가까웠을까. 그러나 영선을 정작 세세 겪은 것은,
결혼, 출산, 남편, 시댁…… 등 시집살이를 할 때부터였다. 내 경우
의 신산(辛酸)도 만만찮았지만 영선의 시집살이는 정말 평탄치 않
았다.

그런데 그 사면초가의 시집살이를 대처(對處)하는 그를 바라보며
감탄이 저절로 튀어나왔다. "아! 영선이는 도사(道士)다!" 이래로
그의 별명은 '조도사(趙道士)'가 되었고, 그는 참으로 도사처럼 자

신의 삶을 소리 없이, 그러나 용기 있게 개척해 나갔다.

1992년. 영선은 아내, 며느리, 세 딸의 엄마의 자리를 벗어나, 아시아에서 유럽으로 향한 세계 오지(汚池) 곳곳을 갤로퍼로 누비는 여행을 떠났다. 그 무렵이면 딸 셋의 학교생활이 바쁠 때였을 것. 그러나 영선은 거의 1년여 걸리는 여행으로 세상을 깜짝 놀라게 만들었다. 여행 마무리로 책 출간과 방송에서 활약하기 시작한 그는 주부의 명분과 함께 명사가 되었다.

그가 책을 출간 할 때마다 해설(解說)? 아닌 소회(所懷)를 당연지사처럼 쓸 수밖에 없었던 내 입장은 영선의 인생행로를 누구보다 지근거리에서 바라본 친구였기 때문이다.

출판사로부터, 이번에 출간하는 책의 두툼한 교정 원고를 받았을 때, 형편이 여의치 않아 다소 부담스러웠지만, 미루던 숙제를 대하듯 읽기 시작했을 때, 뜻밖의 감동으로 밤을 새웠다.

회고록(回顧錄)이 아니었다. 수필도 아니었다. 도란도란 어렸을 때의 이야기부터 세월 따라 삶의 여울이 흐르는 대로 따라가는 이야기는 한 세대의 증언, 다감한 역사서였다. 80년 전의 생활이 동영상처럼 선명하게 흘러가며, 인물, 인물이 생생하게 살아나고, 묻히고 지워졌던 세시풍속이며 살림살이가 살아났다.

마디마디마다 향수(鄕愁)를 불러 모으는 그의 글이 놀라운 기억력으로 기록된 글이었을까, 아니다. '아버지 나라'는 기억력의 힘으로 기록한 글이 아니다. 인간이 어디서 어떤 부모를 만나는가는 운명이며 신(神)이 정해준 배역(配役)이라면, 영선은 남다른 배역을 받고 태어난 운 좋은 딸이었다. '아버지는 자연 그 자체(128쪽)' 라

고 했듯이, 무위자연(無爲自然), 걸릴 것 없던 아버지의 삶은 딸에게
로 이어졌고, 걸릴 것 없는 영혼의 지평에서 누리는, 아버지의 들
숨과 날숨은 딸의 삶이 자유의 지평으로 이어지게 만들었을 것이
다.

나는 아직까지 100장 묶음 돈다발을 끝까지 세지 못한다. 꼭 한 두 장
이 많거나 모자란다. 전자계산기도 사용해 보지 않았다. 나에게는 무엇
이든 계산을 해야 할 일이 없었다. 수(數)를 모르는 것만큼 편했다. (208쪽)

영선은 무위자연의 아버지와, 잔잔한 지혜로 살림을 꾸리는 어머
니의 다감함과, 그런 부모로부터 물려받은 형제자매의 남다른 성
품이 어울리던 시절…… 그리고 그 친척 손님들과 맺는 인연을, 애
환의 실핏줄처럼 그렸다. 놀라운 것은, 이제는 지워진, 어머니 세
대의 살림살이 용어 중, 빗자루 종류, 다듬이, 지게 밀삐(멜빵)까지
맛깔나게, 신기할 만큼 명확하게 등장하는 대목들이다. 늙은이들
에게는 실감나는 추억이 되고, 젊은이들에게는, 할머니와 어머니,
부모 세대의 삶에서 지혜와 삶의 묘미를 맛볼 수 있는 기록이다.

영선을 만나 고저강약(高低强弱) 없는 그의 이야기를 듣다 보면 그
대로가 소설이었다. 통상 우리 또래가 경험할 수 없는 일을 겪은
그가 남의 이야기를 전하듯 할 때, "그래서?……" "그 다음에
는?……" 흥분하는 쪽은 나였고, 그가 겪은 팩트(Fact)는 한편의
흥미진진, 찬연(燦然)한 소설이었다.

…… 사람들 역시 심성대로 소박하게 살고 있으니 그 또한 자연이다.

한세상을 자기 고집대로 산 사람들이 이렇게 맥없이 떼 한번 써보지 못하고 앙탈도 부려보지 못한 채 용해되어 가는 것은 무엇 때문일까. …… 인내심 하나만 믿고 버텨 온 반세기 속에서 오로지 남은 것은 자존심이라고 우겨왔던 고집이었는데…… 언제 이렇게 됐어, 무슨 조화야? (241쪽)

조영선이 타고난 그대로 소설처럼 살아가는 것인지, 별 색다를 것 없는 내용을 소설처럼 들려주는 것인지 모를 정도로 영선을 만나는 자리는 때마다 새로운 일상(日常)이 되었다. 그는 내 창작의 보고(寶庫)였다. 만일 그에게 소설 창작에 대한 욕심이 있었다면 이번 책에 등장하는 인물만으로 수십 권의 소설을 엮어내고도 남았을 것이다.

조영선은 그저 태어나 만난 인연을 따뜻하게 품고, 그 따뜻함을 꾸밀 것도 덧붙일 것도 없이, 그러나 애환의 아름다움을, 신산(辛酸)에게도 깊은 뜻이 있음을 잔잔하게 기록한 글이, 이번에 출간되는 '아버지 나라'다.

우리에게 아직 남은 세월을 덧얹어준다면, 그에게서는 계속 세월의 뒤안길 이야기가 이어지고, 나에게는 새로운 소설이 태어날 것이다.

아버지 나라

1쇄 발행일 | 2020년 06월 25일

지은이 | 조영선
펴낸이 | 정화숙
펴낸곳 | 개미

출판등록 | 제313 – 2001 – 61호 1992. 2. 18
주소 | (04175) 서울시 마포구 마포대로 12, B-103호(마포동, 한신빌딩)
전화 | (02)704 – 2546
팩스 | (02)714 – 2365
E-mail | lily12140@hanmail.net

ⓒ 조영선, 2020
ISBN 979 – 11 – 90168 – 15 – 1 03810

값 15,000원